Mila Summers

Zuckersüßer Sommer

W0373682

Über das Buch:

Ob köstliche Schokolade oder zuckersüße Bonbons – Valerie zaubert mit ihren Kreationen ein Lächeln auf das Gesicht ihrer kleinen und großen Kunden. Valerie's Candyheaven im kleinen Fischerdorf Port Isaac in Cornwall ist so angesagt, dass Foodblogger und Influencer gleichermaßen über ihn berichten. Alles wäre perfekt, wenn ihr Mann Ron sie nicht aus heiterem Himmel nur wenige Monate nach der Hochzeit verlassen hätte. Valerie schwört sich, sich fortan nur noch auf ihre süße Leidenschaft zu konzentrieren. Bis Jasper Clark, der milliardenschwere Erbe des Schokoladenherstellers Clark's Sweetness, plötzlich vor ihr steht und ihr Herz auf eine harte Probe stellt.

Bisher von der Autorin erschienen:
Manhattan Love Stories:
Irresponsible Desire
Irrepressible Desire
Irresistible Desire

Liebe ist …
Liebe ist nur mit Dir
Liebe ist ein Glücksfall
Liebe ist ganz nah
Liebe ist ein Wunder

Social-Web-Trilogie
Instafame oder Gummistiefel in Acryl
Facebook Romance oder nach all den Jahren
Twinder oder die Irrungen und Wirrungen der Liebe

Liebe lieber einzigartig
Rettung für die Liebe
Küsse unter dem Mistelzweig
Auf einmal Liebe
Sommer, Sonne, Strand und Liebe – Nele & Josh
Liebe und andere Weihnachtswunder
Der erste Sommer mit dir
Ein zauberhaftes Weihnachtsgeschenk
Verloren sind wir nur allein

MILA

SUMMERS

Zuckersüßer Sommer

Roman

Kapitel 1

Valerie

Das Rauschen des Meeres in der Bucht von Port Isaa schon immer eine beruhigende Wirkung auf mich g Allzu gerne verlor ich mich im regen Treiben der Fisch am frühen Morgen aufs Wasser hinausfuhren, um f schen Fisch, Krabben, Hummer und Schrimps für die genden Restaurants einzuholen oder ihre Ware direkt a fen an Touristen und Einheimische feilzubieten.

Ein paar vorwitzige Möwen hatten es sich an den Fe ern zu meiner Rechten bequem gemacht, während sie a Beute hofften. Ihre gelben Schnäbel ragten weit in die ihr Kopf war dabei leicht zur Seite geneigt, als würden wägen, ob sich das lange Warten überhaupt lohnte.

Die Strahlen der Morgensonne tänzelten übers Me ließen es schimmern und glitzern wie Tausende von D ten. Der Wind frischte auf, und ich zog meine Strickja ger um meinen Körper. Für Mitte Mai war es eindeutig

»Kaffee?«, fragte mich eine vertraute Stimme, un zuckte ich leicht zusammen, als ich in das Gesicht Freundin Lin blickte. Schließlich hatte ich sie nicht ko hören.

Dankend nahm ich den dampfenden Becher entgeg wir einvernehmlich schweigend aufs Meer hinaussah die bunten Boote auf dem Wasser beobachteten. Die wurden gerade ausgeworfen. Danach hieß es warten fühlte.

Lin strich mir mit der Hand über meinen Arm. »Was hältst du von einem Mädelsabend? Brady ist bei irgendeinem superwichtigen Medizinerkongress in London, und ich habe sturmfrei. Pizza und Netflix? Was meinst du?«

Auch wenn meine beste Freundin ihr Angebot sicher nur gut gemeint hatte, traf mich die Nennung des Ortes wie ein Donnerschlag. London. Ron kam aus London. Und er war dorthin zurückgekehrt, weil er es hier in der dörflichen Provinz Cornwalls nicht mehr ausgehalten hatte. Ich hätte mich entscheiden sollen: der *Candyheaven* oder er. Er hatte tatsächlich von mir verlangt, meinen Süßigkeitenladen aufzugeben.

Noch immer konnte ich nicht fassen, dass er mich vor diese Wahl gestellt hatte. Wir hatten uns doch geliebt. Oder? War es überhaupt möglich, nach einer nur viermonatigen Kennenlernphase und einer recht spontanen Hochzeit schon von Liebe zu sprechen? War ich nicht viel zu blauäugig und naiv gewesen? Hätte ich vielleicht sogar wissen müssen, dass Ron, die eingefleischte Stadtpflanze, in einem Fischerdorf mit nicht einmal achthundert Einwohnern kümmerlich vertrocknen würde?

Solche und ähnliche Gedanken trieben mich um und brachten mich seit Rons Auszug Nacht für Nacht um den Schlaf.

»Das ist wirklich total lieb von dir, aber ich wäre lieber allein.«

Während ich das sagte, wagte ich es nicht, Lin in die Augen zu sehen. Sosehr ich sie auch mochte und so dankbar ich ihr für alles war: Ich war einfach noch nicht so weit. Die Erinnerungen an unsere albernen Mädelsabende, zu denen wir uns bis vor wenigen Wochen ständig trafen, passten nicht ins Bild. Ich konnte den Schalter nicht einfach umlegen und mit dem Licht einer 60-Watt-Glühbirne um die Wette strahlen. Noch nicht. Im Moment zweifelte ich sogar daran, dass es mir je wieder gelingen würde.

Lin zog die Hand zurück. »Ich verstehe.«

Sie klang enttäuscht. Schon tat es mir wieder leid, dass ich sie vor den Kopf gestoßen hatte.

»Hat March heute ihre Heidelbeermuffins gebacken?«, wechselte ich unvermittelt das Thema.

March betrieb im Hafen einen kleinen Kiosk, der sowohl von Touristen als auch von Einheimischen emsig frequentiert wurde. Sie stand zu ihrer Meinung und äußerte sie immer offen. Manchmal zum Leidwesen ihrer Zuhörer. Gerade wenn es um politische Themen wie beispielsweise den Brexit ging. Aber sie hatte das Herz am rechten Fleck. Und das war das Einzige, was zählte. Jeder mochte March. Auch wenn einige im Dorf sie für eine ehemalige MI6-Agentin hielten.

Die Frau wusste Dinge, von denen die meisten aus Port Isaac nicht mal den Hauch einer Ahnung hatten. Dennoch war March keine Tratschtante. Sie war verschwiegen und half mit ihrem Wissen immer dort, wo Not am Mann war. Bei dem Happy End von Lin und Brady hatte sie auch ihre Finger im Spiel gehabt. Zum Glück. Wer weiß, ob die beiden heute zusammen wären, wenn March nicht gewesen wäre?

Vielleicht hätte ich March nach ihrer Meinung zu Ron fragen sollen, ging es mir durch den Kopf. Vielleicht wäre dann alles anders gekommen. Vielleicht war ich mir aber auch im Klaren darüber gewesen, dass sie wusste, wie es mit uns enden würde, und hatte mich lieber auf meine rosarote Wolke verzogen und die Augen vor den Tatsachen verschlossen.

Lin schüttelte den Kopf. »Sonst hätte ich dir natürlich einen mitgebracht. Es gab nur Apfel-Zimt und Muffins mit Schokostücken.«

»Ah, okay«, erwiderte ich wenig einfallsreich. Aber was hätte ich darauf auch antworten sollen? Also wandte ich mich erneut dem Meer zu und ließ meinen Blick zum Horizont schweifen.

»Valerie, hast du schon mal überlegt … Ich meine, vielleicht täte es dir ja ganz gut, mal wieder unter Leute zu gehen. Du könntest jemanden kennenlernen und …«, hörte ich Lin kleinlaut sagen, ehe sie der Mut gänzlich verließ.

Ich drehte mich so ruckartig zu ihr um, dass der Rest meines Kaffees beinahe aus meinem Bambusbecher geschwappt wäre.

»Wie bitte?«, rief ich eine Spur zu entrüstet. Es tat mir auch schon wieder leid, als Lins Sorgenfalte sich tief in ihre Stirn grub. Aber das war so ziemlich das Letzte, was ich im Moment wollte.

Allein der Gedanke daran war total abwegig. Ron hatte mich gefühlt gerade erst verlassen. Es tat weh. Gleichzeitig hatte ich mir geschworen, dass ich mit Männern in naher Zukunft überhaupt keine Berührungspunkte mehr suchen würde. Die Vorstellung, es könnte wieder einer kommen und mich vor die Wahl zwischen ihm und meinem *Candyheaven* stellen, war zerstörerisch. Ich hatte meine Entscheidung getroffen und würde daran festhalten.

»Du verstehst mich falsch. Ich dachte doch nur … Wenn

man vom Pferd fällt, dann soll man schließlich schnellstmöglich wieder aufsteigen. Vielleicht findest du auf diese Weise ja eine Möglichkeit, mit dem umzugehen, was passiert ist. Du musst dabei ja nicht den Mann fürs Leben finden. Den …«

»Den hatte ich bereits. So glaubte ich zumindest.« Ich hörte mich verbittert an. Aber schließlich war ich das auch.

So naiv es vermutlich auch gewesen war, ich hatte geglaubt, das zwischen Ron und mir wäre für die Ewigkeit bestimmt gewesen. Schließlich lachten wir über dieselben Dinge, hatten eine ähnliche Grundhaltung zum Leben und liebten es, am Sonntag bis weit nach Mittag auszuschlafen. Frühstück im Bett und Chips in der Badewanne gehörten ebenso zu unserem gemeinsamen Leben wie lange Spaziergänge über idyllische Wanderwege oberhalb der schroffen Felsküsten, durch verwunschene Gärten und entlang der schier endlos erscheinenden Sandstrände Cornwalls.

Erst jetzt begriff ich, warum der heutige Besuch am Hafen von Port Isaac keine Wirkung mehr zeigte. Der Sand unter meinen Füßen, das Wasser, die Möwen, die bunten hölzernen Boote der Fischer – alles war gleich geblieben. Nur ich hatte mich verändert, indem ich Erinnerungen angehäuft hatte, die mich diesen Moment am Strand nicht mehr genießen lassen konnten. Denn von nun an würde ich immer auch an Ron denken müssen, sobald ich einen Fuß an den Hafen setzte. Der ganze Ort war Ron-verseucht.

Eine Träne stahl sich aus meinem Augenwinkel. All die Nächte, in denen ich nicht schlafen konnte, die Einsamkeit in meinem plötzlich viel zu großen Wohnzimmer. Lange hatte ich mich bemüht, meine Tränen im Stillen zu vergießen. Nur dann, wenn ich allein war.

»Hey, Süße.«

Als Lin bemerkte, was in mir vorging, zog sie mich in ihre Arme und hielt mich ganz fest. Mit kreisenden Bewegungen fuhr sie mit einer Hand über meinen Rücken und berührte dabei auch meine schwarz gefärbten Haare. Andere trugen schwarze Kleidung als Zeichen der Trauer, ich färbte mir die Haare.

Ich ließ Lin gewähren, doch das machte alles nur noch schlimmer. Der Staudamm war längst von üppigen Rissen durchzogen. Die Tränen kullerten unnachgiebig über meine Wangen wie der sintflutartige Regen, den wir in den dunklen Wintermonaten in Port Isaac zu erwarten hatten.

»Soll ich dich nach Hause bringen?«, fragte Lin nach einiger Zeit, als mein Schluchzen etwas abgeebbt war.

»Nein!«, stieß ich aus. Das war mit Abstand der letzte Ort, an den ich jetzt wollte.

Lin reichte mir ein Taschentuch. Notdürftig trocknete ich mein Gesicht damit.

»Lass uns zum *Candyheaven* gehen«, entschied ich schließlich mit fester Stimme.

Meine Freundin runzelte die Stirn, sodass sich ihre Augenbrauen dicht zusammenschoben. »Bist du dir ganz sicher, dass du in den Laden möchtest? Jeder würde verstehen, wenn du dir nach allem, was du in den letzten Monaten durchgemacht hast, mal eine Auszeit gönnst.«

»Jeder. Außer mir.«

Und damit gingen wir an den Ort, an dem ich mein verbittertes Herz mit viel Zucker und Schokolade einhüllen konnte, damit es vor weiteren Verletzungen geschützt blieb.

Kapitel 2

Jasper

»Wenn das so weitergeht, dann zieht die Konkurrenz in ellenlangen Schritten an uns vorbei, noch ehe wir es überhaupt bemerken. Wir sind vielleicht im Moment der Marktführer. Das heißt allerdings noch lange nicht, dass wir das auch in Zukunft sein werden.«

Wie oft ich den dunklen Vorahnungen meines Vaters in der letzten Zeit lauschen musste, wusste ich nicht zu sagen. Denn schließlich hörte ich mir die gleiche Leier bereits in verschiedenen Variationen und ähnlich düsteren Prophezeiungen schon mein ganzes Leben lang an. Ständig sah er an jeder Ecke Gefahren, die unser Familienunternehmen – oder sollte ich nicht vielmehr von einem Imperium sprechen? – bedrohten und *Clark's Sweetness* dem Erdboden gleichmachen würden.

Dabei war *Clark's Sweetness* ein Riese. Ein Gigant. Wer sollte den schon bezwingen?

»Mein Sohn, meinst du nicht, dass du mit deiner Schwarzseherei heute ein wenig über das Ziel hinausschießt? Ich meine, Anne hat noch nicht mal zur Tea Time geläutet.«

Bei den Worten meines Großvaters verschluckte ich mich am Rauch meiner Zigarre – eine Gewohnheit, der man sich in diesem Haus tagtäglich um Punkt fünfzehn Uhr widmete und die schon auf meinen Ururgroßvater zurückging. Zu meinem einundzwanzigsten Geburtstag hatte mein alter Herr mich feierlich in den Salon eingeladen. Seither paffte ich mit meinem

Grandpa und ihm, sofern ich mich in meinem Elternhaus aufhielt.

Doch große Freude hatte mir dieses Ritual noch nie bereitet. Anfangs war ich mächtig stolz darauf gewesen, dass mein Vater mich in dieser erlauchten Runde aufgenommen hatte. Bald schon hatte ich jedoch feststellen müssen, dass er die Zeit und den Raum ausschließlich dazu nutzte, um über die Firma und den Untergang des Abendlandes zu philosophieren. Und um sich zu profilieren. Ganz besonders das. Ich konnte mich nicht daran erinnern, dass er mich auch nur ein einziges Mal in dieser Zeit nach meiner Meinung oder gar nach meinem Befinden gefragt hätte.

Mein Vater winkte ab. »Ach, Arthur, was weißt du schon davon, wie die Welt sich heute dreht?«

»Na, so einiges. Schließlich macht sie das doch seit Jahrmillionen immer auf die gleiche Weise. Oder ist mir da etwas entgangen? Drehen wir uns neuerdings andersrum?«

Grandpa zwinkerte mir verschwörerisch zu. Der alte Mann mit dem schütteren weißen Haar und der Haut wie aus zerknittertem Pergamentpapier stützte sich auch im Sitzen auf seinen Gehstock auf. Auf seinem Stammplatz – einem alten bordeauxroten Chesterfield-Sessel – thronte er wie ein König am Kamin. Dabei war er doch vielmehr so etwas wie die gute Seele des Hauses.

Mein Großvater hatte immer ein offenes Ohr für mich gehabt, hatte mir Mut zugesprochen, wenn mein Vater mich mal wieder als Versager darstellte oder die Klatschpresse ihre neuesten Enthüllungen über mich veröffentlichte. Er hatte mir gezeigt, dass *Clark's Sweetness* so viel mehr war als Zahlen und

Kalkulationen.

Während Dads Fokus von jeher auf dem operativen Geschäft gelegen hatte, wies Großvater mich in die Familiengeschichte ein. Er erzählte mir davon, wie mein Ururgroßvater James mit Schokolade aus Mexiko zu handeln begann, wie er sich immer mehr Wissen über den Rohstoff der Kakaobohne aneignete und sich bald schon an eigenen Kreationen für sein Unternehmen versuchte.

Lang war es her. Heute fußte die Firma auf den guten Ideen eines Mannes, der vor knapp dreihundert Jahren gelebt hatte. Neuerungen und Experimente gab es zwar, aber damit wurde eine eigene Abteilung von *Clark's Sweetness* betraut. Das waren Menschen, die mit der Materie über alle Maßen vertraut waren. Geschultes Personal, das die Zusammensetzung der Zutaten im Schlaf auswendig aufsagen konnte, die jedes Gramm Schokolade festhielten und Rezepte entwickelten, die uns bis heute von dem süßen dunkelbraunen Gold leben ließen. Und das sogar sehr gut.

»Mach du dich nur lustig über mich, Dad. Du hast ja keine Ahnung davon, mit welchen Problemen ich mich jeden Tag aufs Neue herumschlagen muss.«

»Das wage ich zu bezweifeln. Schließlich lässt du mich tagtäglich in allen Einzelheiten daran teilhaben.«

Ich hörte den leicht sarkastischen Unterton in Grandpas Stimme und wartete gebannt auf Dads Erwiderung.

»Bitte, bitte. Wenn dir das alles zu viel ist, dann behalte ich meine Sorgen, das Unternehmen betreffend, eben für mich.« Dad gebärdete sich wie ein bockiges Kleinkind, während Grandpa genervt mit den Augen rollte.

»William, ich denke, es ist jetzt nicht angebracht, sich zu streiten. Lass uns Lösungsansätze für die Probleme suchen. Was schwebt dir vor, um der Konkurrenz ein Schnippchen zu schlagen?«

Das war eine äußerst interessante Frage. Denn Dad war wahrlich ein Meister darin, seine Zukunftsängste mit uns zu teilen. Lang und breit. Und sooft er nur konnte. Doch Dad sah sich als einen der erfolgreichsten Geschäftsmänner dieses Landes. Und musste ein solcher nicht immer schon vor allen anderen den Weg aus der Misere heraus kennen?

Dad setzte sich, wenn überhaupt möglich, noch eine Spur aufrechter in seinem Clubsessel hin. Alles in seiner Haltung zeugte von der Entrüstung darüber, dass mein Großvater auch nur einen Moment hatte glauben können, er wäre nicht Herr der Lage. Schließlich war er das immer.

»Selbstverständlich bin ich mir im Klaren darüber, dass wir handeln müssen. Und ich habe bereits das ein oder andere Konzept entwickelt, das uns vor einer Katastrophe bewahren wird.« Mit diesen Worten lehnte er sich mit einem zufriedenen Lächeln auf den Lippen zurück in den klobigen dunkelbraunen Stuhl.

Das Feuer im Kamin prasselte. Funken stoben. Es war bereits Ende Mai. Dennoch war der alte Kasten, in dem meine Familie seit Generationen lebte, so kalt wie im tiefsten Winter. Meist brannte das ganze Jahr über ein Feuer in den Kaminen. Zwar gab es auch eine moderne Heizung im Haus, aber von der wollte mein Vater nichts wissen. Er liebte das Flair der alten Zeiten, auch wenn er sie nie kennengelernt hatte.

Ganz im Gegensatz zu meinem Großvater. Der hatte schon

den Zweiten Weltkrieg miterlebt und wahrhaftig um die Existenz der Firma und um sein eigenes Leben bangen müssen, als die Rohstoffzufuhr aus Lateinamerika abgebrochen war. Er hätte damals sicher alles dafür gegeben, wenn das alte Herrenhaus aus dem Baujahr 1706 zu diesem Zeitpunkt eine Zentralheizung besessen hätte.

»Ich bin sehr gespannt auf deine Ausführungen, mein Sohn.«

Grandpa kannte seinen Sohn nur zu gut. Er wusste, dass er ihm an dieser Stelle besser Honig ums Maul schmierte. Mein Vater konnte unglaublich nachtragend sein. Nicht einmal seinem Vater würde er verzeihen, dass er es auch nur gewagt hatte, an ihm und seinen Fähigkeiten zu zweifeln.

Dad nahm einen tiefen Zug seiner Zigarre. »Alles zu seiner Zeit«, gab er sich bedeckt. »Aber so viel vorab: Jasper wird dabei eine tragende Rolle spielen.«

Ich verschluckte mich fast an dem Whiskey, den ich mir unter dem missbilligenden Blick meines Vaters vor wenigen Minuten erst eingeschenkt hatte. Zigarren waren in Ordnung. Bei Alkohol vor dem Dinner verstand mein alter Herr hingegen keinen Spaß. Dennoch duldete er es. Gezwungenermaßen. Schließlich war ich erwachsen und konnte mit meinen fünfunddreißig Jahren selbst eine Entscheidung treffen. Auch wenn es dabei nur um einen Whiskey zu noch früher Stunde ging.

»Endlich wirst du die Gelegenheit bekommen, dich zu behaupten, mein Junge. Was sagst du dazu?«

Wie vom Donner gerührt, starrte ich ihn an. »Was genau meinst du denn damit?«

Als alleiniger Erbe des Clark-Imperiums war mir die Bürde der Geschäftsleitung schon mit in die Wiege gelegt worden. Es stand außer Frage, dass ich nach einem erfolgreich absolvierten Studium in Oxford in das Unternehmen einsteigen würde. Seit nunmehr zehn Jahren arbeitete ich für *Clark's Sweetness*, ohne jedoch je von meinem Vater mit wichtigen Dingen, die Firma betreffend, betraut worden zu sein.

Mittlerweile war ich sogar der Ansicht, dass er mir die Führung seines milliardenschweren Unternehmens schlichtweg nicht zutraute. Zeitweise hatte ich ihn sogar in Verdacht, Verhandlungsgespräche zur Übernahme mit Fernost zu führen. Offenbar erschienen ihm diese Geschäftspartner geeigneter zu sein, um sein Lebenswerk fortzuführen, als ich.

Geredet hatte er darüber nie mit mir. Warum auch? Schließlich zog er die Strippen in diesem Spiel aus Macht und Geld, während ich artig wie eine Marionette an ihren Fäden zu tanzen hatte. Was ich wollte, hatte noch nie eine Rolle gespielt. Weder damals, als ich nicht auf das sündhaft teure Internat nach Eaton wollte, noch als ich meinem Vater vorschlug, eine Konditorlehre anzufangen, um das Geschäft von der Pike auf zu lernen. Erst mein Großvater hatte für mich und meinen Wunsch Partei ergriffen. In der Folge hatte ich meine Semesterferien damit verbracht, mich von den führenden Konditoren und Maître Chocolatiers dieser Welt in ihre Künste einweisen zu lassen.

Während meine Kommilitonen alle viere von sich gestreckt und ihre Ferien in vollen Zügen genossen hatten, war ich nicht selten vor fünf Uhr aufgestanden und hatte mit schokoladenverschmierter Schürze und einer ziemlich dämlichen Mütze bis in die Abendstunden in einer stickigen Backstube gestanden. Das klang jetzt verbitterter, als ich tatsächlich war. Sollte es aber gar nicht. Denn es war mit die beste Zeit meines Lebens gewesen. Und die Hörner hatte ich mir auch danach noch reichlich abstoßen können. Ich tat es bis heute. Zum Leidwesen meines Vaters.

Ein aufgeregtes freudiges Zucken umspielte die Mundpartie meines Vaters. »Habe ich dich mit meiner kleinen Ankündigung etwa aus der Fassung gebracht, mein Junge? Das lag gar nicht in meiner Absicht.«

Natürlich tat es das. Dad liebte es, wenn er sich über andere erheben konnte. Aber ich war nicht mehr der Junge von damals, den man mit ein paar hohlen Phrasen einschüchtern konnte. Ich war ein Mann. Das vergaß mein Vater nur dann und wann.

»Jetzt rede doch nicht die ganze Zeit um den heißen Brei herum, William. Schließlich werde ich nicht jünger«, mischte sich Grandpa in die Unterhaltung ein.

Wann immer es nötig war und wann immer Grandpa Arthur zugegen war, übernahm er die Vermittlerrolle zwischen Dad und mir. Manchmal kam es mir so vor, als wenn mein Vater und ich in gegnerischen Teams spielten und jeweils am anderen Ende des Strangs ziehen würden. Ein Konsens zwischen uns beiden war von jeher schwierig. Und das nicht erst, seit ich in der Firma mitarbeitete.

Wenn ich mich recht erinnerte, dann hatten wir schon immer unterschiedliche Meinungen gehabt. Über fast alles. Er mochte klassischen Earl Grey, während ich Darjeeling Tee bevorzugte. Wenn er Hü sagte, sagte ich Hott. Und wenn er nach links abbog, nahm ich die rechte Seite. Wir waren ein bisschen wie Katz und Maus, wie Gegner, die den Anstand wahrten, sich öffentlich nicht zu zerfleischen.

Grandpa hatte schon das ein oder andere Mal versucht, mir zu erklären, dass mein Vater nur so hart geworden war, weil er so früh mit den Geschicken des Unternehmens betraut worden war. Mein Großvater war gerade einmal fünfundfünfzig Jahre alt gewesen, als er einen Herzinfarkt erlitten hatte. Danach hatte er sich nach und nach vollkommen aus der Firma zurückgezogen, und mein Vater war mehr oder minder ins kalte Wasser geworfen worden.

In seinen Augen war er nur so streng mit mir, weil er mich nicht in so einer Situation sehen wollte. Er verlangte mir alles ab. Und das vorgeblich nur zu meinem Besten. Dass es aber mehr brauchte, um ein Kind zu einem Erwachsenen heranzuziehen, hatte mein Vater dabei vollkommen außer Acht gelassen. Wäre meine wundervolle Mutter nicht gewesen, die mich mit ihrer bedingungslosen Liebe von früher Kindheit an regelrecht überschüttet hatte, ich wüsste nicht, was dann aus mir geworden wäre. Nicht zu vergessen mein Großvater, der mich regelmäßig aus der Schusslinie genommen hatte, wenn ich eine schlechte Zensur mit nach Hause gebracht oder einen Tadel kassiert hatte.

Dad erhob bei Großvaters Worten abwehrend die Hände in die Höhe. »Ist ja schon gut.«

Das griesgrämige Gesicht konnte er dabei jedoch nicht verstecken. Es gefiel ihm nicht, dass mein Großvater ihm diesen kleinen Triumph über mich nicht gönnte. Nicht, nachdem ich in der letzten Woche gleich zweimal die Titelseite der *Sun* geziert hatte. Einmal nur in Boxershorts bekleidet und mit einer Magnumflasche Champagner in der Hand. Und einmal mit hochgezogenem Mantelkragen und Sonnenbrille, wie ich aus einem Striplokal herauskam. Nichts besonders Verwerfliches, aber mein Vater sah den Namen Clark doch viel lieber im Wirtschaftsteil als auf der Titelseite der einschlägigen Klatschpresse. Er hatte getobt.

Gewissermaßen konnte ich ihn da sogar verstehen, auch wenn ich diesbezüglich mit Sicherheit nichts an meinem Lebenswandel ändern würde. Mein Vater mochte vielleicht der Herr über *Clark's Sweetness* sein. Aber meiner war er nicht. Mein Privatleben ging ihn nichts an. Besonders nicht, da er sich auch früher nie wirklich dafür interessiert hatte, was ich tat oder mit wem.

Doch eins wurmte mich dennoch. Nämlich die Tatsache, dass ich bis heute nicht wusste, wer der Presse das unvorteilhafte Foto von mir aus meinem Schlafzimmer zugespielt hatte.

»Also?«, hakte Grandpa nach, da Dad in bedächtiges Schweigen verfallen war und wir ihn noch immer erwartungsvoll anstarrten.

»Ich habe mir etwas für dich überlegt, Jasper.«

»Komm auf den Punkt, Dad!« Ich gab mich gelangweilt und distanziert. Eine Attitüde, die ich in den vergangenen fünfunddreißig Jahren nahezu perfektioniert hatte. Zumindest hoffte ich, dass man mir meine Neugierde nicht ansah.

Dad schlug ein Bein über das andere und zog andächtig an seiner Zigarre. »*Clark's Sweetness* ist ein Familienunternehmen mit langer Tradition«, holte Dad weit aus, und ich ahnte bereits in diesem Augenblick, dass das einer dieser Vorträge werden würde, bei denen Grandpa trotz aufrechter Haltung einzuschlafen drohte und ich zwischen einem weiteren Glas Whiskey und dem Unmut meines Vaters, den ich dabei zwangsläufig auf mich ziehen würde, abwog.

Im Grunde wusste ich überhaupt nicht, warum ich mir diese Scharade hier überhaupt antat. Ich war ein erwachsener Mann, stand mitten im Leben und hätte auch ohne meinen Vater eine richtig gute Stellung in der Wirtschaft bekommen. Da war ich mir ganz sicher. Warum also das Affentheater?

Weil du dich nach seiner Anerkennung sehnst, hauchte mir die Stimme tief in meinem Inneren zu. Ja, das war mit Sicherheit ein Grund. Aber lohnte es sich wirklich, dafür jahrelang all die Demütigungen über sich ergehen zu lassen? War es nicht allmählich an der Zeit, auf den Tisch zu hauen und mal Tacheles mit meinem alten Herrn zu sprechen? Wir lebten nicht mehr in den Zwanzigerjahren des vergangenen Jahrhunderts. Meinen Lebensstil konnte ich mir sicher auch auf andere Art und Weise bewahren. Dafür brauchte es Daddys Geld nicht, das pünktlich wie ein Schweizer Uhrwerk jeden Monatsersten auf meinem Konto einging.

»Dad, ich habe zwar keine Ahnung, worauf deine Ausführungen hinauslaufen sollen. Was ich aber ganz sicher weiß, ist, dass ich mir diese nicht länger anhören werde«, hörte ich mich in diesem Moment laut und deutlich mit fester Stimme sagen. Ich kannte meinen Dad nur zu gut. Das, was nun folgen würde, war vermutlich auch wieder nur eine Finte, um mich aus der Reserve zu locken, um mir falsche Versprechungen zu machen und mir vorzugaukeln, ich könnte endlich einen Anteil an seiner Firma haben.

Ein Gefühl von Freiheit stellte sich augenblicklich in mir ein. Ein Hauch Genugtuung mischte sich darunter. Und Stolz. Endlich hatte ich es gewagt, meinem Vater die Stirn zu bieten. Ich war nicht länger der kleine Junge, der sehnsüchtig auf Instruktionen wartete, mit deren Hilfe es ihm womöglich dieses Mal gelingen würde, seinen Vater zu einem seltenen Lob zu erweichen. Das hatte ich überhaupt nicht nötig. Mein Entschluss stand fest. Ich war bereits drauf und dran, den Raum zu verlassen, als mein Vater das Wort an mich richtete.

»Jasper, natürlich steht es dir frei, wann immer du möchtest, zu gehen. Aber ich habe Nachrichten für dich, die dich sicher erfreuen werden. Wie lange liegst du mir schon mit der Bitte in den Ohren, im Bereich der *Ideenküche* unseres Unternehmens tätig werden zu dürfen?«

Mit offenem Mund starrte ich meinen Vater an, während ich zurück in den Sessel glitt. Er hatte es mal wieder geschafft, mich von meinem Vorhaben abzubringen. Aber wenn das, was er mir da in Aussicht stellte, mich nicht tatsächlich vom Hocker reißen sollte, würde ich aufstehen und gehen. Das schwor ich mir.

Mein Großvater blieb derweil ganz ruhig auf seinem Stock abgestützt sitzen und wartete geduldig den weiteren Schlagabtausch zwischen seinem Sohn und seinem Enkel ab. Er war ein treuer Verfechter der Vorstellung, dass jede Streitpartei ihre Argumente ins Feld führen sollte. Aber er stand auch bereit, wenn sich das Gleichgewicht verschieben sollte.

»Was schwebt dir vor?«, fragte ich mit keiner Regung in der

Stimme. Mein Vater sollte nicht wissen, wie sehr ich mich in all den Jahren, in denen ich mich immer wieder aufs Neue hatte beweisen müssen, genau nach diesem Moment gesehnt hatte.

»Nun, wie ich schon sagte: Wir sind ein Familienunternehmen, das besonders von dem Erfindungsreichtum und der Beständigkeit seiner Vorfahren profitiert hat. Traditionen haben uns den Weg ins einundzwanzigste Jahrhundert geebnet, und so Gott will, werden wir auch weiterhin auf diesem Pfad wandeln dürfen …«

»Dad!«, unterbrach ich ihn forsch und gänzlich gegen meine Gewohnheit.

»Ja, ja. Ist ja schon gut. Ich komme ja gleich auf den Punkt. Wo war ich?« Dabei fuhr er sich mit der Hand durch das schüttere Haupthaar. »Ach ja. Traditionen sind gut. Aber sie sind noch besser, wenn man sie ab und an ein wenig würzt, ihnen eine Zutat mit ungewohntem Geschmackserlebnis beimischt.«

»William, Anne läutet gleich zum Tee«, warf Grandpa ein.

Dad seufzte. »Ich habe mich in letzter Zeit vermehrt auf unsere Anfänge konzentriert und bin zu dem Schluss gekommen, dass wir neuen Input brauchen.«

»Bitte, was? Habe ich dich gerade richtig verstanden? Seit Jahren liege ich dir schon damit in den Ohren, einen Bereich zu schaffen, der sich um echte Innovationen bemüht. Anders als die sogenannte Entwicklungsabteilung, die nichts anderes tut, als Märkte zu analysieren, andere Unternehmen auszuspionieren und Verbraucherforschungen in Auftrag zu geben, nur um am Ende Althergebrachtes zu bewahren«, schmetterte ich ihm meine ganze Enttäuschung entgegen.

Doch ich blieb. Ich wollte es aus seinem eigenen Mund hören, dass ihm die Ideen ausgegangen waren, dass er an einem Punkt angekommen war, von dem aus er nicht weiterwusste. Keine Ahnung, ob mich diese Worte in irgendeiner Form befriedigen würden. Darüber wollte ich im Moment nicht nachdenken.

»Bei meiner Recherche bin ich auf einen kleinen Süßwarenladen in Port Isaac an der kornischen Küste gestoßen. Der *Candyheaven* hat sich weit über Cornwall hinaus einen Namen mit seinen Bonbons und der Schokolade gemacht. Das Internet ist voll von den vielen positiven Stimmen.«

Bei den Worten meines Vaters zog ich meine Augenbrauen schier bis zu meinem Haaransatz. »Und was genau soll mir das nun sagen?«

Sosehr ich mich auch darum bemühte, gelang es mir doch nicht, die Berührungspunkte, die in den Augen meines Vaters offenkundig zwischen *Clark's Sweetness* und einem provinziellen Süßwarenladen in Cornwall bestanden, auch nur zu erahnen.

»Nichts. Die Geschichte soll dir nichts sagen. Sie soll dir erklären, was du die nächsten Wochen, vielleicht sogar Monate machen wirst.«

Der Hauch einer Ahnung überkam mich. »Dad, ich habe eine fundierte Ausbildung zum Konditormeister. Neben einem abgeschlossenen Wirtschaftsstudium. Ich habe sehr viel Zeit in den Küchen der renommiertesten Chocolatiers dieses Landes gearbeitet, habe ihnen über die Schulter geschaut und von ihnen alles gelernt, was es zu lernen gab. Warum also dieser *Candyheaven*?«

Mein Vater schmunzelte. Es gefiel ihm, dass er mich genau dort hatte, wo er mich haben wollte.

»Der Inhaber hat vielleicht keinen Michelin-Stern. Wahrscheinlich kennen die Kollegen der gehobenen Küche ihn überhaupt nicht. Aber dafür hat er etwas, worum ich ihn beneide.«

Dann endete er abrupt und hüllte sich in Schweigen, um seinen Worten noch mehr Nachdruck zu verleihen.

Ich schwieg, gab mir nicht die Blöße, ihn wie ein Kind um die Antwort anzubetteln.

In diesem Moment läutete Anne zur Tea Time.

»Also?«, forderte mein Großvater seinen Sohn auf.

Ich gab derweil den *Candyheaven* in der Suchleiste auf Instagram ein, um mir selbst ein Bild von dessen Erfolg machen zu können. »Krass, der Laden hat auf Instagram über eine Million Follower«, bemerkte ich eine Spur zu anerkennend. Als ich mir meines Versehens bewusst werde, ruderte ich zurück

»Das ist jetzt zwar mehr, als ich erwartet hätte, aber *Clark's Sweetness* arbeitet mit Foodbloggern zusammen, die ein Vielfaches mehr an Followern vorweisen können, als dieser Süßwarenladen vermutlich je haben wird.«

»Da muss ich dir recht geben, Jasper. Aber das Geschäft dort in Port Isaac hat im Gegensatz zu uns kein immens hohes Marketingbudget. Die Leute folgen ihm, weil es sie inspiriert. Und weil es die Menschen mit seinen Bonbons und der Schokolade dort erreicht, wo wir schon lange nicht mehr hinkommen.«

»Und das wäre bitte wo?«, fragte ich gelangweilt.

»In ihren Herzen«, kommt Grandpa meinem Vater mit seiner Antwort zuvor.

Dad nickte bei seinen Worten verhalten.

Was sollte das sentimentale Geschwafel? So kannte ich ihn überhaupt nicht. Was sollte ich dort in Port Isaac denn überhaupt tun? Mir Inspiration holen? Bei dem Inhaber in die Lehre gehen? Was erwartet mein Vater von mir? Oder war es am Ende nur ein Versuch, mich aus London wegzulocken, bis sich die Klatschpresse etwas beruhigt hatte?

»Lasst uns rübergehen! Anne hat es nicht gern, wenn wir sie warten lassen.«

Mit diesen Worten erhob sich mein Vater aus seinem Sessel und ging auf die Tür zu. Ich eilte zu meinem Großvater und half ihm auf die Beine. Er tätschelte mir dabei die Hand.

»Das sind doch gute Neuigkeiten. Und Port Isaac ist zu dieser Jahreszeit traumhaft. Ich beneide dich fast ein wenig darum, den Sommer an so einem schönen Ort verbringen zu dürfen. Es ist schon sehr lange her, dass ich zuletzt dort war.« Ein Anflug von Schwermut war aus Grandpas Gesicht abzulesen. Dann schüttelte er leicht den Kopf. »Endlich besinnt sich dein Vater wieder auf das, was unser Unternehmen ausmacht. Nämlich die Familie.« Grandpa klang zuversichtlich. Vielleicht sogar eine Spur zu begeistert für mein Dafürhalten.

»Ich weiß nicht. Was erwartet er von mir? Soll ich tatsächlich in die Einöde Cornwalls fahren, um mir dort anzusehen, wie ein verkappter Hobbybäcker, der seine Leidenschaft zum Beruf gemacht hat, Bonbonstangen ausrollt und Pralinen formt? Ist es wirklich das, was mein Vater von mir erwartet?

Oder steckt da nicht etwas ganz anderes dahinter? Er will mich nur in die Provinz verbannen, damit ich hier in London aus der Schusslinie der Presse bin.«

Grandpa sah mich abwägend an. »Natürlich ist es auch eine Art von Prüfung, Jasper. Wir kennen deinen Vater.« Dann räusperte er sich verlegen. »Aber der Grundgedanke gefällt mir. *Back to the roots!* Molekularküche hin oder her. Wenn die Leute Schokolade essen wollen, dann erwarten sie einen cremigen Geschmack im Mund und dieses selige Seufzen, wenn sie auf ihrer Zunge zerschmilzt. Schokolade ist Leidenschaft. Und wer das vergessen hat, kann über kurz oder lang nicht mehr mit den Großen mithalten. Auch wenn es sich bei den vermeintlich Großen nur um einen – wie sagtest du doch so schön – verkappten Hobbybäcker handelt.«

Grandpa zwinkerte mir vielsagend zu und zog mich anschließend in den Nebenraum.

»Ob Anne heute wohl wieder frische Kresse auf die Gurkensandwiches gegeben hat? Was meinst du?«

Kapitel 3

Valerie

»Machen Sie heute noch mal die rot-weißen Bonbons mit Pfefferminzgeschmack?«, fragte ein kleiner Junge, den ich in den letzten Tagen schon mehrmals im *Candyheaven* gesehen hatte.

»Heute wird es leider keine Vorführung mehr geben, mein Kleiner.« Bei diesen Worten griff ich in das große Glas zu meiner Rechten auf dem Tresen und reichte dem Jungen ein paar der besagten Bonbons, die ich an der Kasse für meine Kunden bereithielt.

Die Augen des blonden Jungen wurden beim Anblick der Süßigkeiten in meiner Hand mindestens doppelt so groß.

»Sind die denn wirklich alle für mich?«, fragte er ungläubig und wagte es dabei nicht, meine Hand mit den Bonbons aus dem Blick zu lassen. Als könnten sie beim nächsten Wimpernschlag schon wieder verschwunden sein.

Ich lachte. »Die sind nur für dich. Verrätst du mir denn deinen Namen?«

Er nickte. »Ich heiße Henry, aber mich nennen alle George.«

»Oh, das ist … Nicht unbedingt der naheliegendste Kosename zu Henry. Wie kommen die Leute denn darauf?«

Henry alias George zuckte mit den kleinen Schultern. »Meine große Schwester heißt Peppa, und als sie noch klein war, hat sie immer *Peppa Pig* geschaut. Ich glaube, sie nimmt es unseren Eltern bis heute noch krumm, dass sie mich nicht

George getauft haben.«

Ich schmunzelte bei seinen Worten. »Also ich würde dich gerne Henry nennen. Ist dir das denn auch recht?«

Der kleine Blondschopf nickte. »Sehr sogar.«

»Was hältst du davon, wenn du bei der morgigen Vorführung mein Assistent bist?«

Henry sah mich aus seinen großen blauen Kulleraugen ungläubig an. Sein Mund blieb offen stehen. »Wirklich?«

Ich ging in die Hocke und legte ihm eine Hand auf die Schulter. Dann schaute ich mich zu allen Seiten hin um und verfiel in einen Flüsterton. Henry hing wie gebannt an meinen Lippen und wagte es abermals nicht, zu blinzeln.

»Ich verrate dir etwas, Henry. Aber du darfst keiner Menschenseele etwas davon erzählen. Abgemacht?«

Henry nickte ganz aufregt. »Und schon gar nicht Peppa«, sagte er und hob die rechte Hand in die Höhe.

Während ich noch überlegte, wie ich den Kleinen weiter auf unser Vorhaben einschwören könnte, kündigte das Glöckchen an der Tür einen neuen Gast an. Aus dem Augenwinkel erkannte ich einen großen, breitschultrigen Mann, der sich fast gehetzt im Geschäft umsah. Wahrscheinlich war er auf der Suche nach einem Last-Minute-Geschenk für seine Schwiegermutter, deren Geburtstag er vergessen hatte. Kam ja auch immer alles so unerwartet. Jedes Jahr aufs Neue. Sarkasmus off.

Du bist fies, Valerie, ermahnte mich mein Gewissen. Der Mann hat dir nichts getan. Lass deine schlechte Laune nicht stellvertretend an allen Männern dieser Welt aus, nur weil du Ron nicht mehr in die Finger bekommst.

»Ist ja schon gut«, zischte ich zurück.

»Was ist gut?«, wollte Henry mit leicht gerunzelter Stirn wissen.

»Das mit deinem Schwur«, lenkte ich ab.

Dann verfiel ich wieder ins Flüstern und gab mich äußerst verschwörerisch. Den neuen Kunden beachtete ich nicht weiter. Vielleicht fand er ja allein, wonach er auf der Suche war. Ansonsten musste er halt noch einen Moment warten. »Die rot-weißen Bonbons kann ich nur machen, wenn mir ein Kind hilft.«

Henry legte den Kopf schief. »Wieso denn das?«

»Schmecken die Bonbons denn nicht irgendwie außergewöhnlich? Vielleicht sogar *magisch*?«, fragte ich.

Henry überlegte kurz, dann nickte er. »Ja, sie sind einfach unglaublich lecker. Ich habe noch nie zuvor so gute Bonbons gegessen. Eigentlich mag ich Süßigkeiten nicht einmal besonders«, gestand er schließlich. »Nur die rot-weißen Bonbons hier im Geschäft schmecken einfach so gut. Ich kann nicht genug davon bekommen.«

Der kleine Junge strahlte bei seinen Worten übers ganze Gesicht und mir ging das Herz bei seinem Anblick auf. Das war der Grund, warum ich meinen Job so sehr liebte. Warum ich nicht im Traum daran dachte, den *Candyheaven* aufzugeben. Ich konnte Kinder wie Erwachsene gleichermaßen mit meinen Süßigkeiten glücklich machen, ihnen ein Lächeln auf die Lippen zaubern. Was bitte gab es Schöneres im Leben, als Menschen mit dem, was man machte, zu erfreuen?

»Und glaubst du, Henry, so etwas Magisch-Fantastisches wie diese Bonbons könnte ein Erwachsener allein herstellen?«

Henry schüttelte sofort mit dem Kopf. »Auf gar keinen

Fall.«

Ich lächelte beim Anblick der blonden Locken, die bei der Bewegung auf und ab wippten.

»Also wirst du mir helfen?«

Henry nickte und hob den Kopf anschließend ein wenig in die Höhe. »Na klar. Du kannst dich auf mich verlassen. Ich lasse dich nicht im Stich.«

Ein Kloß bildete sich bei seinen Worten in meinem Hals. »Das ist sehr lieb von dir, Henry.« Ich lächelte ihm dankbar zu. Er wusste es nicht, aber das, was er mir gerade gesagt hatte, war das Schönste, was ich seit Wochen von einem anderen Menschen außer Lin gehört hatte.

Kinder waren so liebreizend und offen. Mit Ron hatte ich mir sogar vorstellen können, endlich selbst welche zu haben. Aber der Traum war wie eine Seifenblase zerplatzt und hatte einer Leere Platz gemacht, die mich jeden Tag ein wenig mehr von innen her auffraß. Henry war ein kleiner Lichtblick. Ich strubbelte ihm durchs Haar und erhob mich aus der Hocke.

»Jetzt geh besser zurück zu deinen Eltern. Sie werden sich bestimmt schon fragen, wo du so lange bleibst. Ich freu mich auf morgen.«

Henry steckte sich die Bonbons, die er noch immer in Händen hielt, in die Hosentasche. »Und ich mich erst.« Dann machte er auf dem Absatz kehrt und ging zur Tür.

»War das Ihrer?«, wollte der Mann plötzlich wissen, der vor einigen Minuten in den Laden gekommen war. Ich hatte ihn schon ganz vergessen. Bisher hatte er sich nicht bemerkbar gemacht. Offenbar war das mit dem Geschenk für die Schwiegermutter doch eine etwas größere Sache. Jetzt kam er nicht weiter und brauchte meine Hilfe.

»Henry ist ein Kunde. Wie kann ich Ihnen behilflich sein?«, fragte ich freundlich, aber bestimmt. Nach Small Talk stand mir nämlich ganz und gar nicht der Sinn.

»Ich würde gerne den Chef sprechen.«

»Ich bin die Inhaberin des *Candyheavens*.«

Der Mann räusperte sich verlegen, als er meinen Blick einfing. Gut so. Auch in unserer Zeit schien noch immer die Meinung vorzuherrschen, nur Männer hätten das Zeug, einen Laden zu führen, in der Politik mitzumischen oder Kinder zu unterrichten. Ich hatte es so satt.

»Dann sind Sie also … Ich dachte … Das ist natürlich …«

»Ist schon in Ordnung«, ruderte ich zurück. Schließlich stand da ja noch immer ein Kunde vor mir. Ein Kunde, der sich mit einer schlechten Rezension im Netz an mir rächen konnte, wenn er wollte.

»Wie kann ich Ihnen behilflich sein?«, fragte ich nun weitaus freundlicher.

Die Sache mit Ron hing mir noch immer nach. Mehrmals täglich ertappte ich mich dabei, wie ich meinen Ex zum Mond wünschte. Ich hatte sogar schon mit dem Gedanken gespielt, mir eine Voodoo-Puppe anzuschaffen und ihn mit dem ein oder anderen Nadelstich da zu verletzen, wo es ausgesprochen wehtat.

Aber ich wusste natürlich auch, dass ich die Vertreter seines Geschlechts nicht für Rons Taten bestrafen durfte. Der Mann vor mir konnte ja nichts dafür, dass mein Exmann mich Hals über Kopf verlassen hatte.

»Ich bin auf der Suche nach Pralinen.«

»Dachte ich es mir doch«, zischte ich leise, während ich den Verkaufstresen umrundete und zu ihm kam.

»Wie bitte?«, fragte er.

»Soll es denn für einen bestimmten Anlass sein?«

Die Beantwortung der Frage war eigentlich nicht wichtig. Es war mehr die Neugierde, die mich dazu verleitete, sie zu stellen.

»Ein … Geburtstag.«

Der Mann zögerte, sah mich verstohlen aus den Augenwinkeln an, als wartete er ungeduldig auf meine Reaktion. Wenn mich nicht alles täuschte, dann ging es hier nicht um den Geburtstag der Schwiegermutter. Vielleicht wollte er mit einer erlesenen Pralinenauswahl ja auch erst noch ein Herz für sich gewinnen. Zuzutrauen wäre es ihm.

Irgendwie konnte ich mir von dem Mann mit dem lässigen weißen Shirt, der gut sitzenden Jeans und den leicht gewellten Haarsträhnen, die ihm vorwitzig in die Stirn fielen, noch kein Bild machen. Auch wenn er mir plötzlich, da ich ihn so genau musterte, bekannt vorkam. Irgendwo hatte ich ihn schon mal gesehen. Ich kam bloß nicht drauf.

Ein Schauspieler? Musiker? Womöglich war er sogar ein Politiker?

»Gefällt Ihnen, was Sie sehen?«, weckte er mich mit einem schiefen Lächeln aus meinen Gedanken. »Ich bin in letzter Zeit nicht mehr ganz so in Form. Vielleicht sollte ich während meiner Zeit hier in Port Isaac wieder mit dem Laufen anfangen. An der Küste entlang gibt es bestimmt ausgesprochen schöne Wege.«

»Hm … Ja … Ich … Also … Das … Wie stehen Sie zu

zartbitter?«, fragte ich unbeholfen.

Er lächelte mich wissend an. »Ich liebe sie.«

»Wen?«, fragte ich schockiert und spürte, wie mir die Röte in Sekundenschnelle bis unter den Scheitel hochschoss.

»Zartbitterschokolade«, erwiderte er grinsend. »Was sonst?«

Schnell wandte ich mich von ihm ab und gab vor, mich im Laden nach einem passenden Präsent umzuschauen. Dabei versuchte ich möglichst viel Zeit zu schinden, ehe ich ihm wieder unter die Augen treten musste.

In Gedanken sah ich noch immer dieses leicht süffisante, ausgesprochen attraktive Grinsen auf seinen Lippen, das Leuchten in seinen Augen, deren Farbe mich an den aufgeklarten Himmel über Port Isaac nach langem Regen erinnerte.

Verlegen schüttelte ich meinen Kopf, als ich mir meiner Gedanken bewusst wurde. Was zur Hölle war bloß los mit mir? Hatte ich mir nicht geschworen, dass ich von jetzt an auch ganz prima ohne Männer auskam? Wochenlang war mir das ganz wunderbar gelungen, und nun, da dieser Möchtegern-Schwiegermutter-Liebling in meinen *Candyheaven* hereinschneite, schaltete ich auf Autopilot und vergaß alles drumherum.

»Vielleicht wäre das ja das Richtige.«

Ohne ihm in die Augen zu sehen, reichte ich dem Mann eine kleine Auswahl an edelsten Pralinen, die ich selbst hergestellt hatte. Die cremige Orangenlikörfüllung gepaart mit dem feinen Marzipan ergaben mit der zartbitteren Schokolade ein besonderes Geschmackserlebnis – mein Verkaufsschlager in dieser Saison. Die Leute rissen sie mir buchstäblich aus den Händen. Ich kam gar nicht nach, ausreichend davon zu produzieren.

Seit meine Pralinen von ein paar Foodbloggern und Influencern auf Instagram entdeckt worden waren, versandte ich meine Schokolade und die Bonbons auch. Teilweise sogar ins Ausland. Die Nachfrage war stetig angewachsen. Manch einer der Touristen kannte diese einschlägigen Blogs, kam nur wegen der Bilder und der Nennung des Ladens in meinem kleinen *Candyheaven* vorbei und wollte neben meinen Köstlichkeiten unbedingt noch ein Foto mit mir.

Verrückte Welt! Für mich war der Trubel neu und zeitweise auch ein wenig viel. Aber ich wollte niemanden vor den Kopf stoßen. Dafür liebte ich das, was ich machte, viel zu sehr.

»Das sieht äußerst verführerisch aus«, meinte in diesem Moment mein einziger Kunde und sah mir dabei fest in die Augen.

Ich schluckte und zwang mich, meinen Blick von ihm zu lösen. Aber sosehr ich mich auch bemühte, er wollte mir einfach nicht gehorchen. Ganz so, als hätte er ein Eigenleben entwickelt.

»Ich … Was … Ich verstehe nicht …«

Dann hob er die Schachtel mit den Pralinen, die ich ihm vor wenigen Minuten gereicht hatte, in die Höhe, während sich ein verschmitztes Lächeln auf seinen Lippen ausbreitete.

Natürlich. Die Pralinen. Er meinte die gottverdammten Pralinen. Nicht mich!

Es dauerte einen Augenblick, bis ich die Beherrschung wiedererlangt hatte.

»Es freut mich, dass Ihnen meine Auswahl gefällt. Darf ich

Ihnen die Pralinen einpacken?«, fragte ich routiniert. Indes tobte noch immer ein Sturm in mir, und mein Herz schlug so laut, dass das Rauschen in meinen Ohren omnipräsent war.

Sosehr ich mich auch zu beruhigen versuchte, es wollte mir einfach nicht gelingen. Was war nur los mit mir? Vor mir stand ein Kunde. Nichts weiter. Er würde schon gleich seinen Geldbeutel zücken, die Süßigkeiten bezahlen und meinen Laden sodann auf Nimmerwiedersehen verlassen. Einer von so vielen. Und dennoch versetzte mir der Gedanke einen Stich ins Herz.

»Das wäre sehr liebenswürdig von Ihnen.«

Als er mir die Schachtel mit den Pralinen erneut reichte, berührten sich unsere Hände für den Bruchteil einer Sekunde. Die Nähe wirkte so vertraut, und das Gefühl, das mich sogleich übermannte, hielt mich gefangen. Unsere Blicke verfingen sich ineinander, wollten gar nicht mehr voneinander ablassen. Sein Mund war leicht geöffnet, und ich ertappte mich dabei, wie ich sehnsüchtig auf seine Lippen starrte und mich fragte, wie es sich wohl anfühlen würde, ihn dort zu berühren.

»Erde an Valerie! Erde an Valerie!«, ermahnte mich die Stimme der Vernunft. Ich erschrak dabei so furchtbar über mich selbst, dass ich meine Finger viel zu ruckartig von ihm löste und mir die Schachtel daraufhin aus der Hand glitt.

Der nur allzu gut aussehende Mann bückte sich nach vorn, um die Pralinen aufzufangen. Ich folgte dem gleichen Impuls, und unsere Köpfe stießen gegeneinander.

»Aua!«, schrien wir beide wie aus einem Munde, ehe wir uns ansahen und herzhaft zu lachen begannen.

Es war lange her, dass ich mich so unbefangen und frei gefühlt hatte. Was machte dieser Mann nur mit mir?

»Hier«, sagte er nach einer gefühlten Ewigkeit und reichte mir die Schachtel, die er bravourös vor dem harten Aufprall auf dem Boden der Tatsachen bewahrt hatte. »Und machen Sie bitte eine rote Schleife um das Geschenk.« Seine Stimme klang in diesem Moment ein wenig heiser, was sich sehr sexy anhörte.

Ich nickte und eilte zum Tresen. »Ich werde sehen, was sich machen lässt.«

Das Glöckchen über der Tür bimmelte und kündigte neue Kunden an. Die traute Zweisamkeit mit Mr. Sexy würde schon in den nächsten Sekunden Geschichte sein. Ein Hauch von Enttäuschung machte sich bei diesem Gedanken in mir breit. Keine Ahnung, woran es lag, aber am liebsten wäre ich zur Tür gerannt und hätte das Geöffnet-Schild auf Geschlossen gedreht.

Ich schüttelte leicht den Kopf, ehe ich die neuen Kunden – ein älteres Ehepaar aus Halifax, das die Sommer seit einigen Jahren in Port Isaac verbrachte – in meinem Laden mit einem Lächeln begrüßte.

Dabei entging mir jedoch nicht, wie mich der Pralinen-Mann beobachtete und seinen Blick viel zu lange auf mir ruhen ließ.

Mühevoll rief ich mir die vermeintliche Schwiegermutter und die Freundin ins Gedächtnis, die ich mir zu Beginn unseres Aufeinandertreffens ausgemalt hatte. Das half zwar nur unzureichend, aber es war immerhin ein Anstoß für mein Herz, seinen Rhythmus von einem flippigen Mambo in einen gleichmäßigen Wiener-Walzer abzuändern.

In Rekordschnelle verpackte ich die Pralinen, band eine Schleife darum und reichte sie Mr. Sexy, der sich mir gegenüber an den Verkaufstresen gestellt hatte. Ohne den Blick in seine Richtung zu heben, tippte ich etwas in meine etwas schwerfällige uralte Registrierkasse.

»Das macht dann 19,99 Pfund.«

Der Mann pfiff anerkennend durch die Lippen. »Das ist ein stolzer Preis für ein wenig Schokolade.«

»Das ist ein guter Preis für Handarbeit«, erwiderte ich schnippisch.

Dann tat ich es doch und sah ihm in die Augen. Ein Fehler. Er sah zufrieden aus. So, als hätte er mich lediglich aus der Reserve locken wollen, um mich dazu zu zwingen, ihn anzusehen.

Und ich sah ihn gerne an. Viel zu gerne, wie mir in diesem Augenblick erst bewusst wurde. Ich konnte gar nicht genug von dem satten Blau seiner Augen bekommen. Das Leuchten darin erinnerte mich jetzt an den Sonnenaufgang am Hafen.

»Nehmen Sie auch Kreditkarten? Wenn es so ist, dann werde ich den Preis nämlich ausgesprochen gerne bezahlen.«

Der Blick des Mannes glitt von meinen Augen zu meinen Händen. Eine Gänsehaut überzog mich bei der Geste.

»Natürlich«, erwiderte ich und griff nach der Karte, die er vor mir auf dem Tresen abgelegt hatte.

»Hallo, Valerie«, begrüßte mich Raimund, der Urlauber aus Halifax.

»Hey, Raimund«, erwiderte ich den Gruß, während ich die Karte ins Lesegerät schob. »Was kann ich für dich tun?«

»Wann gibt es denn die nächste Vorführung? Annie und ich brennen darauf, dich mal wieder in Aktion zu sehen.«

Bei den Begeisterungsstürmen des Rentners, der mich mit seinem üppig geschwungenen schwarzen Schnauzbart an *Hercule Poirot*, Agatha Christies Meisterdetektiv, erinnerte, musste ich lachen.

»Morgen früh um zehn Uhr mache ich meine rot-weißen Bonbons.«

Raimund sog die Luft zwischen seinen leicht geöffneten Lippen hörbar ein. »Wirklich?« Dann wandte er sich zu seiner Frau um und berichtete ihr ganz aufgeregt davon. »Annie, hast du gehört, was Valerie gesagt hat?«

»Nein, mein Schatz«, erwiderte diese mit einem Lächeln auf den Lippen. »Was gibt es denn?«

Während das ältere Ehepaar sich einen Plan zurechtlegte, wie es den morgigen Tag gestalten musste, um meine Präsentation noch unterzubringen, entnahm ich die Kreditkarte dem Lesegerät und reichte den Beleg an Mr. Sexy zum Unterschreiben weiter.

Jasper Clark stand auf der Karte geschrieben. Ein Name, der mir irgendwie bekannt vorkam. Doch woher? Wo hatte ich ihn schon mal gehört? Vielleicht doch ein Schauspieler? Oder der Frontsänger einer weltbekannten Band?

»Könnte ich meine Karte vielleicht wiederbekommen?«, hörte ich Mr. Sexy in diesem Moment fragen.

Wie vom Donner gerührt, streckte ich ihm die Karte entgegen.

»Natürlich, entschuldigen Sie bitte.«

»Oder hat irgendetwas bei der Bezahlung nicht funktioniert?«

»Nein, nein!«, winkte ich ab. »Es ist wirklich alles bestens.«

Doch anstatt zu gehen, blieb er weiterhin direkt mir gegenüber stehen. Nur der Tresen trennte uns voneinander.

»Wenn Sie dann noch so nett wären und mir meine Pralinenschachtel geben könnten …«

»Oh, aber natürlich. Natürlich.«

Ein belustigtes Lächeln umspielte seine Lippen, als er sich von mir verabschiedete.

Als die Tür ins Schloss fiel, meinte Annie: »War das nicht Jasper Clark, der milliardenschwere Erbe von *Clark's Sweetness*?«

Und schlagartig verfinsterte sich meine Laune.

Kapitel 4

Jasper

»Na, mein Junge, wie ist es in Port Isaac?«, fragte mein Großvater, kaum dass ich das Gespräch entgegengenommen und einen Fuß in das kleine Cottage mit der gedrungenen Deckenhöhe in *Rose Hill* etwas oberhalb von Port Isaac gesetzt hatte.

Freundlich nickte ich der Wirtin zu, bei der ich vor nicht einmal zwei Stunden bei meiner Ankunft das Gepäck hinterlegt hatte. Das Zimmer war noch nicht fertig gewesen. Die Frau mit dem schlohweißen, lockigen Haar und der rundlichen Figur hatte mich ein wenig an meine Großmutter erinnert, die vor nicht einmal zwei Jahren gestorben war.

Ich lachte in den Hörer. »Grandpa, du weißt doch, dass ich eben erst angekommen bin. Allzu viel habe ich bisher nochnicht gesehen.«

Wobei ich in dieser Hinsicht nicht ganz ehrlich zu meinem Großvater war. Schließlich war ich bereits im *Candyheaven* gewesen und hatte unter anderem Bekanntschaft mit der Eigentümerin des Süßwarenladens machen können. Keine Ahnung, wie Dad auf die Idee gekommen war, es müsste sich um einen männlichen Inhaber handeln.

Mit meinen Händen versuchte ich meiner Vermieterin zu signalisieren, dass ich meinen Schlüssel jetzt gerne hätte, um auf mein Zimmer zu gehen. Als sie mich ein wenig skeptisch beäugte, schob ich ihr das Pralinenschächtelchen über den Tresen.

»Grandpa, ich bin gerade erst in der kleinen Pension angekommen. Darf ich dich zurückrufen? Ich habe noch nicht einmal meinen Zimmerschlüssel«, versuchte ich mich zu erklären.

Grandpa räusperte sich. »Kein Problem, mein Junge, ich wollte nur hören, ob du auch gut angekommen bist. Melde dich, wann immer dir danach ist.«

Mit dem wohligen Gefühl im Herzen, von meinem Großvater ohne Wenn und Aber geliebt zu werden, beendete ich das Gespräch. Während mein Vater und ich meist keine fünf Sätze miteinander wechseln konnten, ohne uns dabei in die Haare zu kriegen, telefonierte ich gerne mit meinem Grandpa. Im Gegensatz zu meinem Vater war er besonnen und empathisch. Er konnte sich viel besser in mich hineinversetzen als sonst jemand. Manchmal wünschte ich mir, er wäre mein Vater.

»Sind die etwa für mich?«

Die Wangen meiner Wirtin färbten sich bei ihrer Frage zartrosa, während sie sich gleichzeitig vor Rührung eine Hand auf die Brust legte.

»Ja, die sind für Sie. Ich habe gehört, dass Sie die netteste Bed-&-Breakfast-Besitzerin an der kornischen Küste sind.«

Wenn überhaupt möglich röteten sich die Wangen von Mrs Schumacher – welch eigentümlicher Name für eine Frau aus Cornwall? – noch eine Spur weiter. Dann winkte sie ab. »Wer behauptet das denn?«

»Das Internet ist voll von guten Rezensionen, die alle mehr oder weniger genau das auf den Punkt bringen, was ich eben sagte. Ich finde, es ist an der Zeit, dass Ihnen das auch mal jemand persönlich sagt.«

Ein angedeutetes Lächeln erschien auf ihren Lippen. »Vielen Dank, Mr Clark.« Sie wandte den Blick ein wenig ab und fuhr sich verlegen durchs Haar. »Ihr Zimmer ist jetzt fertig. Mein Mann wird Ihnen mit dem Gepäck behilflich sein.«

Wie aufs Stichwort erschien ein hagerer, alter Mann mit meinem Rollkoffer in der Hand. »Mr Clark, Ihr Zimmer befindet sich im ersten Obergeschoss im Flur ganz hinten links.« Mit diesen Worten reichte mir Mrs Schumacher einen Schlüssel, den ich dankbar entgegennahm.

Mr Schumacher war bereits auf halbem Weg zur Treppe, ehe ich ihn stoppen konnte.

»Das wird nicht nötig sein, Mr Schumacher. Ich trage meinen Koffer selbstverständlich selbst nach oben.«

Mr Schumacher grinste und erinnerte mich dabei ein wenig an meinen Großvater. »Sie glauben wohl, ich schaff das nicht mehr. Ha! Ich habe erst vor zwei Wochen drei Koffer auf einmal nach oben getragen. Roselyn, Liebes, sag es ihm!«, bat er seine Frau um Schützenhilfe.

Diese lächelte rücksichtsvoll. »Das hat er tatsächlich. Wobei ich mich nur ungern an die Rückenschmerzen zurückerinnern mag, die dich danach tagelang gequält haben, mein Schatz.«

Mr Schumachers Miene verfinsterte sich eine Spur. »Das war doch alles nur halb so schlimm«, behauptete er. Man konnte ihm deutlich ansehen, wie unangenehm ihm die Offenbarung seiner Frau war. Dann wandte er sich an mich. »Können wir nach oben gehen?«

Ich unterließ einen weiteren Versuch, den rüstigen Rentner davon zu überzeugen, dass ich meinen Rollkoffer auch allein ins Obergeschoss verfrachten konnte. Augenscheinlich war es Mr Schumacher ein Anliegen, zu beweisen, wie fit er noch war. Vielleicht wollte er seiner Frau imponieren. Was auch immer der Grund für seine Starrköpfigkeit war, ich ließ ihn gewähren und fügte mich in mein Schicksal.

»Gerne nach Ihnen, Mr Schumacher.«

Der alte Mann nickte mir kaum merklich zu und hob den Koffer an, um ihn die Treppen nach oben zu hieven. Ohne zu klagen oder gar das Gepäckstück für eine kleine Verschnaufpause auf einer der Stufen abzustellen, gelangten wir in den besagten Flur, an dessen Ende sich mein Zimmer befand.

Mr Schumacher öffnete mir mit den Worten: »Sie haben wirklich eines der schönsten Zimmer im Haus bekommen. Mit Blick auf den Hafen von Port Isaac. Für gewöhnlich ist das Zimmer zu dieser Jahreszeit immer ausgebucht. Das Ehepaar McAllister, das jedes Jahr zu dieser Zeit zum Wandern in unsere Region kommt und dann bei uns verweilt, musste in diesem Jahr wegen Krankheit stornieren. Wirklich sehr schade. Aber wie gesagt: Glück für Sie.«

Mit wenigen Schritten stand ich am Fenster und blickte hinaus. Über Port Isaac spannte sich ein unverschämt blauer Himmel. Keine Wolke war zu sehen. Die Sonne stieg von Tag zu Tag ein wenig höher. Nicht mehr lange, und der Sommer war da. Ich konnte ihn schon riechen, wie er sich langsam über das Meer anschlich und mit der salzigen Brise vermischte, um ein laues Lüftchen daraus zu machen. Gerade noch so angenehm, dass man nicht ins Schwitzen geriet.

»Wenn das alles war, Mr Clark, dann wünsche ich Ihnen einen angenehmen Aufenthalt in unserem Cottage hier auf *Rose*

Hill.«

Ein Hauch von Verlegenheit machte sich in mir breit, als ich mich zu dem Mann umdrehte. Wäre ein Trinkgeld für seine Hilfe nicht angebracht? Aber irgendetwas sagte mir, dass Mr Schumacher das Geld nicht annehmen würde. Und ich wollte ihn auf keinen Fall bloßstellen. Nein, ich brauchte eine andere Idee, wie ich mich gebührend erkenntlich zeigen konnte. Aber die würde mir bestimmt noch kommen.

Wie sagte mein Großvater immer so schön: Kommt Zeit, kommt Rat!

Kapitel 5

Valerie

Kaum dass Raimund und Annie den Laden wieder verlassen hatten, kam Lin mit einem dampfenden Kaffeebecher und einem Heidelbeermuffin vorbeigeschneit.

»Ich komme mit einem Friedensangebot.«

Lin sah äußerst zerknirscht aus, als sie mir nacheinander erst den Becher und dann den Muffin reichte. Seit dem Vorfall am Hafen, bei dem sie mir vorgeschlagen hatte, mich wieder auf Männer einzulassen, um meinen Kummer mit Ron zu vergessen, hatte sich unsere Freundschaft ein wenig abgekühlt.

Ich liebte Lin wie eine Schwester, aber in diesem Moment hatte sie eine unsichtbare Linie übertreten, und es war mir in der Folge sehr schwergefallen, ihr das sicher nur gut gemeinte Unterfangen zu verzeihen.

»Hey, Lin, du wirst nicht glauben, wer vor nicht einmal einer Stunde hier bei mir im Laden war.«

Erleichterung machte sich bei meinen Worten in ihrem Gesicht breit.

»Oh, lass mich raten! War es eine bekannte Schauspielerin? March hat mir erzählt, dass die Karten diese Saison sehr gut dafür stünden, dass Beth Parker aus *Ewiglich nur du* ihren Sommer hier bei uns an der Küste verbringen wird.«

»Wer?«, hakte ich nach, da mir der Name nichts sagte.

Lin verdrehte die Augen. »Wir sollten demnächst echt mal wieder netflixen, damit du auf den neuesten Stand kommst.«

Ich lachte. »Das können wir gerne machen. Aber zu deiner Frage: Es war definitiv nicht Beth Parker, die mich heute mit ihrer Anwesenheit beglückt hat. Der Kandidat war männlich.«

Sehr männlich sogar. So männlich, dass ich noch immer permanent an ihn denken musste. Gleichzeitig hatte sich eine gewisse Unruhe in mir breitgemacht, als Annie Mr. Sexy als milliardenschweren Erben von *Clark's Sweetness* entlarvt hatte.

Clark's Sweetness war ein traditionsreiches Unternehmen, das seit drei Jahrhunderten weit über die Landesgrenzen hinaus für seine Schokolade bekannt war. Jedes Kind wuchs mit dem Kakao der Firma auf.

Warum war der Erbe dieses Schokoladengiganten heute ausgerechnet in meinem kleinen *Candyheaven* aufgetaucht? Auch die Tatsache, dass er sich in meinem Laden in aller Seelenruhe umgesehen und sich von mir eine Auswahl meiner edelsten Pralinen aussuchen lassen hatte, beunruhigte mich zusehends.

Hatten die Foodblogger und Influencer womöglich dafür gesorgt, dass ich schlafende Hunde geweckt hatte? Fühlte sich dieser Schokoladenriese Goliath am Ende sogar von mir winzigem David bedroht?

Aber das war lächerlich! Mein Laden warf gerade einmal so viel ab, dass ich gut davon leben konnte. Große Sprünge konnte ich mir unter den gegebenen Umständen nicht leisten. Ferner hatte ich keinerlei Ambitionen, zu expandieren oder mich anderweitig zu profilieren. Warum war Jasper Clark also heute bei mir gewesen? Reiner Zufall? Oder hatte er doch Hintergedanken gehabt?

Während Lin laut nachdachte, wer denn nun die prominente

Persönlichkeit gewesen sein könnte, von der hier die Rede war, ging ich hinüber zur Tür, schloss sie ab und drehte das Geöffnet-Schild auf Geschlossen.

»Oh, wow«, kommentierte Lin mein Handeln.

Als ich mich mit hochgezogenen Augenbrauen zu ihr umdrehte, lächelte sie mir beschwichtigend zu.

»Ich kann mich nicht daran erinnern, dass du den Laden je früher zugemacht hättest. Der Besuch muss dich ja regelrecht aus der Bahn geworfen haben.« Lin zwinkerte mir verschwörerisch zu. »War es vielleicht Liam Hammersmith oder Bruce King? Ich schwöre, wenn mir einer von den beiden über den Weg laufen würde, könnte ich für nichts garantieren.« Lin kicherte albern, während ich nach wie vor rätselte, was Jasper Clarks Anwesenheit im *Candyheaven* zu bedeuten hatte.

Meine gemütlich mit bunten Kissen und zwei weißen Decken ausstaffierte Bank vor der Schaufensterfront wartete schon auf uns. Ich bedeutete Lin, mir zu folgen, setzte mich und zog sogleich die Beine an den Körper, während ich den ersten Schluck meines Kaffees trank.

»Es war kein Schauspieler.«

Bei meinen Worten setzte sich Lin neben mich und ließ im selben Augenblick die Mundwinkel nach unten absacken.

»Nicht? Wie schade. Aber wer war es denn dann? Spann mich nicht weiter auf die Folter! Ich kann es kaum noch aushalten.«

Obwohl mir ganz und gar nicht zum Lachen zumute war, musste ich bei Lins aufgeregten Worten grinsen.

»Kennst du *Clark's Sweetness*?«, fragte ich und biss sogleich halbherzig in den wundervollen Heidelbeermuffin, den March zu backen wusste wie keine andere.

Lin sah mich an, als wäre ich von einem anderen Stern. »Aber natürlich kenne ich *Clark's Sweetness*. Ich glaube kaum, dass irgendwer in diesem Land die berühmte Schokolade nicht kennt. Wenn, dann müsste er schon sehr zurückgezogen leben. Und das seit Jahrhunderten. Ein Einsiedler vielleicht ohne Kontakt zur Außenwelt?«, alberte Lin, die offenbar spürte, wie sehr mich das Ganze wirklich mitnahm.

»Jasper, der Erbe des Unternehmens, hat heute ganz unverblümt in meinem Laden gestanden und hat sich in aller Seelenruhe bei mir umgesehen, ehe er sich eine Pralinenauswahl von mir empfehlen ließ und kaufte.«

Lin überlegte kurz, was sie mit den Informationen anfangen sollte, als ich Henry vor dem Schaufenster erblickte. Er winkte mir glücklich und voller Stolz zu. Seine große Schwester zog ihn an der Hand, als er stehen blieb. Sie wohnten oben bei Lins Großmutter auf *Rose Hill*. Der Weg durch die geschwungenen engen Straßen von Port Isaac war zwar nicht weit, aber sehr bergig.

Ich winkte ihm zu und formte mit meinen Lippen *»Bis morgen!«*. Er verstand und grinste bis über beide Ohren.

»Bis morgen?«, wiederholte Lin, die offenbar nicht mitbekommen hatte, dass ich mich mit Henry unterhalten hatte. »Was ist morgen? Will er da noch mal kommen?«, wollte sie schließlich wissen.

Ich zuckte mit den Schultern. »Keine Ahnung! Vielleicht hat er eine Stippvisite in Port Isaac gemacht und wollte sich mal meinen Laden ansehen. Du weißt ja, dass er seit einiger Zeit sehr präsent in den sozialen Medien ist. Kann gut sein, dass er sich den *Candyheaven* einfach nur mal ansehen wollte.«

Meine Worte waren nicht nur eine Erklärung für Lin. Vielmehr sollten sie mich selbst beruhigen und mir die aufkeimende Angst nehmen. Vor was auch immer.

Doch Lin kannte mich besser. »Sag mal, hat dich der Besuch von diesem Jasper Clark in irgendeiner Form beunruhigt?«

Etwas lieblos zupfte ich an meinem Muffin herum. Einzelne Krümel fielen auf das pinke Kissen, auf dem ich saß. »Ja. Schon möglich. Es hat mich zumindest irgendwie verunsichert. Ich meine, warum kommt denn *Clark's Sweetness* in Form von dessen Erbe in meinem Laden vorbei? So gerne ich es mir auch einreden möchte, kann es kein Zufall gewesen sein. Und wenn es kein Zufall war, was war es dann?«, stellte ich die Frage, die mich seit mehr als einer Stunde beschäftigte.

Lin zuckte mit den Schultern. »Vielleicht hat er dringend ein Präsent für jemanden gebraucht. Ich würde jetzt nicht zu viel in das Ganze hineininterpretieren. Wobei es natürlich schon ein wenig außergewöhnlich ist, dass Jasper Clark gerade hier bei uns in dem verschlafenen Fischerdörfchen in Cornwall gelandet ist. Verbringt der seinen Urlaub nicht meist an der Côte d'Azur oder in der Karibik?«

»Da weißt du wohl mehr über ihn als ich. Aber der ganze Promiquatsch ist einfach nicht meine Welt. Ich hänge lieber mit Bonbons und Schokolade ab.«

»Und du zerlegst offenbar auch liebend gerne die köstlichsten Muffins jenseits dieser Hemisphäre. Lass das bloß nicht March wissen! Die kann das nämlich gar nicht leiden, wenn man mit ihrem Essen spielt.«

Ich grinste. Lin verstand es, mir ein Lächeln auf die Lippen zu zaubern. »Was, wenn Jasper Clark gekommen ist, um meinen Laden zu übernehmen? Was, wenn er mir ein verdammt gutes Angebot für all das hier macht?« Ich deutete auf die Vitrinen und Kuchenbuffets, in denen ich meine Eigenkreationen zur Schau stellte. »Was, wenn ich mich frage, ob ich es annehmen sollte?«

Lin überlegte kurz, trank ebenfalls von ihrem Kaffee und drehte sich dann ein wenig vom Fenster weg. Die tiefstehende Sonne blendete sie.

»Ich verstehe nicht, wie du das alles aus diesem einmaligen Einkauf herauslesen willst. Hat er denn diesbezüglich Andeutungen gemacht, dir womöglich schon ein Kaufangebot unterbreitet?« Sie lächelte mich aufbauend an. »Was lässt dich denn glauben, dass er gesteigertes Interesse an dir und dem *Candyheaven* hätte?«

»An mir?«, fragte ich bestürzt. »Das habe ich mit keiner Silbe angedeutet.«

Lin kicherte albern. »Aber ich kann ganz deutlich sehen, dass du dem nicht abgeneigt gewesen wärst.«

»Wie bitte?«, gab ich mich pikiert.

»Lass uns zum Wesentlichen zurückkommen«, wiegelte Lin unvermittelt ab. »Warum glaubst du, *Clark's Sweetness* möchte deinen Laden übernehmen, und warum bereitet dir allein der Gedanke daran schon solches Kopfzerbrechen?«

Ich seufzte und ließ meinen Blick erneut nach draußen schweifen, so als könnten mir die weiß getünchten Häuserfassaden oder gar die vertraute Aussicht auf das schier endlos erscheinende weite Meer Trost und Orientierung geben. Verstohlen sah ich mich nach allen Seiten hin nach einem Wink des Schicksals um. Wenn die Sonne mich im nächsten Moment an der Nasenspitze kitzeln würde, dann wüsste ich, was zu tun wäre. Oder auch nicht. Es half nichts. Ich musste Lin erklären, was in mir vorging.

»Was, wenn Clark mir ein so gutes Angebot macht, dass ich es nicht ausschlagen kann?«

Nervös biss ich mir auf die Unterlippe, legte das zerrupfte Etwas, das nur noch im Entferntesten an einen Muffin erinnerte, neben das pinke Kissen und umklammerte sodann meinen Kaffeebecher mit beiden Händen.

»Dann nimmst du es an, wenn dir danach ist, oder aber du schlägst es aus, wenn du … Warte! Das hier hat überhaupt nichts mit Clark zu tun. Stimmt's? Es geht um Ron. Hab ich recht?«

Der Moment war gekommen, mich offen und ehrlich meiner Freundin anzuvertrauen. Noch immer hielt ich den Becher fest in der Hand und starrte auf die schwarze Flüssigkeit darin.

»Ich weiß ja, dass sich das alles total dämlich anhört. Ich meine, Jasper Clark hat letztlich nur ein paar Pralinen bei mir gekauft und ist vermutlich schon wieder auf dem Weg nach Hause. Und dennoch ist es so ein großer Zufall, dass er ausgerechnet bei mir reingeschaut hat, dass ich mir Gedanken darüber mache. Ich kann gar nicht anders. Es treibt mich um. Und ja«, ich atmete tief durch, ehe ich den Mut fand, weiterzusprechen, »ich habe auch über Ron nachgedacht. Was wäre gewesen, wenn mir ein solches Angebot, das ja bisher tatsächlich nur in meiner Fantasie existiert, vor ein paar Wochen unterbreitet worden wäre? Hätten Ron und ich es angenommen und endlich unsere Flitterwochen auf den Malediven nachgeholt? Hätten wir vielleicht doch noch eine Chance gehabt?«

Als sich die ersten Tränen aus meinen Augenwinkeln lösten und über meine Wangen kullerten, begriff ich es zunächst gar nicht. Erst als Lin mit ihrem Handrücken über mein nasses Gesicht strich, merkte ich, dass der Staudamm hinter meinen Augen gebrochen war.

»Was, wenn …?«

»Pst, Valerie! Quäl dich bitte nicht so! Es tut mir regelrecht im Herzen weh, dich so zu sehen. Und auch wenn ich nicht weiß, ob es der richtige Moment ist, muss ich es dir dennoch endlich sagen: Ich glaube, Ron und du, das war einfach nicht für die Ewigkeit bestimmt. So leid es mir tut, dir das so direkt sagen zu müssen, aber Ron war ein Lebemann, der nie lange an einem Ort bleibt. Wie oft ist er in der Vergangenheit umgezogen? Zehn oder zwölf Mal? Er wäre nicht geblieben. Und damit meine ich nicht Port Isaac.«

Lin sah bekümmert drein. Ich sah ihr deutlich an, wie schwer es ihr fiel, mich mit ihrer Meinung zu konfrontieren. Das Letzte, was sie wollte, war, mich zu verletzen. Das wusste ich.

»Vermutlich hast du recht, und Ron hätte über kurz oder lang einen anderen Grund als den *Candyheaven* gefunden, um mich zu verlassen.« In diesem Moment brach es gänzlich aus mir heraus. Die Hoffnungslosigkeit, die Gewissheit und letztlich auch die Enttäuschung gemischt mit einer immensen Wut auf den Mann, dem ich mein Herz geschenkt hatte, brachen sich Bahn.

Unter Schluchzern erklärte ich nach einer Weile: »Aber genau diese Tatsache tut so furchtbar weh. Ich hatte nie eine Chance. Weißt du? Er wäre gegangen. Egal, wann. Das mit uns hatte von vornherein ein vorbestimmtes Mindesthaltbarkeitsdatum. Er wusste das. Ich nicht.«

»Ach, Süße.« In diesem Moment zog mich Lin ganz fest in ihre Arme, und Jasper Clark spielte nur mehr eine untergeordnete Rolle.

Kapitel 6

Jasper

Mit im Nacken verschränkten Armen lag ich ausgestreckt auf dem Bett meines Zimmers und starrte bereits seit einer Ewigkeit an die Zimmerdecke. Direkt über mir verlief ein haardünner Riss bis zur gegenüberliegenden Seite des Raums.

Die Linie teilte die Decke mehr oder minder in zwei gleich große Teile. Gut und böse. Richtig und falsch. Rechts der Wunsch, mich endlich in das Unternehmen meiner Familie einbringen zu dürfen, und links die Sehnsucht, meine eigenen Träume und Visionen zu verwirklichen. Was wäre, wenn meine Zukunft nicht schon von Kindesbeinen an vorbestimmt gewesen wäre? Wo wäre ich dann? Was würde ich mit meinem Leben anstellen? Und wie ich so dalag und endlich zur Ruhe kam, geriet ich immer mehr ins Grübeln.

Der Nachmittag meines ersten Tages hier in Port Isaac lag hinter mir. Wenn ich nicht verhungern wollte, musste ich das Nachdenken wohl in nächster Zeit einstellen, um mich die eng geschwungenen, schmalen, mit Kopfstein gepflasterten Gassen hinunter in das kleine Fischerdorf zu schlängeln. Dort sollte ich auf alle Fälle noch etwas zu essen finden. Wobei das vermutlich aber auch das Einzige war, was ich zu dieser Tageszeit finden würde. Von einem ausschweifenden Partyleben in Port Isaac hatte ich zuvor definitiv nichts gehört. Wobei ich mir nicht einmal sicher war, ob ich überhaupt schon jemals irgendetwas über diesen Ort gehört hatte.

Mit einem Seufzer raffte ich mich auf, schwang meine Beine auf die Seite und saß sogleich aufrecht auf der Bettkante. Noch immer in Gedanken versunken, zog ich meine Schuhe an. Das Gesicht der jungen Süßwarenhändlerin mit dem hübschen Lächeln und den großen grünen Augen wollte mir einfach nicht mehr aus dem Kopf gehen. Als ich mich an die leichte Röte erinnerte, die ihre Wangen zierten, sobald ich sie in Verlegenheit brachte, musste ich in mich hinein grinsen.

Als mein Magen nun rebellisch zu knurren begann, schnappte ich mir mein Portemonnaie und mein Smartphone und machte mich auf den Weg.

Im Gegensatz zu meinem Vater, der von mir annahm, ich wäre nur richtig glücklich mit Kaviar und Champagner, gäbe ich gerade alles für schön kross gebratene Fish & Chips. Allein beim Gedanken daran lief mir schon das Wasser im Mund zusammen.

Wehmütig dachte ich an meinen Vater und unsere mehr als unterkühlte Beziehung zueinander. Was wusste mein Vater eigentlich über mich? Mittlerweile vermutlich nicht mehr als das, was ihm die Boulevardblätter dieses Landes weismachen wollten.

Mittlerweile hatte ich den Eindruck, dass er den schwarzen Zeilen auf weißem Grund nur allzu bereitwillig Glauben schenkte, anstatt sich selbst ein Bild von der Sachlage zu machen. Es war ja auch um so vieles leichter, den Journalisten und Paparazzi, die ihre Geschichten über mich wie Marktschreier auf der Titelseite präsentieren, zu vertrauen. Viel leichter als dem eigenen Sohn.

Als ich die Zimmertür bereits geöffnet hatte, erreichte mich eine Nachricht von Pam. Pam war die Frau, mit der ich mich bis vor wenigen Wochen regelmäßig getroffen hatte. Wir hatten eine sehr impulsive und anregende Zeit zusammen gehabt. Jeden Abend um Punkt zwanzig Uhr schickte sie mir noch immer ein mehr als eindeutiges Foto von sich. Nackt.

Das heutige Exemplar hatte eine klare Botschaft. Sie wollte mich. Und ich wollte sie. Schön, dass wir das geklärt hatten. Nur dumm, dass wir mehr als zweihundertvierzig Meilen voneinander getrennt waren. *Damn!*

Ich hatte gar nicht damit gerechnet, dass sie mir noch weitere Bilder schicken würde. Nicht nachdem Pam alles andere als begeistert darüber gewesen war, dass ich mich von heut auf morgen auf den Weg nach Cornwall gemacht hatte. Wobei das nicht der eigentliche Grund für ihre offensichtliche Enttäuschung war. Besonders musste sie die Tatsache gekränkt haben, dass ich sie nicht bat, mich auf meine Geschäftsreise zu begleiten. So, wie ich es früher stets getan hatte.

Aber das hatte nichts mit Pam zu tun. Zumindest hatte ich versucht, ihr das glaubhaft klarzumachen. Wobei ich mich zum jetzigen Zeitpunkt außerstande sah, mir ein Bild davon zu machen, wie sich das zwischen uns weiterentwickeln würde. Ja, der Sex mit ihr war gut und die Zerstreuung, die ich in ihren Armen fand, wie eine berauschende Pille, von der ich nicht genug bekam. Und dennoch: irgendetwas fehlte.

Kaum dass ich das Bild geöffnet hatte, sandte mir Pam auch noch eine Nachricht.

»Ich warte auf dich und kann es kaum erwarten, unser Wiedersehen zu feiern.«

Ich schmunzelte bei diesen Worten. Eine gewisse Vorfreude

machte sich bei den wenigen Zeilen und dem mehr als aussagekräftigen Bild in mir breit. Ebenso ertappte ich mich dabei, wie ich mich in diesem Moment schon auf das Foto vom Folgetag freute. Ganz so, als wäre es der Ansporn, den ich dringend brauchte, um mich über den Tag zu retten.

Als ich den Flur betrat, war meine Stimmung zwar nicht ausgelassen, aber zumindest nicht mehr so schwermütig wie noch vor wenigen Minuten. Der Abend war jung, vielleicht vermochte Port Isaac mich ja mit seinem Charme etwas versöhnlicher zu stimmen.

Denn nach wie vor fand ich, dass Dads Idee, mich hier in die kornische Einöde zu schicken, nichts weiter als Schikane war.

In seinen Augen war ich ein verwöhnter, reicher Junge, der nie gelernt hatte, erwachsen zu werden. Dabei war die familiäre Idylle, die mein Großvater und meine Mutter aufrechterhielten, spätestens dahin, als ich mit zehn Jahren aufs Internat kam. Von einem auf den anderen Tag musste ich mich mehr oder minder allein durchs Leben schlagen. Das war oft hart und nicht selten tränenreich gewesen. Aber ich hatte es irgendwie geschafft, an meinem Heimweh und der Kälte, die mir im Internat durch die Lehrer alter Schule entgegenwehte, nicht zu zerbrechen.

Als ich dann auch noch lieber als Konditor arbeiten wollte und mich das erste Mal nach dem Abitur mit meinem Vater bezüglich meiner Zukunftsplanung in die Haare bekam, war unser mehr als zerrüttetes Verhältnis so unterkühlt, dass mir meine ehemaligen Lehrer im Internat wie liebevolle Großonkel vorkamen.

Für Dad stand schon immer außer Frage, dass sein einziger Erbe – der zu seinem Leidwesen nun mal ich war – BWL studieren musste, um die Führung der Firma irgendwann übernehmen zu können.

Zutaten abzuwiegen, zu vermengen, um daraus einen Teig herzustellen, der geknetet und in Form gebracht werden musste, war mit Abstand das Allerletzte, was mein Vater für seinen einzigen Sohn gutheißen konnte.

Und ich? Anstatt mich durchzusetzen und meiner Leidenschaft treu zu bleiben, hatte ich mich irgendwann von meiner Mutter und Grandpa überreden lassen, doch ein Wirtschaftsstudium aufzunehmen. Danach könnte man ja immer noch sehen, hatten sie gesagt.

Ich hatte ihnen geglaubt. Weil ich ihnen glauben wollte. Schließlich war das die einzige Hoffnung, die mir noch geblieben war, wenn ich mich mit meinem Vater nicht überwerfen wollte. Und das wollte ich zu diesem Zeitpunkt unter keinen Umständen. Mittlerweile sah ich die Dinge ein wenig anders.

Die Semesterferien, in denen ich in den besten Sterneküchen der Welt gearbeitet hatte, waren schnell der einzige Lichtblick, auf den ich in jedem Semester an der Uni hinarbeitete. Manchmal zählte ich die Wochen, die Tage und Stunden, bis mich ein Maître Chocolatier in seine Geheimnisse einführte, mir eine Welt zeigte, die so sehr die meine war, dass es mich körperlich schmerzte, sobald ich an den Campus zurückmusste.

Das Leben war kein Wunschkonzert. Aber es war nun mal auch nicht das Solo meines Vaters.

Allmählich war es an der Zeit, ihm klar und deutlich verständlich zu machen, dass ich nicht sein Werkzeug war. Dass ich ein Mensch aus Fleisch und Blut war, der seine eigenen Bedürfnisse hatte und mittlerweile mehr als unzufrieden mit seinem Leben war.

Permanent in der Warteschleife gehalten zu werden, zur Bedeutungslosigkeit verdammt zu sein, ohne die Möglichkeit, eigene Entscheidungen für mein Leben zu treffen, war so zermürbend.

Ich setzte einen Fuß in Richtung der Treppe und erwartete, dass das Licht auf Bewegung reagiert und anging. Doch es tat sich nichts. Es blieb stockdunkel. An den Wänden tastete ich nach einem Lichtschalter. Aber ich wurde nicht fündig. Also tappte ich mich langsam vorwärts.

Als ich das Gelände mit meinen Fingerspitzen ertastet hatte, ging plötzlich das Licht wie durch Zauberhand an, und eine Frau erschien an der Tür eines Zimmers direkt neben mir. Ein heiserer Aufschrei entwich ihrer Kehle, während sich ihre Augen unnatürlich weiteten und sie einen Schritt auf dem schalldämpfenden Teppich unter ihren Füßen zurückwich.

Abwehrend hob ich die Hände in die Höhe, um ihr zu signalisieren, dass ich ihr nichts Böses wollte.

»Ganz ruhig!«, versuchte ich die junge Frau zu beschwichtigen. »Ich bin ebenso wie Sie Gast in diesem Hotel und konnte den Lichtschalter einfach nicht finden.«

Vor Angst schier gelähmt stand sie vor mir, schlug sich die Hand vor den Mund und starrte mich bloß an.

»Grandma muss das unbedingt reparieren lassen«, sagte sie schließlich, nachdem sie sich etwas beruhigt hatte. »Gleich morgen. Oder am besten sofort. Ja, sofort klingt am besten in meinen Ohren.«

Ich lächelte sie freundlich an. »Entschuldigen Sie bitte nochmals, dass ich Sie so erschreckt habe. Mein Name ist Jasper Clark. Ich bewohne das Zimmer am Ende des Flurs auf der linken Seite.«

Keine Ahnung, warum ich der gut aussehenden jungen Frau so detaillierte Angaben über meinen aktuellen Wohnort machte. Sie sah gut aus. Und Pams körperliche Nähe fehlte mir ein wenig. Was in Port Isaac passierte, würde in diesem verschlafenen Nest sicher nicht an die Öffentlichkeit gelangen. Ich konnte mir kaum vorstellen, dass die Reporter bereit waren, in das entlegene Fischerdorf zu fahren, um eine Story über mich zu bringen. Nicht einmal dann, wenn ich nackt auf dem Meer surfen würde.

»Ähm … ja. Danke für die Info. Ich werde dann mal zu meiner Großmutter nach unten gehen, um ihr Bescheid zu geben, ehe ich zu meinem Ehemann zurückkehren werde.«

Spaßbremse! Dabei sah ich uns doch schon ganz deutlich zwischen den weißen Laken meines Bettes herumtollen. Allerdings würde sich aus ihrem Mund dann ein ganz anderer, viel wohlklingenderer Laut lösen. Ob ich diesbezüglich wohl etwas genauer ins Detail gehen sollte? Doch irgendetwas sagte mir, dass das weibliche Exemplar mit der ausgesprochen ansprechenden Figur und den großen vollen Lippen vor mir dennoch ablehnen würde.

»Wirklich zu schade!«, äußerte ich meine Enttäuschung über das, was zwischen uns nun wohl doch nicht entstehen würde. »Einen schönen Abend noch …«

»Lin«, erwiderte sie kurz, ehe sie sich an mir vorbei die Treppe förmlich hinunterstürzte. Die Frauen hier in Port Isaac waren offenbar ziemlich zart besaitet. Na, das konnte ja was werden. Blieb nur zu hoffen, dass ich nicht allzu lange hier festsaß.

Ich folgte Lin Stufe für Stufe nach unten ins Erdgeschoss. Dies jedoch in einem weitaus gemächlicheren Gang. Leise Stimmen waren in einem Raum neben der Rezeptionstheke zu vernehmen. Nur allzu gerne hätte ich gewusst, worüber Lin sich da so echauffierte. Denn dass sie ganz außer sich war, stand außer Frage.

Als ich mir dessen bewusst wurde, dass ich für die Aufregung verantwortlich war, musste ich in mich hineinlachen. Was für ein Auftakt hier in Port Isaac? Erst die schnell errötende Valerie aus dem *Candyheaven*, die mich schon bei ihrem ersten Anblick mit ihren langen schwarzen Haaren und den durchdringend schönen grünen Augen in ihren Bann gezogen hatte. Und dann das unfreiwillige Zusammentreffen mit Lin, die dort oben vor wenigen Minuten offenbar den Schock ihres Lebens erlitten hatte.

Was auch immer noch an diesem Abend folgen mochte, ich hoffte inständig, dass dabei wenigstens eine Portion Fish & Chips und ein Pint herausspringen würde. Denn mit nicht viel weniger würde ich mich heute Abend zufriedengeben.

Kapitel 7

Valerie

Der *Golden Lion* war eine Mischung aus Pub, Restaurant und Zuhause. So hatte ich es seit jeher empfunden. Und daran würde sich nach der Trennung von Ron nichts ändern. Auch wenn ich das Gefühl hatte, jede Ecke des Hauses erinnerte mich an ihn.

So hatte ich mir versucht Mut zuzureden, als Lin am heutigen Nachmittag vorschlug, uns dort zum Abendessen zu treffen und noch mal ganz ruhig und sachlich über alles zu reden. *Alles* war in meinem Fall im Großen und Ganzen vor allem Ron und im Besonderen Jasper Clark, der mittlerweile wie vom Erdboden verschwunden schien.

Nicht einmal March konnte mir sagen, wo der Mann abgeblieben war. Denn dass er sich in unserem schönen kleinen Örtchen aufgehalten hatte, war natürlich schon längst bis zu ihr vorgedrungen. Vermutlich hatte sie lange vor seiner Ankunft darüber Bescheid gewusst, dass er heute hier eintreffen würde. March war alles zuzutrauen.

An der Theke waren heute nur der alte, meist mürrische O'Brien – oder der Ire, wie er von den Einheimischen auch genannt wurde – sowie die Brüder Kitto und Lowen Chellew. Sie stimmten sich lautstark mit einem Pint auf ihre nächste Dartrunde ein. So laut, dass Lins Schwiegermutter Cynthia die Männer schon zum dritten Mal ermahnte.

Der Gastraum lag direkt nebenan und war voller scheinbar

ausgehungerter Urlauber, die sich ihre traditionellen kornischen Speisen schmecken ließen. Ob marinierte Muscheln und Schrimps oder klassische Küchenschlager wie Sandwiches oder Fish and Chips: Im *Golden Lion* wurde jeder nach seiner Façon selig. Wenn er nur wollte.

»Was ist denn heute mit dir los, Valerie? Du ziehst ja ein Gesicht wie neun Tage Regenwetter.«

Jess jobbte seit ihrem sechzehnten Lebensjahr im *Golden Lion*. Anfangs nur übergangsweise, bis sie etwas Besseres gefunden haben würde. Als sich jedoch in dieser Hinsicht nichts tat, blieb sie. Bis heute. Ihre Verbitterung darüber troff aus jeder Pore ihres Körpers. Sie hasste diesen Job. Und doch bediente sie die Gäste. Tag für Tag.

»Hast du Lin gesehen? Ich bin mit ihr schon seit einer Viertelstunde verabredet.«

Jess sah zur Tür. »Da kommt sie gerade«, gab sie verschnupft zur Antwort.

Damit wandte sie sich von mir ab und zapfte ein Guinness für den Iren.

»Hey, Valerie, tut mir leid, dass ich so spät bin, aber dein Jasper hat mich gerade zu Tode erschreckt.«

»*Mein* Jasper?«, wiederholte ich ungläubig und zugleich neugierig.

Er war also doch noch nicht abgereist. Mein Magen machte einen kleinen Luftsprung und fühlte sich, als befände er sich im freien Fall. Ein unbeschreibliches Gefühl. Erst dann begriff ich, wem ich dieses Gefühl zu verdanken hatte und wie sehr mich der Wunsch, Jasper Clark ein weiteres Mal zu begegnen, freudig erregte. Ob er wohl noch mal im *Candyheaven* vorbeikommen würde?

Lin winkte ab. Und ich schüttelte leicht mit dem Kopf, um diese mehr als merkwürdigen Gedanken in geordnete Bahnen zu lenken. Schließlich kannte ich Jasper ja überhaupt nicht. Streng genommen hatte er sich mir bisher nicht mal vorgestellt. Ganz im Gegensatz zu Lin.

»Du weißt, was ich meine. Auf jeden Fall musste ich gerade noch schnell mit Granny besprechen, dass das Flurlicht im ersten Obergeschoss nicht mehr auf Bewegung reagiert und nur per Schalter angeht. Das ist auch der Grund dafür, warum ich zu spät bin.«

Ich zog eine Augenbraue nach oben. »Ich dachte, *mein* Jasper wäre der Grund dafür, dass du zu spät bist.«

Lin signalisierte Jess per Fingerzeig, dass sie gerne einen Cider hätte. »Wegen ihm musste ich ja überhaupt erst noch mal zu Granny runter, nachdem ich in ihrem Zimmer an Bradys Geburtstagsgeschenk gebastelt hatte.« Dann lächelte sie schwärmerisch. »Die kleine Kommode für seine Praxis ist fast fertig. Die einzelnen Schubladen sind schon mit Muscheln und Schwemmgut beklebt. Jetzt brauche ich nur noch schöne Knäufe. Am liebsten hätte ich natürlich auch wieder gerne etwas aus der Natur. Bisher habe ich allerdings keine so rechte Idee, was …«

»Lin!«, unterbrach ich meine Freundin, als ich es einfach nicht mehr aushielt.

»Oh, ja! Natürlich.« Sie räusperte sich ein wenig, und ihr Gesichtsausdruck wirkte nun viel ernster. Als würde sie sich alle Einzelheiten über das Zusammentreffen mit Jasper genauestens in Erinnerung rufen, um mir ja kein Detail vorzuenthalten.

»Der Typ ist wie ein Gespenst über den stockfinsteren Gang gewandelt. Mich hat fast der Schlag getroffen, als ich den Lichtschalter gedrückt habe und ihn plötzlich keine Armlänge von mir entfernt stehen sah.«

»Ups«, sagte ich und musste allein beim Gedanken daran schmunzeln. »Und was hat er gemacht?«

Lin zog die Augenbrauen in die Höhe. »Mr. Wichtig schien ziemlich amüsiert über die ganze Situation und machte sich einen Spaß daraus. Ach ja, und er hat mir ziemlich unverhohlen signalisiert, dass er nicht abgeneigt wäre, unser spontanes Kennenlernen zu vertiefen.«

Als Jess Lin das Getränk gereicht hatte, prostete sie mir zu und nahm anschließend erst mal einen großen Schluck.

»Wie genau darf ich das denn verstehen?«, fragte ich nach.

»Na, dieser reiche Schnösel hat sich wohl gedacht, dass er den Moment ausnutzen könnte, indem ich mich auf seinem Zimmer von ihm *trösten lasse*.« Lin deutete bei den letzten beiden Worten Gänsefüßchen in der Luft an. Ziemlich aggressive Gänsefüßchen, wohlgemerkt. »Wenn du mich fragst, ist das einer dieser Typen, die keine Gelegenheit auslassen, wenn es um Du-weißt-schon-was geht.« Bei diesen Worten zog sie die Brauen, wenn überhaupt möglich, noch eine Spur weiter in die Höhe. »Und damit meine ich wirklich jede.«

Lins Worte trafen mich nicht unvorbereitet. Seit wir uns im *Candyheaven* voneinander verabschiedet hatten und ich zu Hause eingetroffen war, hatte ich die verbleibende Zeit bis zu unserem Treffen damit verbracht, mehr über Jasper Clark in

Erfahrung zu bringen.

Kaum dass ich seinen Namen in der Suchleiste im Browser eingegeben hatte, ploppte auch schon eine riesige Menge von Ergebnissen auf. Vorzugsweise die Klatschpresse berichtete über Jasper, sein Leben und ganz besonders über seine gegenwärtigen Liebschaften. Doch ich hatte mir auch die Mühe gemacht, tiefer zu graben, und war dabei auf einen ganz anderen Jasper Clark gestoßen. Einen mit Schürze und Haube, wie er andächtig in der Küche eines der größten Maître Chocolatiers unserer Zeiten stand und selig lächelnd in die Kamera blickte.

Das wohlige Lächeln auf seinen Lippen hatte mich an die Leidenschaft erinnert, die ich schon immer für meinen Beruf verspürte. Und sie hatte mir eine Seite von ihm gezeigt, die ich für einen winzigen Moment in meinem *Candyheaven* wahrzunehmen geglaubt hatte. Noch bevor ich wusste, wer der Mann war oder welchen Background er mitbrachte, hatte ich mich ihm auf eine gewisse Art und Weise verbunden gefühlt.

»Das Netz sprudelt förmlich über, wenn man seinen Namen eingibt. Und die meisten Meldungen Jasper Clark betreffend gehen in eine bestimmte Richtung.«

»In welche Richtung gehen denn die Berichte im Internet, wenn ich fragen darf?«

Eine männliche Stimme ertönte in meinem Rücken. Lin, die mir gegenüber auf dem Barhocker saß, starrte den Mann mit einem verunglückten Lächeln auf den Lippen an. Es konnte beileibe nicht über ihre vor Schreck geweiteten Augen hinwegtäuschen.

»Hallo, Mr Clark«, sagte Lin schließlich geistesgegenwärtig, während ich mir ein Loch im Boden wünschte.

»Nennen Sie mich doch bitte Jasper«, erwiderte dieser zuckersüß, während er sich aus meinem Rücken löste und sich so hinstellte, dass er Augenkontakt zu mir herstellen konnte. »Mr Clark ist mein Vater«, sagte er seelenruhig und sah mich dabei durchdringend an.

Lin lächelte verschämt, und ich spürte sogleich, wie mir heiß und kalt wurde. Alles auf einmal.

»Nun, was gab es denn über mich zu lesen?«, fragte er mit den Händen in den Hosentaschen und einem verschmitzten Lächeln auf den Lippen.

»Das war … Es … Ich meine …«, stotterte ich unbeholfen, ehe ich meinen Blick von Jasper lösen und Hilfe suchend zu Lin wandern lassen konnte.

»Für Anfang Juni ist es ziemlich frisch. Finden Sie nicht auch, Mr … Jasper.«

Bei Lins Worten schloss ich für einen Moment die Lider und flehte eine höhere Macht um ihren Beistand an. Ich öffnete sie erst wieder, als ein lautes Lachen dicht neben meinem Ohr zu hören war.

Bradys Mum kam mit hochrotem Kopf aus der angrenzenden Küche in den Pub gestürmt. So laut war es gewesen. Doch sie schluckte die mahnenden Worte, die sie bereits auf der Zungenspitze trug, schnell wieder hinunter, als sie sah, dass es ein Urlauber war, der da so herzlich lachte. Unverrichteter Dinge eilte sie zurück. Wie gerne ich ihr in diesem Moment gefolgt wäre.

»Es muss Ihnen nicht peinlich sein, dass Sie Erkundigungen über mich eingezogen haben. Wobei mich schon interessieren würde, wie es dazu kam«, sagte Jasper, die Ruhe selbst, ehe er

Jess zurief: »Ich habe da drüben gegessen.« Damit deutete er auf den Nebenraum, in dem sich das Restaurant befand. »Ich würde jetzt aber ganz gerne hier an der Bar ein Bier trinken. Wären Sie so freundlich und würden mir ein Pint zapfen?«

Jess zuckte unbeeindruckt ob der geschwollenen Worte mit den Schultern und gab ein ziemlich emotionsloses »Klar, ist ja mein Job« zur Antwort.

Das wiederum ließ Jasper für einen winzigen Augenblick die Fassung verlieren. Doch er hatte sich schnell wieder gefangen, und kaum dass ihm Jess das Glas gereicht hatte, wollte er mit uns anstoßen.

»Also, Ladys, warum haben Sie das World Wide Web nach mir befragt? Habe ich mich verdächtig gemacht, weil ich bei Ihnen eine Pralinenschachtel gekauft habe? Woher wissen Sie überhaupt, wer ich bin?« Die Flut seiner Fragen rollte wie eine Tsunamiwelle auf mich zu. Wie erstarrt sah ich ihn an, unfähig, mich zu rühren oder gar etwas zu erwidern.

»Die Kreditkarte«, erklärte ich ihm schließlich ziemlich wortkarg. Als er nicht recht verstand und mich mit zusammengezogenen Augen fragend ansah, ergänzte ich: »Sie haben die Pralinen in meinem Laden mit Kreditkarte bezahlt, außerdem hat die alte Dame, die zu diesem Zeitpunkt ebenfalls als Kundin in meinem *Candyheaven* eingekauft hat, Sie erkannt.«

Jasper schnalzte mit der Zunge. »Ja, mein Charme macht auch vor älteren Frauen nicht halt. Manchmal habe ich sogar das Gefühl, dass diese besonders empfänglich dafür sind.«

Lin prustete vor Lachen und der Schluck Cider, den sie eben genommen hatte, ergoss sich wie eine Fontäne über mein Gesicht. Während ich mich fragte, wie peinlich das Ganze war und ob es womöglich noch schlimmer kommen konnte, fuhr mir Jasper alias Mr. Sexy mit einer Serviette über das Gesicht und verschmierte mein Make-up mit dem Cider zu einem undefinierbaren Gemisch.

»O Gott!«, jammerte Lin und schlug sich die Hand vor den Mund. »Das tut mir so leid. Entschuldige bitte, Valerie. Möchtest du dich oben bei uns frisch machen? Oder soll ich dir schnell etwas anderes zum Anziehen bringen?«

Jasper zog eine Augenbraue hoch und tupfte dabei weiter äußerst gründlich jeden Quadratmillimeter meines Gesichts ab.

»Sie wohnt hier. Der *Golden Lion* gehört der Familie ihres Mannes«, erklärte ich, während Lin meine Antwort erst gar nicht abgewartet hatte und nach oben geflitzt war, um ihren Kleiderschrank auf den Kopf zu stellen. Irgendetwas sagte mir, dass sie sehr froh darüber war, der Situation entkommen zu sein. Am liebsten hätte ich meine Beine in die Hand genommen und wäre ihr gefolgt. Aber ich konnte nicht. Und daran waren ein paar himmelblauer Augen schuld sowie die Tatsache, dass ihr Besitzer mir noch immer das Gesicht akribisch säuberte. Porentief rein, wenn man so wollte.

Mein ganzer Körper war in Alarmbereitschaft. Jede Berührung von Jasper jagte mir abermals einen Schauer über den ganzen Körper. Und so ungern ich es auch zugab: Ich genoss die Nähe zu ihm. Sehr sogar.

Ein Duft aus herben Kräutern und bittersüßer Schokolade umfing meine Nase. Ich sog den Geruch so tief in meine Lunge ein, bis er sie vollends ausfüllte. Für den Bruchteil einer Sekunde schloss ich meine Augen, um mich dem Gefühl der

Geborgenheit hinzugeben, das mich wie ein Schlaflied für Babys herrlich einlullte.

»Ähm, Valerie?«, hörte ich plötzlich wie aus weiter Ferne eine Stimme sagen.

»Hm?«, erwiderte ich wie von einem Joint benebelt. Nicht, dass ich das Zeug je probiert hätte.

»Val!«, zischte Lin in diesem unangenehm fordernden Ton, der mich ruckartig die Lider öffnen ließ.

Vorwurfsvoll sah ich zu meiner besten Freundin, die ihren Kopf leicht in Richtung von Mr. Sexy geneigt hatte. Ich zählte eins und eins in meinem noch immer trägen Hirn zusammen und lächelte unbeholfen.

»Danke …« Lin hob den bunten Kleiderberg, den sie offenbar in Windeseile für mich zusammengesucht hatte, in die Höhe und gab mir damit den ultimativen Grund, so anmutig wie nur möglich vom Hocker zu gleiten, mir den Stapel zu schnappen und in der Gästetoilette zu verschwinden.

Als ich den Boden mit den Zehen meines rechten Fußes berührt hatte, kam ich mit den Klamotten unterm Arm leicht ins Straucheln. Doch noch ehe ich die Blusen, Shirts und Wollkragenpullover – ja, es war relativ frisch für Juni, aber an Wollkragenpullover war bei zwölf Grad definitiv nicht zu denken – fallen lassen konnte, umfingen mich zwei starke Arme und beschützten mich vor Schlimmerem.

»Geht's wieder?«, fragte Jasper und lockerte seinen Griff.

Als mein Kopf vehement zu schütteln begann, musste es sich um eine Art Reflex handeln. Ich sollte das ganz dringend in nächster Zukunft von Brady, Lins Ehemann, prüfen lassen. Schließlich war er der Hausarzt von Port Isaac. Anfangs hatte er sich zwar nur sehr widerwillig in dieser Position zurechtgefunden. Aber das war eine andere Geschichte.

Meine schrieb sich gänzlich ohne mein Zutun fort. Jasper lächelte mich wissend an. Er war eindeutig einer dieser Männer, die genau um ihre Wirkung auf das andere Geschlecht wussten. Wahrscheinlich konnte er problemlos in meinem Kopf wie in einem offenen Buch lesen. Ich erkannte seine Selbstzufriedenheit. Sie war unverkennbar von jeder seiner Bewegungen und Gesten abzulesen. Und ich erkannte auch, dass er mir das Herz brechen würde, wenn ich es ihm weiter so feilbot, als wäre es Zartbitterschokolade.

Lin stand in Jaspers Rücken und grinste wie ein Honigkuchenpferd.

Mir wurde es nicht nur wegen des farbigen Stoffgelages in meinem Arm zu bunt.

»Ich werde am besten nach Hause gehen. Es ist schon spät, und irgendwie würde ich mich nach dem ganzen Cider-Regen gerne unter die Dusche stellen.«

Das Honigkuchenpferdelächeln verschwand aus Lins Gesicht. Sie sah bedröppelt drein. Schon tat es mir wieder leid, was ich da eben gesagt hatte. Der Apfelweinangriff war längst überstanden und von Jasper Tröpfchen für Tröpfchen mit der Stoffserviette aufgesogen worden.

»Jetzt schon?«, fragte Lin kleinlaut. »Wir hatten doch noch gar keine Zeit zum Reden, und es ist auch erst gerade mal halb zehn.«

Jasper hob entwaffnend die Arme in die Höhe. »Wenn es an mir liegt, möchte ich lieber vorschlagen, dass ich gehe. Ich wollte Sie beide nicht stören. Tut mir leid, dass ich mich Ihnen so aufgedrängt habe.« Ohne eine Antwort von uns beiden abzuwarten, nahm er sein Guinness und ging zurück ins Restaurant.

Im Türrahmen sah er sich noch einmal zu mir um. Unsere Blicke verwoben sich wie die einzelnen Stränge eines Taus zu einem. Sosehr ich mich auch bemühte, es gelang mir einfach nicht, diese Verbindung zwischen uns zu unterbrechen. Ich starrte ihn unverhohlen an, während sich abermals dieses typische Jasper-Lächeln auf seinen Lippen ausbreitete, das mich ganz tief in meinem Inneren erwärmte. Als wäre es der Schalter zu meinem Herzen.

Zerknirscht setzte sich Lin zurück auf ihren Barhocker und sagte kein Wort.

»Sorry, Lin. Ich habe übertrieben. Es war nicht so schlimm, wie ich behauptet habe. Aber Jaspers Nähe, die war mir plötzlich irgendwie …«

»… zu nah?«, beendete Lin meinen Satz.

»Ich denke schon. Ja. Das mit Ron ist einfach noch so frisch. Und dann kommt wie aus dem Nichts plötzlich dieser Schönling daher, dessen Weg vermutlich mehr gebrochene Herzen pflastern als den von Casanova.«

Lin seufzte schwer und orderte bei Jess einen neuen Cider. Als sie zu sprechen begann, sah sie mir nicht in die Augen, sondern starrte auf die Zapfanlage vor sich, als stünde da etwas wahnsinnig Wichtiges geschrieben.

»Du weißt ja, wie ich darüber denke. Vielleicht ist es an der Zeit, sich wieder ein wenig zu öffnen.«

Ich schnappte meinen Frühlingsmantel und den bunten Schal von der Theke und sprang vom Hocker. »Und du weißt, was ich darüber denke.« Wütend wickelte ich den Schal um meinen Hals, während Lin auf Erbsengröße zusammenschrumpfte.

Bevor ich den Mantel übergezogen hatte und an ihr vorbeirauschen konnte, legte sie mir einfühlsam eine Hand auf die Schulter. »Bleib, Val! Ich werde auch nicht wieder davon beginnen. Okay? Wir werden uns am heutigen Abend nicht noch mal darüber unterhalten. Versprochen?«

Zögernd warf ich ein: »Nicht nur nicht heute Abend«, und Lin verstand.

»Ist gut.« Sie bedeutete mir, wieder neben ihr Platz zu nehmen.

»Wie läuft es bei Brady in der Praxis?«, fing ich ein gänzlich unverfängliches Thema an.

Lin erzählte mir, ohne Namen zu nennen, von dem ein oder anderen überaus lustigen Zwischenfall bei den Hausbesuchen ihres Ehemanns. Ab und zu konnte ich mir schon ausmalen, um wen es sich bei der Geschichte handelte, und ich schmunzelte, als mir bei Lins Worten ein reges Bild vor Augen erschien.

»Du kannst dir nicht vorstellen, wie geschockt Brady war, als er mir von der Sache erzählt hat. Ich meine, die Frau war weit über neunzig und hatte ein Augenleiden. Warum zur Hölle zieht sie sich da bis auf das Mieder splitterfasernackt aus?«

Lin und ich lachten so laut, dass wir jeden Moment damit rechneten, ihre Schwiegermutter, alias der Hausdrachen, könnte aus der Küche stürmen und uns zurechtweisen. Lin und ich linsten in die Richtung, doch zu unserem Glück kam sie nicht. Offenbar war in der Küche viel los. Um diese Zeit bestellten die Leute oft noch ihr Dessert. Nicht, dass Cynthia mitkochte, aber sie behielt gern alles und jeden im Auge.

»Ich möchte Sie nur ungern stören«, hörte ich da eine wohlbekannte Stimme in meinem Nacken sagen. Sein Atem legte sich sanft auf meine Haut und ließ sie an dieser Stelle prickeln. So sehr, dass mein ganzer Körper in wenigen Sekunden lichterloh in Flammen stand.

»... aber wäre es denn vielleicht möglich, dass ich morgen auch zu der Vorführung komme? Henry schien ein äußerst begabter kleiner Junge zu sein.«

Mit offen stehendem Mund starrte ich Jasper bei diesen Worten an. Für den Augenblick war ich unfähig, etwas zu erwidern. So sehr verwunderte mich die Tatsache, dass er sich den Namen des kleinen Jungen gemerkt hatte. Ich hätte nicht gedacht, dass er solche vermeintlichen Nichtigkeiten im Kopf behält.

»Natürlich«, erwiderte ich schließlich und erntete dafür abermals ein zufriedenes Lächeln auf Jaspers Lippen.

»Die Demonstration ist öffentlich. Da darf jeder kommen.« Dann sprang ich ein letztes Mal an diesem Abend vom Hocker, verabschiedete mich von Lin und sagte im Gehen zu Jasper: »Also bilden Sie sich bloß nichts darauf ein.«

Und ging meiner Wege. Hoffentlich hatte ich ihn damit ein für alle Mal von meiner Fährte abgebracht. Doch irgendwas sagte mir, dass ein Jasper Clark nicht so leicht aufgab.

Kapitel 8

Jasper

Der süßliche Duft, den *Valerie's Candyheaven* im Hafen von Port Isaac verströmte, ließ mir schon von Weitem das Wasser im Mund zusammenlaufen. Schokolade gepaart mit frischen Mandeln, Marzipan und eine leicht orangenlastige Komponente lagen da in der Luft.

»Einen Kaffee zum Mitnehmen, bitte«, orderte ich an einer verwitterten Holzbude, die nur schwerlich als Kiosk bezeichnet werden konnte.

Doch die Lage war ausgesprochen gut. Unmittelbar in Strandnähe und keinen Steinwurf entfernt vom türkisblauen Meer, das hier in der Region vom warmen Golfstrom profitierte. Dennoch fehlten die Kunden. Das wiederum lag allerdings vermutlich nicht an dem Bretterverschlag, sondern an der griesgrämig dreinsehenden alten Frau darin.

»Schwarz?«, fragte sie kurz angebunden, und ich nickte zur Antwort.

Die Kioskbesitzerin wirkte nicht sonderlich gesprächig. Und dennoch wollte ich mein Glück versuchen, um mehr über Valerie in Erfahrung zu bringen. Ein wenig Zeit blieb mir noch bis zur Bonbonvorführung.

»Entschuldigen Sie bitte, kennen Sie den kleinen Süßwarenladen da oben?« Ich deutete in die Richtung, in der *Valerie's Candyheaven* zu finden war.

Die alte Dame legte den Kopf ein wenig schief und sah mich

skeptisch an. »Warum wollen Sie das wissen? Sind Sie auch einer dieser leidigen Regisseure, die hier im Ort einen weiteren Film oder gleich eine ganze Serie planen?«

»Ähm …«, setzte ich zu einem Dementi an. Aber die Frau ließ mich erst gar nicht ausreden.

»Ich will Ihnen mal was sagen. Das hier ist unser Dorf. Ja, es ist schön. Ja, es ist alt. Und ja, es hat seinen ganz besonderen Charme. Das gibt Ihnen aber noch lange nicht das Recht, wie die Heuschrecken in Port Isaac einzufallen, sich alles unter den Nagel zu reißen, was nicht niet- und nagelfest ist. Wo kämen wir denn da hin, wenn hier jeder macht, was er will? Hm? Wie würde es Ihnen denn gefallen, wenn ich plötzlich in Ihrem Wohnzimmer stehen und es mir auf Ihrer Couch bequem machen würde?«

Die alte Lady hatte die Krallen ausgefahren und war von Wort zu Wort so laut geworden, dass die Passanten – in unserem Fall eine Reisegruppe aus Fernost – einfach stehen geblieben waren und wie magisch angezogen in unsere Richtung starrten.

»Mrs …?«, fragte ich die Ruhe selbst.

»Nennen Sie mich March. Das macht ohnehin jeder.« Dann hob sie mahnend den Zeigefinger in die Höhe. »Also bilden Sie sich darauf bloß nichts ein. Freunde sind wir deshalb noch lange nicht.«

Ich hob abwehrend die Hände in die Höhe, als die Traube der Passanten größer wurde und March sich immer weiter in Rage redete.

»March, ich schwöre Ihnen, ich bin weder Regisseur noch Schauspieler. Das Einzige, was mich interessiert, ist *Valerie's*

Candyheaven.« Wieder streckte ich meine Hand demonstrativ in die entsprechende Richtung.

March öffnete den Mund einen Spaltbreit, schloss ihn dann jedoch wieder. Derweil wappnete ich mich bereits gegen die nächste akustische Salve. Doch die blieb überraschenderweise aus.

»Valerie?«, fragte March ein Stück weit enttäuscht und um einige Dezibel leiser. »Was willst du denn von der?«

Als die Zuschauer bemerkten, dass sich March allmählich beruhigte und unsere Unterhaltung wieder in geordneten Bahnen verlief, erlosch ihr Interesse an uns beiden, und sie gingen weiter ihrer Wege.

»Wie steht es denn um den *Candyheaven*? Führt Valerie das Geschäft allein?«

Als ich geendet hatte, nahm ich einen weiteren Schluck aus meinem Becher. Der Kaffee darin war so heiß, dass ich mir fast die Zunge daran verbrannte.

Noch immer sah March mich prüfend an. Sie vertraute mir nicht. Aber warum sollte sie das auch? Ich war ein Fremder für sie, der wie aus dem Nichts plötzlich hier in Port Isaac aufgetaucht war und nach einer von ihnen fragte. Es gab keinen Grund für sie, mir zu helfen. Und es gab keine ausreichende Begründung, die mein gesteigertes Interesse Valerie gegenüber gerechtfertigt hätte. Außer vielleicht …

»Ich habe auf Instagram und Facebook vermehrt über ihren Laden gelesen und dabei auch ein Bild von ihr gesehen.«

Wieder nahm ich einen Schluck, um meinen Worten die nötige Zeit zu geben, in March nachzuwirken. Wenn ich mit meiner Einschätzung richtiglag, dann war die resolute Dame hinterm Tresen durchaus in der Lage, zu verstehen, was ich mit meiner Äußerung im Speziellen sagen wollte.

Ein Lächeln huschte für den Bruchteil einer Sekunde über ihr Gesicht, ehe sich wieder eine gewisse Melancholie darin einstellte. Wenn ich in diesem Moment geblinzelt hätte, wäre er an mir vorbeigezogen, ohne dass ich auch nur den Hauch einer Chance gehabt hätte, ihn wahrzunehmen.

»Jungchen, ich hab zwar keine Ahnung, wer oder was dieses Instadran ist, aber ich habe einen gesunden Menschenverstand, und ich kann eins und eins zusammenzählen. Du stehst auf die Kleine.«

Marchs Lippen schoben sich so weit auseinander, dass man ihre von Goldkronen gezierten Zahnleisten im oberen Bereich ihres Mundes sehen konnte. Dann lachte sie heiser auf. Das Geräusch erinnerte mich an den scheppernden Wecker aus Internatszeiten. Ein schreckliches Teil.

»Ist das denn so offensichtlich?«, ging ich auf das Spiel ein.

»March, ich hätte gerne einen doppelten Latte zum Mitnehmen«, bestellte in diesem Moment ein Mann in meinem Alter, der in der einen Hand einen braunen Lederkoffer trug.

»Brady, mein Lieber, dich habe ich ja schon ewig nicht mehr gesehen.« Das erste Mal, seit ich March begegnet war, strahlten ihre Augen mit der langsam ansteigenden Junisonne um die Wette. Sie mochte diesen Brady offenbar sehr gerne.

Wenn ich eines aus meiner Zeit im Internat mitgenommen hatte, dann das Studium des Menschen.

Anfangs war es mir sehr schwergefallen, bei meinen Mitschülern Anschluss zu finden. Als ich zu ihnen stieß, schienen sie sich bereits organisiert und Gruppen gebildet zu haben. Für einen Außenstehenden wie mich war es sehr schwer, dort Anschluss zu finden. Also hatte ich mir überlegt, was ich tun müsste, um in diese Kreise aufgenommen zu werden. Ich hatte gelernt, meine Mitmenschen zu beobachten, sie analysiert und bald ein Muster erkannt.

So wusste ich beispielsweise schon nach knapp vierzehn Tagen, dass Finn O'Riley, der Anführer einer dieser besagten Gruppen, ein gewaltiges Problem hatte, von dem er unter gar keinen Umständen wollte, dass es jemand erfährt.

Mit zehn Jahren noch immer das Bett einzunässen, war mit Sicherheit nicht das, was unter Jungs in dem Alter offen zur Sprache gebracht wurde. Ganz im Gegenteil. Man schützte dieses Geheimnis mit allen Mitteln, die einem zur Verfügung standen. So auch Finn O'Riley. Dumm nur für ihn, dass ich schon in der ersten Woche an der Schule ein gutes Verhältnis zu unserer Putzfrau aufgebaut hatte.

»Na, komm schon, March. Du tust gerade so, als wäre ich seit Monaten nicht mehr bei dir gewesen. Dabei habe ich mir erst gestern einen Kaffee bei dir geholt. Du erinnerst dich? Der Mann mit dem doppelten Latte?« Brady lachte, und sein Blick huschte in Sekundenschnelle wie ein Scanner über mein Gesicht. Als er den Barcode nicht finden konnte, sah er mich mit leicht zusammengekniffenen Augen an.

»Entschuldigen Sie, kennen wir uns?«, fragte er schließlich, nachdem ich die beiden noch immer unverhohlen anstarrte.

Ich räusperte mich verlegen. »Nicht, dass ich wüsste. Ich habe nur ganz fasziniert beobachtet, wie problemlos Sie March ein Lächeln ins Gesicht gezaubert haben«, äußerte ich mich anerkennend über seine Leistung.

Brady sah zwischen March und mir hin und her, als suchte er auf der Strecke die Verbindung zwischen uns. Und fand sie nicht.

»Der junge Mann hier ist an Valerie interessiert«, erklärte March mit vor der Brust verschränkten Armen. »Er ist zu mir gekommen, um sich über sie zu erkundigen. Dabei hat das arme Ding nach der Trennung von diesem Nichtsnutz von Ehemann doch wahrlich schon genug um die Ohren.«

Ohne dass March es gewollt hätte, hatte sie mir soeben zwischen den Zeilen wichtige Informationen über Valerie zugespielt. Eine frische Trennung war in meinem Fall so etwas wie ein Lotteriegewinn. Einfache Beute, wenn man so wollte. Frauen, die sich in einer derartigen Lebensphase befanden, sehnten sich förmlich nach einer Schulter zum Anlehnen. Wenn ich es nicht allzu dumm anstellte, bekam ich schon bald, weshalb ich nach britisch Sibirien ausgesandt worden war. Die neuen Rezepte, die so hip waren, dass sie *Clark's Sweetness* auf das nächste Level heben würden, waren zum Greifen nahe. Ich konnte das seidige Papier schon beinahe zwischen meinen Fingern spüren.

Brady schnappte sich den doppelten Latte. »Ich weiß zwar nicht, wer Sie sind und welche Absichten Sie nach Port Isaac verschlagen haben. Aber eins weiß ich genau: Wenn Sie Valerie auch nur ein Haar krümmen, dann gnade Ihnen Gott.«

Zum Abschied nickte er March kurz zu und ging anschließend seiner Wege.

»Der Hausarzt von Port Isaac ist nicht nur an der körperlichen Unversehrtheit seiner Mitbürger interessiert«, erklärte mir March und wandte sich dabei von mir ab, um Geschirr an der winzigen Spüle zu waschen.

Ein Propellerflieger ratterte in diesem Moment über uns hinweg. Kleine Wölkchen zauberten sich in den blauen Himmel. Hier ein Tupfer. Da ein Tupfer. Als er endlich davongebraust war, hatte sich aus den einzelnen Tupfern eine ganze Spur gebildet. Wo sie wohl hinführte?

»March, ich werde Valerie nicht das Herz brechen«, sagte ich im Brustton der Überzeugung. Und wusste es doch besser.

Schließlich führte kein Weg daran vorbei, wenn ich sie glauben lassen wollte, dass ich der Mann war, der sie über ihre schwärzesten Stunden hinwegtrösten konnte. Doch sobald ich die Rezepte in Händen hielt, würde ich so lautlos von hier verschwinden, wie ich gekommen war. Das war der Deal.

March lachte ungläubig auf. Dann drehte sie sich erneut zu mir um. »Jungchen, ich kenne Männer wie dich. Ihr taucht wie aus dem Nichts auf und handelt in jeder nur denkbaren Gelegenheit nach exakt einem Vorsatz: eurem persönlichen Vorteil.« Dabei deutete sie sich mit dem Zeigefinger an die Nase. »Ich habe einen Riecher dafür. Mir machst du also nichts vor.« Dann überlegte sie kurz. »Aber ich werde dein Geheimnis dennoch für mich bewahren. Vielleicht gelingt es dir ja, Valerie davon zu überzeugen, die Pralinen mit der zartbitteren Schokolade und der Rosenwasserfüllung herzustellen.«

Mein Kaffeebecher war leer, also warf ich ihn in den Mülleimer zu meiner Linken.

»Was hat es denn mit diesen Pralinen auf sich?«

Ich spürte ganz deutlich, dass es mir mit diesen Pralinen gelingen könnte, March ein ebenso freudiges Lächeln ins Gesicht zu zaubern wie Brady zuvor. Und aus irgendeinem mir unerfindlichen Grund lag mir daran, March eine Freude zu machen.

March machte ein Gesicht, als hätte sie gerade auf eine besonders saure Zitronenscheibe gebissen.

»Valerie hat die Pralinen anlässlich ihrer Hochzeit kreiert. Natürlich war ich zur Feier eingeladen. Kaum dass ich einen Bissen von diesen kleinen Köstlichkeiten im Mund hatte, war ich ihnen auch schon heillos verfallen.« March geriet zusehends ins Schwärmen.

»Lass mich raten! Seit Valeries Mann sie verlassen hat, macht sie diese ganz speziellen Pralinen nicht mehr.«

March nickte. »So ist es. Egal, wie sehr ich sie anflehe, sie ist einfach nicht von ihrem Entschluss abzubekommen.« Bei diesen Worten warf sie einen Spüllappen wie einen Handschuh zum Duell vor mir auf den Tresen.

Mit einem Lächeln auf den Lippen nahm ich die Herausforderung an. So schwer konnte das doch nicht sein. Außerdem wäre es sicher von Vorteil, eine Einheimische wie March auf meiner Seite zu wissen. Ich hatte so das Gefühl, dass mir der Austausch mit ihr noch zugutekommen würde. Und das schon in absehbarer Zeit.

Kapitel 9

Valerie

»Bin ich zu spät?«, hallte eine Stimme durch den Verkaufsraum. Das Glöckchen über der Tür schepperte noch immer, und bei dem lauten Knall, den die Tür machte, als sie ins Schloss fiel, befürchtete ich bereits das Schlimmste.

»Henry, warum solltest du zu spät sein? Es ist doch gerade mal halb zehn. Du bist eine halbe Stunde zu früh und nicht zu spät.«

Ich strubbelte dem kleinen Blondschopf durch sein dichtes Haar und lächelte ihm aufmunternd zu. Sein Herz schlug dabei so schnell in seiner Brust, dass man es schier mit bloßem Auge auf und ab springen sehen konnte.

»Du bist ja ganz außer Puste. Willst du eine Zitronenlimonade oder ein Gingerale?«

Henry überlegte kurz, dann sagte er: »Ein Gingerale, bitte.«

»Ist gut«, erwiderte ich und ging zu meinem Verkaufstresen, unter dem sich ein kleiner Kühlschrank befand. Ich öffnete die Tür und holte zwei Flaschen heraus, eine für Henry und eine für mich.

Der Laden war an diesem frühen Morgen noch nicht sonderlich gut besucht gewesen. Aber das war nicht außergewöhnlich. Ich kannte das Spiel ja schon eine halbe Ewigkeit. Die Feriengäste schliefen im Urlaub gerne ein wenig länger aus und genossen im Anschluss daran ein ausgiebiges Frühstück. Dass mein eigenes heute Morgen lediglich aus einem

Apfel und trockenen Haferflocken bestanden hatte, daran wollte ich im Moment nicht denken.

Der kleine Junge nahm einen riesigen Schluck aus der Glasflasche. »Ich war mir nicht mehr sicher, ob du gestern halb zehn oder zehn Uhr gesagt hast. Kurz nach halb neun bin ich aufgestanden und wollte gleich los zu dir, aber Mum hat mich gezwungen, erst etwas zu frühstücken.«

Ich lachte. »Und das fandest du natürlich ziemlich doof, weil du ja die Vorführung nicht verpassen wolltest. Richtig?«

Henry nickte heftig mit seinem kleinen Kopf und pustete sich dann eine vorwitzige Haarsträhne, die ihm währenddessen in die Stirn gefallen war, aus dem Sichtfeld. »Mum kann so stur sein. Dabei habe ich ihr bestimmt fünf Mal gesagt, wie dringend ich zu dir in den Candyheaven muss.«

»Das klingt wie meine Mum, als ich noch klein war.«

Ich hielt Henry meine Glasflasche hin, damit wir anstoßen konnten. Autoritäre Mütter verbanden. Fand ich.

»Echt?«, fragte Henry, während ich ihm bedeutete, dass wir es uns auf der Bank im Schaufenster bequem machen sollten.

Henry folgte mir ohne Widerworte. Er schien sogar eine Spur weit erleichtert darüber, sich irgendwo hinsetzen zu können. Offenbar war er die gesamte Strecke von Roselyns Pension am *Rose Hill* bis zu mir gerannt. Armer Junge! Und das auch noch vollkommen umsonst.

Während Henry einen weiteren Schluck aus der Flasche nahm und sie dabei in einem Zug leerte, sah ich hinaus auf die Straße. Es war noch ruhig an diesem frühen Donnerstagmorgen. Ein Propellerflieger drehte seine Runden über dem Horizont. Als Brady mich im Schaufenster erblickte, sah er mich mit einer Mischung aus Sorge und Unsicherheit an. Dann entschied er sich für ein verhaltenes Lächeln und machte sich wieder auf den Weg zu seiner Praxis.

Ob Lin ihm wohl von gestern Abend erzählt hatte? Die beiden waren sehr eng miteinander. Gut möglich, dass er schon über den Zwischenfall mit Jasper Clark Bescheid wusste.

Wobei da im Grunde ja rein gar nichts passiert war. Zumindest nichts Bedeutsames. Alles andere hatte sich in meiner schier unerschöpflichen Fantasie abgespielt. Es gab kein Kaufangebot für meinen Laden, und auch die zärtlichen Berührungen, nach denen ich mich heute Nacht im Traum so sehr gesehnt hatte, waren ausgeblieben. Zum Glück. Ich errötete leicht, als könnte Henry womöglich in meinen Gedanken lesen. Doch dieser war so sehr auf die Bonbonherstellung in wenigen Minuten fixiert, dass neben ihm schon eine Bombe hätte hochgehen müssen, um ihn auf andere Gedanken zu bringen.

»Valerie, ich bin, glaube ich, ein bisschen aufgeregt. Was, wenn ich einen Fehler mache? Was, wenn die Bonbons nicht so schmecken, wie du sie immer machst?«

Erst jetzt begriff ich, dass Henry mein Angebot, mich zu unterstützen, mittlerweile so definiert hatte, dass er die Bonbons heute im Alleingang herstellen würde. Das war so süß. Wahrscheinlich hatte der Kleine deswegen die halbe Nacht wach gelegen und war aus diesem Grund heute Morgen nicht pünktlich aus den Federn gekommen.

Doch noch ehe ich ihm die Zweifel und Sorgen nehmen konnte, ertönte abermals das Glöckchen über der Tür und kündete einen neuen Kunden an. In kaum fünfzehn Minuten würden Henry und ich mit der Vorführung beginnen. Es war an der Zeit, dass sich die ersten Zuschauer in meinen Räumlichkeiten einfanden. Denn ich vermutete, dass es nichts Schlimmeres für den kleinen Mann zu meiner Linken gäbe, als wenn er die Bonbons nur mit mir allein zubereiten müsste. Ohne Publikum, vor dem er sein Können unter Beweis stellen konnte.

»Bin ich zu spät?«, fragte mich an diesem Morgen schon der zweite Mann. Doch das Exemplar dort in der Tür war gut dreißig Jahre älter als Henry, hatte dunkles, aber nicht minder wirres Haar und Augen, die mich mit ihrer Sogkraft dazu brachten, mich in ihnen zu verlieren. Immer und immer wieder.

Noch bevor ich etwas sagen konnte, lachte Henry neben mir glockenhell auf. »Siehst du? Die anderen haben es auch falsch verstanden. Ich bin nicht der Einzige.«

Henry war mit Abstand das süßeste Kind, das ich bisher kennenlernen durfte. Er war voller Tatendrang und konnte es kaum abwarten, endlich mit der Show zu beginnen. Es würde mir das Herz brechen, wenn er in wenigen Tagen wieder nach Hause fuhr und vielleicht erst im nächsten Jahr wiederkam.

Schon seit ich klein war, stand für mich fest, dass ich einmal eigene Kinder haben wollte. Leider hatte sich dieser Wunsch bis zum heutigen Tag nicht erfüllt. Ein Stich durchfuhr mein Herz bei dem Gedanken. Ron war nicht der richtige Mann gewesen, um eine Familie zu gründen. Doch noch ehe die trübe Stimmung von mir Besitz ergreifen konnte, setzte ich ein Lächeln auf und ging zur Tagesordnung über. Henry hatte einen verdammt guten Auftritt verdient. Und den würde ich ihm nicht durch meine sentimentale Stimmung kaputtmachen. Auf gar keinen Fall.

»Wusstest du auch nicht mehr, ob es halb zehn oder zehn Uhr war?«, fragte Henry.

Jasper nickte. »Genau. Aus irgendeinem mir unerfindlichen Grund war ich mir plötzlich ganz unsicher darüber, wann es noch mal losgehen sollte.«

Henry lächelte zufrieden.

»Guten Morgen«, sagte Jasper dann in meine Richtung.

Ich hauchte ihm ein viel zu verschüchtert klingendes »Hey« entgegen.

Warum zum Kuckuck musste mich dieser Kerl nur ansehen und ich verlor dabei die Bodenhaftung?

»Das gestern im Pub …«, begann er, während er auf mich zulief.

Wie ein Rehkitz, das in die Scheinwerfer eines Vierzigtonners blickte, fühlte ich mich in die Enge getrieben. Sosehr ich mich auch darum bemühte, ich konnte meine Füße nicht dazu bewegen, sich anzuheben und aus dem Weg zu gehen.

Henry hatte es sich währenddessen wieder auf der Bank gemütlich gemacht. Im Schneidersitz saß er mit aufgestützten Ellbogen zum Fenster gewandt da und wartete dabei sehnsüchtig auf seine Zuschauer. Die Ungeduld war zum Greifen nahe.

»Also, um noch mal auf den gestrigen Abend zu sprechen zu kommen …«, setzte Jasper erneut etwas unbeholfen an.

Um den Fokus auf das Wesentliche zu lenken, hob ich die Hand in die Höhe und bedeutete ihm zu schweigen.

»Sehen Sie denn nicht, dass es gerade ganz andere Probleme

zu klären gibt?«

Jasper folgte meinem Blick zum Schaufenster und flüsterte mir dann zu: »Was hat der Kleine denn?«

Ich senkte ebenfalls meine Stimme. »Er soll mir doch gleich um zehn Uhr assistieren. Wenn bis dahin aber keine Zuschauer da sind, dann wird das ziemlich schnell zu einer mittleren Katastrophe für ihn. Und dabei hat er sich doch so sehr darauf gefreut.«

Jasper sah zwischen mir und dem Jungen hin und her. »Ich habe eine Idee.« Keine Sekunde später stand er schon an der Tür. »Ich bin gleich wieder zurück.«

Henry sah ihm enttäuscht hinterher. »Jetzt ist sogar der letzte Zuschauer weg.«

Auch auf die Entfernung hin konnte ich ganz deutlich seine wässrigen kleinen Augen erkennen.

»Nein, Henry. Jasper kommt sofort wieder. Keine Sorge, der lässt sich unsere Show doch auf gar keinen Fall entgehen. Das hat er mir gerade auch noch mal gesagt. Du kannst also sicher sein, dass er gleich wieder zurück sein wird.«

Keine Ahnung, woher ich das plötzliche Vertrauen nahm, mit dem ich Jasper förmlich überschüttete. Vermutlich lag es in der aussichtslosen Lage begründet, in der Henry und ich uns befanden. Jasper war die einzige Hoffnung, an die ich mich mit beiden Händen ganz fest klammerte. Der Anblick des kleinen enttäuschten Gesichts vor mir war kaum mehr zu ertragen. Jasper musste einfach etwas für den Kleinen tun können.

Als ich bereits versucht war, Henry in den Arm zu nehmen, läutete abermals das Glöckchen. Raimund und Annie kamen in den Laden, und mein Herz machte einen Freudensprung. Auf die beiden war wirklich Verlass.

Annie kam unvermittelt zu mir herübergelaufen, während Raimund Henry etwas sagte.

»Na, ist der Schokoladenprinz schon wieder aufgetaucht?«, fragte mich Annie mit einer gewissen Neugierde in der Stimme.

Dennoch bemühte ich mich um ein freundliches Lächeln. Meine Stammkunden waren mir sehr wichtig. Auch wenn ich mittlerweile einen Großteil meiner Umsätze durch den Versand machte, liebte ich den direkten Kontakt zu ihnen. Ein reiner Onlineshop wäre für mich undenkbar. Aber das war es auch nicht, was den *Candyheaven* ausmachte.

Mein Laden war ein Ort, an dem man dem hektischen Trubel des Alltags entfliehen konnte. Manche Menschen verbrachten eine Stunde und mehr in meinem *Candyheaven*, schauten sich alles ganz genau an und ließen sich von mir in die hohe Kunst der Bonbonherstellung oder der Schokoladenveredelung einweisen. Der *Candyheaven* war mein Zuhause. Er definierte mich auf eine ganz bestimmte Art und Weise und machte mich erst zu dem, was ich war: eine hoffnungslose Träumerin, die ihr Leben mit so viel Zucker und Schokolade versüßte, dass es nur sehr schwer bitter schmecken konnte.

Doch die letzten Monate hatten mir gezeigt, dass ich trotz der vielen Süßwaren um mich herum nicht vor einem gebrochenen Herzen gefeit war.

»Nein«, sagte ich in Gedanken versunken. »Ich meine, ja. Er musste allerdings gleich wieder los«, korrigierte ich mich.

Annie bildete ein großes fragendes O mit ihrem Mund.

»Aber warum denn das? Wo will er denn hin? Die Vorführung beginnt doch gleich«, bemerkte sie vollkommen richtig.

Es waren nur mehr fünf Minuten, bis es zur vollen Stunde läuten würde. Henry sah wie gebannt nach draußen auf die Straße. Noch immer waren kaum Menschen zu sehen, und mir sank das Herz jede Sekunde weiter in die Hose. Hatte ich dem kleinen Jungen unnötige Hoffnungen gemacht? Hätte ich mich mit meinem Angebot nicht vielmehr zurückhalten müssen, um eine solche Situation, wie sie jetzt eingetroffen war, zu verhindern?

Noch ehe ich etwas erwidern konnte, jauchzte Henry so laut auf, dass ich erschrocken zusammenfuhr.

»Sie kommen! Sie kommen! Valerie, schau! Es sind so viele.« Das Gesicht des kleinen Mannes strahlte mit der Sonne über dem Hafen um die Wette. Dann verfinsterte es sich wieder, als hätte sich soeben eine Wolke vor sein Gesicht geschoben. »Passen die alle überhaupt in deinen Vorführraum?«, fragte er schließlich mit Sorgenfalte auf der Stirn. Das eben noch so freudige Lächeln drohte auf seinen Lippen zu ersterben.

Also beeilte ich mich zu sagen: »Die kriegen wir alle spielend leicht unter. Mach dir darüber mal keine Sorgen.«

Die Tür öffnete sich, und sogleich war der *Candyheaven* durchdrungen von dem lauten Stimmengewirr einer asiatischen Reisegruppe. Im Trippelschritt drängten sie in den Laden.

Zunächst war ich so überrumpelt von den vielen Menschen, dass ich meinen Einsatz verpasste. Doch nicht so Henry. Er wies seinem Publikum die Richtung und setzte sich an ihre Spitze. Ich war richtig stolz auf ihn. Die Leidenschaft, mit der er an seine Aufgabe heranging, war wirklich mitreißend.

»Ich hoffe, es war okay, dass ich mich eingemischt habe«, sagte in diesem Moment Jasper neben mir. Ich hatte ihn gar nicht bemerkt und zuckte leicht zusammen, als ich seine Stimme dicht an meinem Ohr vernahm.

Unsere Blicke trafen sich. Mein Verstand rebellierte und forderte mich auf, wegzusehen. Aber das war leichter gesagt als getan. Sosehr ich mich auch bemühte, auf Abstand zu Jasper Clark zu gehen, und sosehr ich mir der Tatsache bewusst war, dass dieser Mann nicht der Richtige für mich war, mein Herz wollte davon nichts hören.

Also lächelte ich breit über das ganze Gesicht und bedankte mich artig bei ihm.

Kapitel 10

Jasper

Valerie wirkte äußerst konzentriert, während sie ihrem Publikum gemeinsam mit Henry die perfekte Show lieferte. Wenn ich es nicht besser gewusst hätte, hätte ich geglaubt, die beiden wären ein eingespieltes Team. Henry war Feuer und Flamme. Auch auf die Entfernung hin konnte ich gut erkennen, dass der kleine Junge genau in seinem Element war. Und ein Gedanke regte sich dabei in mir.

Ich erinnerte mich an einen kleinen Jungen, der ebenso wie Henry mit ganzem Herzen dafür brannte, Schokolade herzustellen. Der es liebte, mit exotischen Gewürzen zu experimentieren und unterschiedliche Geschmacksrichtungen zusammenzuführen. Es war schon einige Jahre her, dass ich glaubte, eines Tages das machen zu können, was mich mit so viel Freude erfüllte. Und es hatte viele Jahre gedauert, bis ich mir selbst eingestanden hatte, dass mein Weg schon bei meiner Geburt vorgezeichnet gewesen war.

Für meinen Vater stand fest, dass ich mich in der Führungsriege von *Clark's Sweetness* einzufinden hatte. Trotz meiner unzähligen Eskapaden und den vielen gedruckten Zeilen und Bildern in den namhaften Zeitungen dieses Landes hielt er noch immer an seiner Meinung fest. Er verstand einfach nicht, dass es meine Art des Protests war, dass es mich zutiefst verletzte, wie wenig ihn meine Meinung über meine Zukunft interessierte. Meinem Vater war nur eines wichtig: das Fortbestehen der Firma. In dieser Hinsicht ging er über Leichen. Ebenso wie über die Träume eines kleinen Jungen, der sich langsam eingestehen sollte, dass er erwachsen war.

Brandender Applaus riss mich aus meinen trübsinnigen Gedanken. Henry und Valerie verbeugten sich soeben vor der Gruppe, und ein Gefühl von Erleichterung machte sich in meiner Brust breit. Der kleine Junge war glücklich. Auch aus der letzten Reihe konnte ich den Stolz aus jeder Pore seines Körpers hervorquellen sehen. Ich klatschte ebenfalls in die Hände, als mein Handy zu klingeln begann. Bevor ich die Aufmerksamkeit der Menge auf mich ziehen konnte, eilte ich nach draußen.

»Hey, Grandpa«, meldete ich mich, während ich gedankenversunken die Gasse hinunter zum Hafen ging.

»Hallo, mein Junge. Wie geht es dir?«

Die Stimme meines meist gut gelaunten Großvaters klang heute seltsam besorgt. Das war bereits aus den wenigen Worten deutlich zu entnehmen. Es musste also ernst sein.

»Was ist los? Dich bedrückt doch etwas«, spürte ich dem Gefühl nach, das mich nicht mehr losließ.

Schweigen am anderen Ende der Leitung. Dann ein Seufzer. »Ich bin mir nicht sicher, Jasper. Aber irgendwie habe ich das Gefühl, dass sich hier etwas zusammenbraut.« Wieder ein Seufzer. »Dein Vater hat eine Versammlung der Vorstandsvorsitzenden anberaumt.«

»Fangfrischer Fisch!«, bot derweil ein Fischer seine Waren lautstark an, die er direkt aus seinem Boot heraus verkaufte.

Die Leute standen Schlange, während er abermals auf sein Angebot hinwies.

»Was soll das bedeuten?«, fragte ich Grandpa. Dabei entfernte ich mich von dem Fischverkäufer und lief in Richtung des Wassers. In gleichförmigen Bewegungen schwappten die Ausläufer der Wellen an den Strand. Das Wasser war ganz ruhig, seine Oberfläche wirkte nahezu glatt. Dabei war es so klar, dass man beinahe wie in einem Spiegel sein Gesicht sehen konnte.

»Nun, ich bin mir nicht ganz sicher, was das bedeuten könnte«, wich mein Großvater mir aus. Doch ich kannte ihn besser. Er verheimlichte mir etwas.

»Was vermutest du denn?«, bohrte ich weiter, während ich einen Kiesel vom Strand aufsammelte und ihn über die Wasseroberfläche gleiten ließ. Dreimal sprang er auf, ehe er in den Untiefen des Meeres verschwand. Ein neuer Rekord.

Wieder Stille. Dann ein erschöpfter Seufzer. »Vermutlich liege ich mit meiner Einschätzung auch komplett daneben«, druckste er herum.

»Aber du hast eine Vermutung, und die würde ich sehr gerne hören«, bekräftigte ich ihn, mir zu sagen, was er von der Sache hielt.

»Ich hätte dich nicht anrufen sollen, Jasper. Entschuldige bitte! Vielleicht mache ich auch nur unnötig die Pferde scheu. Aber irgendwie hatte ich das Bedürfnis …« Dann brach er mitten im Satz ab.

»Grandpa? Grandpa?«, rief ich in den Hörer und blickte aufs Display. Die Verbindung bestand nach wie vor. Wir waren also nicht unterbrochen worden. »Grandpa, kannst du mich hören?«

»Ich bin mir wirklich nicht sicher«, sagte er dann mit ruhiger und etwas gefasster wirkender Stimme. »Aber ich könnte mir vorstellen, dass dein Vater den Verkauf des Unternehmens plant. Ich habe mitbekommen, dass er ein gutes Angebot aus Fernost bekommen hat. Zudem war gestern Abend eine chinesische Delegation bei uns zu Gast.«

Es brauchte einen Moment, bis ich die Informationen meines Großvaters wie Puzzlestücke zu einem zusammenhängenden Bild zusammensetzen konnte. Noch länger dauerte es, bis ich auch verstand, was er mir damit sagen wollte.

»Dad hat mich also nur unter einem Vorwand nach Cornwall geschickt, damit ich ihm bei seinen Plänen nicht im Weg stehe?«, brachte ich meine Gedanken auf einen Punkt.

Grandpa ruderte zurück. »Wie gesagt, ich habe dafür keine Beweise. Das ist alles nur reine Spekulation. Es könnte auch einen ganz anderen Grund haben, dass er die Versammlung einberufen hat.«

»Glaubst du daran?«, fragte ich ihn direkt.

»Nein. Nicht wirklich.«

»Ich auch nicht.« Wieder nahm ich einen Stein und warf ihn ganz dicht über die Oberfläche des Wassers. Dieses Mal sprang er sogar viermal auf. Über mir kreischte eine vorwitzige Möwe, und in meinem Rücken wurde noch immer rege Fisch verkauft. Der Alltag nahm weiter seinen geregelten Gang, während sich mein Leben nach und nach aus den Angeln hob.

»Er glaubt nicht an mich. Oder? Das hat er nie«, brachte ich meine intimsten Gedanken auf den Punkt.

Großvater räusperte sich. »Das kann man so nicht sagen, Jasper. Er … er ist verunsichert. Du hast deinem Vater in den letzten Monaten nicht unbedingt das Gefühl gegeben, dass dir besonders viel an der Firma liegt.«

Bei Grandpas Worten ballte ich meine freie Hand zur Faust. Nur weil mein Vater und ich unterschiedliche Ansichten darüber hatten, welchen Posten ich in der Firma innehaben sollte, hieß das noch lange nicht, dass mir das Familienunternehmen egal wäre. Ganz im Gegenteil.

»Und was denkst du?«, fragte ich mit angehaltenem Atem. Ich war gespannt auf seine Antwort.

»Frischer Fisch! Frischer Fisch! Viel hab ich nicht mehr. Wenn ihr welchen wollt, solltet ihr euch beeilen«, rief in diesem Moment der Verkäufer in meinem Rücken.

»Jasper, dein Vater und du, ihr zwei seid wie Feuer und Wasser. Wenn man euch so sieht, würde man auf den ersten Blick nicht für möglich halten, dass ihr Vater und Sohn seid. Und dennoch … Ich weiß es besser. Während dein Vater sein ganzes Engagement in die Zahlen und den Vertrieb steckt, bist du eher der kreative Kopf, der *Clark's Sweetnees* in ein neues Zeitalter führen könnte. Ich weiß das, mein Junge. Aber dein Vater …«

»… wünscht sich einen Betriebswirtschaftler zum Sohn und keinen Chocolatier.«

Mein Großvater schwieg. Es bedurfte keiner weiteren Worte. Wir wussten beide, wie verfahren die Situation zwischen meinem Vater und mir war. Es brachte nichts, länger die Augen vor den Tatsachen zu verschließen.

»Was soll ich jetzt tun? Die Mission hier in Port Isaac abbrechen und nach Hause kommen?«

Ein paar Kinder verfolgten einen Ball, der sich zielstrebig auf das Wasser zubewegte. Je näher er dem Meer kam, desto lauter wurden sie. Als ich Henry erkannte, musste ich schmunzeln. Der Junge kam in diesen Ferien wirklich auf seine Kosten. Denn auch beim Fußball schien er vollends in seinem Element zu sein. Flink wie ein Wiesel schlängelte er sich an den übrigen Jungs und Mädchen vorbei und führte sogleich die Gruppe an. Es fehlte nicht mehr viel und er hatte den Ball erreicht.

»Auf gar keinen Fall. Hörst du? Wenn du jetzt unverrichteter Dinge nach London zurückkehrst, dann wird das deinen Vater nur noch mehr darin bestätigen, die Firma nach Fernost zu verschachern. Er wartet doch nur darauf, dass dir diese entlegene Region zu langweilig wird und du keinen rechten Elan zeigst, seinen Auftrag auszuführen. Das ist es, was er will: Er will dich scheitern sehen, Jasper.« Grandpa hatte sich Wort für Wort regelrecht in Rage geredet. »Bis wir nicht wissen, wozu er diese Versammlung wirklich einberufen hat, müssen wir einen kühlen Kopf bewahren.«

»Wir?«, fragte ich mit einem Grinsen auf den Lippen. Mein Großvater hatte sich zwar seit einigen Jahren aus den Geschäften von *Clark's Sweetness* komplett zurückgezogen, aber so ganz konnte der Kater das Mausen nicht lassen.

»Natürlich! Denkst du denn etwa, dass ich hier tatenlos dasitzen und dabei zusehen werde, wie dein Vater unser Familienunternehmen verkauft?«

Ich schüttelte den Kopf, auch wenn er es ja nicht sehen

konnte. »Unter keinen Umständen.«

»Ich melde mich wieder, mein Junge. Halt die Ohren steif und … tu nichts Unüberlegtes. Es ist wichtiger denn je, dass die Presse sich von dir fernhält. Jeder falsche Schritt könnte deinen Vater dazu ermutigen, an seinem Vorhaben festzuhalten. Wie auch immer das aussehen mag.«

»*Die Mission hier in Port Isaac abbrechen und nach Hause kommen?* Wer, zum Henker, sind Sie?«

Kaum dass ich das Gespräch beendet hatte, hörte ich March in meinem Rücken die Worte wiederholen, die ich vor wenigen Minuten in den Hörer gesprochen hatte. Mein Blick schweifte wie zur Bestätigung zu dem klapprigen Bretterverschlag hinüber, der sich ihr Kiosk schimpfte. Die Klappe war zu. Er war geschlossen. Das hinter mir war also definitiv nicht nur das Produkt meiner Fantasie.

Während ich das Smartphone in meiner Tasche verstaute, drehte ich mich langsam zu March um.

»Wie bitte?«, stellte ich mich begriffsstutzig.

»Du weißt ganz genau, worauf ich hinauswill. Verkauf mich also bloß nicht für dumm.« March hob den Zeigefinger drohend in die Höhe. Ich sah mich derweil zu allen Seiten hin um und war Henry und seiner Meute schrecklich dankbar dafür, dass sie noch immer schreiend und tobend über den Strand rannten. Damit lag die Aufmerksamkeit der Passanten zumindest schon mal nicht auf March und mir.

»Was hat das alles zu bedeuten?«, wollte March nun mit Nachdruck wissen. Dabei neigte sie den Kopf leicht zur Seite und sah mich aus zusammengekniffenen Augen prüfend an.

»Was ist das für eine Mission, die dich nach Port Isaac beordert hat? Und jetzt komm mir nicht mit Ausreden.«

March machte nicht den Eindruck, als würde sie sich noch länger von meiner Hinhaltetaktik in die Irre führen lassen. Mein Blick scannte den Hafenbereich ab, um sicherzustellen, dass Valerie nicht in der Nähe war. Als ich sie nicht finden konnte, fuhren meine Blicke ganz von allein die geschlängelte Gasse zu ihrem *Candyheaven* hinauf.

»Hat es etwas mit Valerie zu tun?«, fragte mich March daraufhin prompt.

»Äh, nein«, antwortete ich wenig überzeugend.

March hatte wirklich faszinierende Ermittlerfähigkeiten. Sie konnte einem dermaßen auf den Zahn fühlen, dass man sich allein schon unter ihrem eisigen Blick schnell in die Enge gedrängt fühlte. Diese Frau konnte mit an Sicherheit grenzender Wahrscheinlichkeit Wasser in Eis verwandeln. Im Hochsommer.

»Jungchen, verkauf mich nicht für dumm. Wir hatten eine Abmachung.«

»Wie bitte?«, fragte ich irritiert.

March schüttelte ungläubig den Kopf. »Wusste ich es doch, dass ich mich auf dich nicht verlassen kann. Zartbitterschokolade mit Rosenwasserfüllung. Na, klingelt da etwas?« March stand mit in die Hüfte gestemmten Händen vor mir. Enttäuschung und Wut – vor allem Wut – standen ihr mitten ins Gesicht geschrieben.

»Oh, die Pralinen«, sagte ich und deutete dabei mit meinen Fingerspitzen an meine Schläfe. »Das Projekt ist ganz fest hier oben abgespeichert. Deswegen brauchst du dir keine Sorgen zu machen. Ich werde mein Möglichstes versuchen, um Valerie davon zu überzeugen, die kleinen Süßigkeiten wiederherzustellen.«

Ich lächelte March beschwichtigend zu, während ich in Gedanken die letzten Minuten Revue passieren ließ. Was sollte ich jetzt tun? Zurück nach London zu fahren, war vorerst keine Option. Gleichzeitig stellte ich mir das erste Mal in meinem Leben die Frage, was denn wäre, wenn sich *Clark's Sweetness* nicht mehr im Familienbesitz befände.

Seit ich denken konnte, hatte mein Vater mir eingetrichtert, dass ich eines Tages die Firma erben würde. Gebetsmühlenartig hatte er mir meine Verantwortung vor Augen geführt, mir von seiner frühen Verantwortung erzählt und mir erklärt, dass dies auch meine Aufgabe sein würde. Gleichzeitig hatte er mich aber auch nie zum Zuge kommen lassen. Er hatte mich hingehalten, mich auf einen vagen Punkt in der Zukunft vertröstet, wann immer ich mich einbringen wollte.

Zeitweise hatte ich dieses süße Erbe als Last und gleichzeitig als Bedrohung empfunden. Im Gegensatz zu den meisten meiner Kommilitonen, die sich während ihrer Studienzeit ausmalten, was sie denn danach mit ihrem Leben anstellen, wo sie leben und arbeiten wollten, war mir diese Zukunftsschmiede in Gedanken verweigert worden.

Den unverbindlichen Träumereien meiner Freunde hatte ich nur ein milliardenschweres Schokoladenimperium entgegenzusetzen. Die meisten beneideten mich darum. Nur die wenigsten verstanden, was es bedeutete.

Noch immer beäugte mich March skeptisch. »Weshalb bist

du wirklich nach Port Isaac gekommen?« Als ich bereits anhob, um ihr zu antworten, unterbrach sie mich unwirsch. »Und binde mir ja keinen Bären auf! Ich weiß Mittel und Wege, dir das Leben zur Hölle zu machen.«

Bei Marchs Worten zuckten meine Mundwinkel. Bis ich schließlich nicht mehr an mich halten konnte und laut zu lachen begann. So laut, dass sogar der tobende Kindertrupp innehielt und sich nach mir umsah.

»Entschuldige bitte, March! Aber die Hölle auf Erden erlebe ich mehr oder minder bereits mein ganzes Leben.« Als sie mich mit hochgezogenen Brauen anstarrte, sagte ich: »Wollen wir vielleicht ein paar Schritte gehen?«

»Ist das irgend so eine Mafiataktik, bei der du mich bei nächster Gelegenheit betäubst und in deinem Kofferraum außer Landes bringst?«

Marchs Stimme klang fest. Sie schien überzeugt von dem zu sein, was sie mir da gerade an den Kopf warf.

Die alte Dame hatte definitiv zu viele *Miss-Marple*-Krimis gelesen. Wie sonst ließe sich ihre blühende Fantasie erklären?

Feierlich hob ich die Hand zum Schwur. »Ich versichere dir, dass ich dich nicht betäuben und in meinem Wagen außer Landes bringen werde. Gut so?«

March wiegte den Kopf leicht nach rechts und links und erinnerte mich dabei an eine der Möwen, die vor wenigen Augenblicken zu meinen Füßen durch den Sand gestakst war.

Wir verließen den Hafen und kämpften uns einen mit Kies und Erde verwachsenen Pfad hinauf zu einer Anhöhe, von der aus man einen spektakulären Blick auf das verschlafene

Fischerdörfchen nebst Hafen und dem *Candyheaven* hatte. Das blau-grüne Wasser in der Bucht harmonierte mit dem satten Grün der bewachsenen Felsen und Hügel in der näheren Umgebung. Von unserer Position aus konnte ich sogar mein kleines Cottage auf dem *Rose Hill* ganz deutlich erkennen. Die weiße Fassade wurde von der Sonne angestrahlt und leuchtete mit ihr um die Wette.

»Also?«, fragte March neben mir leicht außer Atem.

Erst jetzt realisierte ich, dass wir nicht hierhergekommen waren, um uns an der Natur zu erfreuen. March wollte Antworten von mir. Und ich war gewillt, sie ihr zu geben.

»Mein Vater ist ein sehr ehrgeiziger und disziplinierter Mann«, erklärte ich.

March kniff das eine Auge leicht zusammen, als wüsste sie nicht, was sie mit dieser Aussage anfangen sollte. Doch sie ließ mich weiterreden, ohne mich zu unterbrechen. Offenbar spürte sie, dass ich etwas ausholen musste, um mich dem wahren Grund meines Aufenthalts hier in Port Isaac zu nähern.

»Schon als ich noch ganz klein war, bereitete er mich auf meine *Aufgabe*, wie er es immer nannte, vor.«

Wieder ließ ich meinen Blick in die Weite schweifen. Ich sog die frische salzige Meeresluft tief in meine Lungen und gab sie nur ganz langsam wieder frei. Das hektische Treiben am Hafen verebbte allmählich. Die bunten Holzboote lagen auf dem erdigen Sandboden und ruhten sich in der Mittagssonne aus. Sie hatten ihr Soll für heute erfüllt. Einige der Fischer gingen zusammen zum Mittagessen in einen Pub. Wieder andere schlugen den Weg nach Hause ein.

Eine Frau in einem weißen Kleid mit großen roten Punkten

darauf erschien oberhalb des Hafens und winkte Henry zu sich. Das war bestimmt seine Mum. Auf dem Kopf trug sie einen überdimensionierten weißen Hut, und ihre Augen schützte sie mit einer großen schwarzen Sonnenbrille. Sie sah aus wie eine Diva aus einem Hollywoodschinken, und dennoch hatte sie etwas sehr Warmherziges an sich.

Nur wenige Sekunden später lag Henry in ihren Armen. Sie hob ihn mit beiden Händen hoch und drehte sich mit ihm im Kreis, ehe sie ihm einen Kuss auf die Nasenspitze gab. In diesem Moment erwischte ich mich dabei, wie ich mich zu erinnern versuchte, wann meine Mum mich das letzte Mal so herzlich in Empfang genommen hatte. Es musste schon einige Jahre zurückliegen. Vor den Eskapaden und den vielen gedruckten Zeilen über mich in Zeitungen und Magazinen. Vor ihrem viel zu frühen Tod.

Das erste Mal machte ich mir Gedanken darüber, ob ich das einst so gute Verhältnis zu meiner Mum freiwillig aufs Spiel gesetzt hatte, um meinem Vater eins auszuwischen. Hatte ich mich in meiner Verblendung, meinem Vater die Stirn bieten zu müssen, selbst um das bisschen familiäre Wärme und Geborgenheit gebracht, das ich noch gehabt hatte?

»March, kennst du *Clark's Sweetness*?«, fragte ich unumwunden.

March sah mich an, als würde ich den Verstand verlieren. »Soll das ein Witz sein? Jeder kennt *Clark's Sweetness*. Die heiße Schokolade, die ich am Kiosk verkaufe, ist von dieser Firma. Die Pralinen, mit denen meine Mum meine Großmutter abgefüllt hat, waren von *Clark's Sweetness*. Und die Schokolade, an die die Kinder gleich nach der Flasche gewöhnt werden, ist von *Clark's Sweetness*. Nenn mir bitte nur einen Menschen in diesem Land, der die Firma nicht kennt.«

Ich lachte bei Marchs flammender Rede für unsere Schokolade. Sie sollte in naher Zukunft einen Imagefilm für uns drehen. March verstand es, die Leute für sich einzunehmen. Sie hatte da so ihre Methoden. Und dennoch wirkte sie dabei immer sehr herzlich.

»Die Firma gehört meiner Familie.«

»Oh.«

»Ich bin der einzige rechtmäßige Erbe.«

»Oh.«

»Mein Vater hat mich hierhergeschickt, um den Geheimnissen von *Valerie's Candyheaven* auf die Spur zu kommen.«

»Oh.«

Mit jedem *Oh* wurde Marchs Stimme etwas piepsiger.

»Aber während ich in Port Isaac hocke und meiner Aufgabe nachgehe, hat mein Vater alles in die Wege geleitet, um die Firma zu verkaufen.«

»Doppel-Oh. Was ist das nur für ein Mann?«

Ich zuckte mit den Schultern. »Das sagte ich doch bereits anfangs: ein knallharter Geschäftsmann. Wir beiden haben rein gar nichts gemeinsam. Er liebt Zahlen und Geld. Viel Geld. Für ihn ist es wichtig, dass immer genug davon da ist.«

»Und für dich?«, fragte March mit einfühlsamer Stimme.

Noch immer blickte ich hinaus auf die malerische Landschaft. Es hatte durchaus etwas Meditatives, ich genoss es, die Ruhe und ihre Schönheit auf mich wirken zu lassen.

Das kleine Örtchen an der kornischen Küste hatte so viel

mehr Charme, als ich ihm bei meiner Abreise aus London zugestanden hätte. Mittlerweile musste ich mir eingestehen, dass mich der beschauliche Hafenort mit einer gewissen Gelassenheit erfüllte. Ich mochte es, hier in Port Isaac zu sein.

Das ausschweifende Partyleben, die vielen Freunde, von denen mir nicht einer helfen würde, wenn ich ihn darum bat, die Frauen, mit denen ich mich gerne schmückte – das war mein Leben. Und ich konnte nicht behaupten, dass es mir besonders gut gefiel. Doch bis zum heutigen Tag hatte ich mich noch nie damit auseinandergesetzt. Wie kam ich gerade jetzt auf diese Gedanken?

»Ich liebe Schokolade.« Bei Marchs Offenbarung musste ich schmunzeln. »Wie vermutlich die meisten Menschen. Aber ich liebe es, mit ihr zu arbeiten, sie zu schmecken und mit ungewohnten Gewürzen und Zutaten zu vermengen. Ich liebe es, etwas Neues zu erschaffen, und bin gespannt, was andere Menschen von meinen Kreationen halten«, äußerte ich das erste Mal ganz offen und ehrlich meine intimsten Wünsche und Sehnsüchte.

March sah mich verstehend an. »Da sind die Probleme zwischen Vater und Sohn natürlich vorprogrammiert. Während der eine die Firma von einem Familienbetrieb aufs nächste Level hieven möchte, um mit der Weltspitze konkurrieren zu können, steht der andere lieber in der Backstube und arbeitet mit den Händen.«

Ich überlegte kurz. »Ja, so lässt sich das wohl auf den Punkt bringen. Mein Vater hat nichts übrig für meine Exkursionen in den Bereich der Entwicklung. Er erwartet von mir, dass ich die Firma eines Tages übernehme. Mit allem, was dazugehört.«

March legte mir eine Hand auf meinen Unterarm. Ich zuckte bei der unerwarteten Berührung leicht zusammen.

»Väter und Söhne müssen sich nicht immer einig in dem sein, was sie sich vom Leben erhoffen. Doch vor allem sind Söhne ihren Vätern zu nichts verpflichtet. Darüber solltest du dir im Klaren sein.«

March klang nun nicht mehr so barsch und unnahbar wie noch vor wenigen Minuten. Sie sprach viel leiser und mit einer Wärme in der Stimme, die ich an ihr bisher nicht wahrgenommen hatte.

»Das weiß ich ja auch. Aber das ist bei uns etwas anderes. Mein Vater hat keinen anderen Erben. Auf mir ruhen seit meiner Geburt all seine Hoffnungen. Und nun, da ich ihm mehr oder minder die letzten fünfunddreißig Jahre meines bisherigen Lebens geopfert habe, wendet er sich von mir ab und will alles verkaufen. Das ist … so herzlos.«

March wandte sich von mir ab und sah in die Ferne. Ihr Blick schien dabei auf etwas zu ruhen, was ich nicht sehen konnte.

»Vielleicht hat er ja erkannt, dass die Führung des Unternehmens nichts für dich ist«, ergriff March unerwartet Partei für meinen alten Herrn.

Nun war es an mir, sie aus weit aufgerissenen Augen anzustarren. »Da schätzt du meinen Vater aber grundlegend falsch ein. William Clark macht nichts, was nicht zu seinen Gunsten ausgeht. Seit ich denken kann, hat er seine Interessen und die der Firma immer über die der Familie gestellt. Jahrelang hat Mum ihn bekniet, er möge doch ein wenig kürzertreten, damit wir in der Familie mehr zusammen unternehmen könnten. All ihre Bemühungen verebbten allerdings im Sand. Er blieb stur, und sie hat es irgendwann aufgegeben, zwischen ihr, meinem Vater und mir so etwas wie eine Familie formen zu wollen. Die Zutaten passten nicht zueinander. Da hätte es schon einiges an Arbeit bedurft.«

March sah mich lächelnd an. »Menschen verändern sich, mein Junge.«

Doch ich schüttelte resolut den Kopf. »Andere Menschen vielleicht. Nicht aber mein Vater. Er wird immer der engstirnige Mann bleiben, der neue Ideen mit einem abschätzigen Lächeln auf den Lippen beäugt. Besonders dann, wenn sie von mir kommen.«

Ich stutzte. »Verdammt! Das hätte mir schon viel früher auffallen müssen. Meine sogenannte Mission in Cornwall war von langer Hand geplant gewesen. Warum nur habe ich meinem Vater den Quatsch abgekauft, er wäre ernsthaft an dem Geheimnis eines kleinen Süßwarenladens in Port Isaac interessiert?«

Ein mildes Lächeln überspannte Marchs Gesicht und ließ sogar ihre Augen ein wenig leuchten. »Weil du es glauben wolltest. Du wolltest glauben, dass er sich geändert hat. Dass er plötzlich ganz ähnliche Interessen wie du zeigt, endlich anerkannt, was dir wichtig ist. Du wolltest es glauben, um dir nicht eines Tages vorwerfen zu müssen, du hättest die Chance, als sie sich dir geboten hat, nicht mit beiden Händen ergriffen. Nämlich nur ein einziges Mal in deinem Leben mit deinem Dad auf einer Wellenlänge zu sein.«

Anstatt überstürzt eine Antwort über die Lippen zu bringen, nahm ich mir die Zeit, über Marchs Worte nachzudenken. Ich ließ ihren Verdacht in mein Bewusstsein vordringen, schenkte ihm Raum und horchte tief in mich hinein.

March kannte mich kaum, und dennoch hatte sie so ein feines Gespür, was mich und meine Familie anbelangte. Jeder Geheimdienst dieses Landes wäre froh und dankbar, sie in ihrem Kader zu haben.

Denn March hatte etwas, was den meisten Menschen in unseren hektischen Tagen abhandengekommen war: Sie hatte Feingefühl. So viel davon, dass sie sich scheinbar spielend leicht in die Situation anderer Menschen hineinversetzen konnte.

»Was schlägst du also vor? Was soll ich jetzt tun? Zurück nach London gehen?«

March schüttelte vehement den Kopf. »Das solltest du unter keinen Umständen machen. Nein, ich an deiner Stelle würde mich tatsächlich auf die Suche nach Valeries Geheimnis machen. Ich glaube nicht, dass diese Reise nach Cornwall nur dazu diente, dich aus London fernzuhalten. Dein Vater verfolgt mit dieser Strategie in meinen Augen einen anderen Plan.«

»Der da wäre?«, hakte ich nach. Noch immer widerstrebte es mir, meinem Vater andere als zu seinem eigenen Vorteil gereichende Beweggründe zuzugestehen.

March lächelte mir aufmunternd zu. »Irgendwann im Leben kommt der Punkt, an dem man sein Handeln hinterfragt. Es gibt Menschen, die tun das täglich. Wieder andere sind alle paar Jahre wie vom Donner gerührt, wenn sie sich der Wirkung ihrer Taten bewusst werden. Und andere brauchen manchmal ein ganzes Leben.« Dann legte sie eine Hand auf meinen Arm. »Ich an deiner Stelle würde bleiben.«

»Und du bist dir ganz sicher, dass du das jetzt nicht nur sagst, weil du möchtest, dass ich Valerie dazu bewege, ihre speziellen Pralinen für dich zu zaubern?«

Marchs Mundwinkel zuckten verdächtig, ehe sie aus vollem Herzen zu lachen begann. Als sie sich etwas beruhigt hatte, erklärte sie mir mit Daumen und Zeigefinger: »Ein ganz kleines bisschen vielleicht. Kaum der Rede wert!«

»Ach, March!«, seufzte ich.

»Alles wird gut!«, bekräftigte sie. »Du wirst sehen!«

Gut war schon lange nichts mehr in meinem Leben gewesen. Außer die Bonbonherstellung mit Henry und Valerie am heutigen Morgen vielleicht. Ich schwor mir in diesem Moment, alles dafür zu tun, dass es wieder gut werden würde. Irgendwann. Und was die Beziehung zu meinem Vater betraf: überhaupt.

Kapitel 11

Valerie

Als Henry nebst der asiatischen Reisegruppe, Raimund und Annie den Laden verlassen hatte, stellte sich eine merkwürdige Ruhe ein. In meinen Ohren rauschte noch immer das Stimmengewirr der vielen Menschen. Doch es ebbte stetig weiter ab, bis nur noch ein leises Wispern übrig war.

Die Stille war mir in den letzten Monaten kein guter Wegbegleiter gewesen. Setzte sie doch zu oft Grübeleien in meinem Kopf in Gang, auf die ich gut und gerne verzichten konnte.

Noch nie in meinem Leben hatte ich mich so einsam und verlassen gefühlt. Egal, was ich an dieser Situation auch zu ändern versuchte, kaum dachte ich an Ron und die schöne Zeit mit ihm, war alles wieder da: der Streit, die Entscheidung, vor die er mich gestellt hatte, und schließlich die Trennung.

Rückblickend betrachtet war es ihm sehr leichtgefallen, seine Sachen zu packen und zu gehen. Und wann immer ich diese Tatsache ins Auge fasste, fragte ich mich unweigerlich, wie er mich nur so kühl abservieren konnte. Hatte er dieses dörfliche Idyll, das ich an Port Isaac so liebte, tatsächlich nicht mehr ertragen? War das der einzige Grund, weshalb er mich verlassen hatte? Oder spielte womöglich doch noch etwas anderes eine wichtige Rolle in dieser Angelegenheit?

In Gedanken versunken portionierte ich die rot-weißen

Bonbons und verpackte sie anschließend in durchsichtige Tütchen. Zuletzt band ich jedem noch ein Schleifchen dran und klebte einen Aufkleber mit dem Logo des *Candyheavens* darauf.

Ich liebte es sehr, meine Bonbons, meine Pralinen und Schokoladenvariationen herzustellen. Aber mindestens ebenso sehr liebte ich es, sie schön in Szene zu setzen, um damit jeder meiner süßen Leckereien die nötige Aufmerksamkeit zu gewähren, die ihr gebührte.

Ein Klopfen ließ mich zusammenfahren. Ich hob meinen Blick und erkannte Jasper, der im Türrahmen zu meiner Verkostungsküche stand.

»Entschuldige bitte, ich wollte dich nicht erschrecken«, sagte er und schenkte mir dieses einnehmende Lächeln, das ich viel zu sehr an ihm mochte.

Bei diesem Gedanken schüttelte ich mich leicht und wandte mich von ihm ab, gab mich mächtig vertieft in meine Arbeit. Es war nicht gut, diese Gefühle gegenüber Jasper zu haben. Er war ein Womanizer, ein Lebemann, der sicher mit einer Landpomeranze wie mir nichts anzufangen wusste. Außerdem war er überhaupt nicht mein Typ. Nicht im Geringsten.

»Kann ich etwas für dich tun?«, fragte ich so neutral wie nur möglich. Erleichtert nahm ich zur Kenntnis, dass meine Stimme nicht brach.

Ich wusch mir meine Hände an der Spüle und trocknete sie anschließend mit einem Handtuch. Als Jasper mir noch immer die Antwort schuldig blieb, wandte ich mich mit einem fragenden Blick in seine Richtung um.

Das Bild, das er mir da bot, war so neu und merkwürdig

zugleich. Stand der sonst so selbstbewusste und gut aussehende Mr. Sexy doch tatsächlich mit unsicherem Blick mir gegenüber und fuhr sich derweil mit der Hand durchs Haar. Sein Anblick amüsierte mich.

»Also?«

»Du könntest tatsächlich etwas für mich tun.«

Ich hob meine Augenbrauen und verschränkte die Arme vor der Brust. »Wenn du es mir verraten würdest, dann könnte ich zumindest darüber nachdenken, inwieweit ich dir behilflich sein möchte«, scherzte ich und Jasper schenkte mir eines dieser seltenen verstohlenen Lächeln seiner Augen.

»Ich habe ein Problem. Mit March. Also nicht wirklich mit ihr, aber es hat mit ihr zu tun. Ich stehe in ihrer Schuld … Irgendwie … Und jetzt …«

Als mir Jaspers Gestotter zu wirr wurde, unterbrach ich ihn: »Was hast du für ein Problem mit March, und wie könnte ich dir dabei helfen? Woher kennst du sie überhaupt?«

Jasper hob eine Augenbraue an. »Woher ich March kenne? Sag mir lieber, wer sie nicht kennt?«

Bei Jaspers Worten musste ich schmunzeln. »Okay, okay, wahrscheinlich hast du recht. Aber was für Probleme hast du mit ihr? March ist einer der nettesten Menschen, den ich kenne. Was muss man nur tun, um sich bei dieser wundervollen alten Lady in Misskredit zu bringen?«

Jasper hob abrupt abwehrend die Hände in die Höhe. »Du verstehst das vollkommen falsch. March hat ein Problem, das ich für sie lösen soll.«

Damit hatte ich nicht gerechnet. »Ach ja?«, fragte ich perplex. »Nun, das ist etwas anderes.«

Und zudem überaus merkwürdig. Für gewöhnlich konnte March mit den Touristen in Port Isaac nicht sonderlich viel anfangen. Bisher war mir zumindest noch kein Beispiel dahingehend bekannt gewesen, dass sie einen Fremden um einen Gefallen gebeten hätte. Das war neu. Und untypisch für March.

»Was wollte sie denn von dir?«

Neugierig beobachtete ich Jasper dabei, wie er den Raum in meine Richtung durchquerte und sich eines der Bonbons, die noch unverpackt auf der Arbeitsfläche lagen, schnappte.

Jasper sah zu Boden, ehe er den Blick hob und mir wie ein verschämter Schuljunge, der etwas ausgefressen hatte, in die Augen sah. »Pralinen.«

»Pralinen?« Ich lachte. »Mein ganzer Laden ist voll davon. Such dir welche aus und nimm sie ihr mit! Sie gehen aufs Haus.« Dann hob ich drohend den Zeigefinger. »Allerdings nur, wenn sie wirklich für March sind. Sie sind doch für March, oder?«

»Pf! Natürlich sind sie für March! Was denkst du denn von mir? Dass ich hier in deinen Laden komme, um mir ein paar Pralinen zu schnorren?«

Nach außen hin lächelte Jasper, und dennoch konnte ich spüren, dass ich ihn mit meinen Worten schwer getroffen hatte.

»Ich weiß nicht. Wir kennen uns ja kaum«, erwiderte ich und gab mich abermals äußerst vertieft in das Verpacken der Bonbons. Auf gar keinen Fall sollte ich jetzt in Jaspers Augen sehen.

Ich hörte ein paar Schritte und spürte Jaspers Nähe, noch

ehe er zu sprechen begann. »Würdest du mich denn gerne besser kennenlernen?«, raunte er mir so dicht ins Ohr, dass sein warmer Atem einen Schauer über meinen Rücken jagte.

Schlagartig befand sich mein Körper in Alarmbereitschaft. Instinktiv ging ich auf Abstand zu Jasper, dessen Nähe mir plötzlich zu viel wurde. Ich ertrug diese leicht süßlich wirkende Note, die mich an die feine mexikanische Schokolade erinnerte, die ich so sehr liebte, gepaart mit dem herben männlichen Duft, keine Sekunde länger. Nicht, ohne dabei den Verstand zu verlieren.

»Was zur Hölle ist bloß los mit dir?«, ermahnte mich meine innere Stimme. Reiß dich zusammen! Du stehst nicht auf Jasper. Das ist nur, weil du schon seit Monaten allein bist und Ron so sehr vermisst, versuchte sie mir einzureden.

Das erste Mal seit sehr langer Zeit war ich versucht, ihr zu widersprechen. Doch ich tat es nicht. Aus Angst vor meiner eigenen Courage und dem zarten Flügelschlag eines Schmetterlings, der in meinem Bauch jäh aus dem Winterschlaf gerissen wurde.

»Ich bin eine verheiratete Frau«, beeilte ich mich zu sagen, als ich das verschmitzte Lächeln auf seinen Lippen erblickte und ich mir des verheißungsvollen Glanzes seiner Augen bewusst wurde.

Kurzzeitig hatte ich noch überlegt, eine *glücklich* verheiratete Frau zu sagen. Aber dieses Wort war mir einfach nicht über die Lippen gekommen. War es doch so viel mehr als eine Lüge.

Jasper scannte mit seinen Augen meine Hände ab. »Ich kann gar keinen Ring sehen«, bemerkte er vollkommen richtig.

Schließlich hatte ich ihn noch am selben Tag abgenommen, als Ron mich verlassen hatte.

»Ich trage ihn nie bei der Arbeit. Dafür ist er viel zu wertvoll.«

Jasper sah mich durchdringend an. Ganz so, als müsste meiner Erklärung noch etwas Wichtiges folgen. Oder als würde er mir nicht recht glauben. So oder so wandte ich mich von ihm ab, als mir seine Aufmerksamkeit zu viel wurde, und gab mich besonders vertieft in meine Arbeit. Keine der Bonbonportionen, die ich bisher verkauft hatte, war vorher so schön geschichtet worden.

»Um noch mal auf March zurückzukommen …«, begann Jasper den Fokus wieder auf den Grund seines Kommens zu legen, als er spürte, dass er gerade im Begriff war, eine unsichtbare Linie zwischen uns zu übertreten.

»Nimm ihr die Pralinen mit, die sie gerne hätte!«

Jasper sah mich ungläubig an.

»Warum starrst du mich so an?«

Daraufhin schüttelte er leicht den Kopf und bemühte sich darum, seinen perplexen Gesichtsausdruck wieder zum gewohnten Strahlen zu bringen.

»Ich dachte nur … Also wegen der Pralinen …«, stotterte er etwas unbeholfen.

Ich winkte ab. »Das ist bei uns ganz normal. Ich hole mir oft einen Kaffee bei March, dafür bringe ich ihr im Gegenzug Pralinen vorbei, oder sie kommt mit Kaffee im Gepäck zu mir. Wir Einwohner von Port Isaac halten zusammen und teilen, was wir haben. Aber das werdet ihr Großstädter sicher nicht verstehen.«

Plötzlich brodelte eine ungeahnte Wut in meinem Bauch. Wie aus dem Nichts war sie plötzlich da und nahm mich Zentimeter für Zentimeter ein. Doch dieser Groll richtete sich nicht etwa gegen Jasper. Er war vielmehr die Zielscheibe. Oder zum falschen Zeitpunkt am falschen Ort.

»Wie darf ich das denn verstehen? Dass wir Großstädter gefühllose Egomanen wären?«

Vor meinem geistigen Auge hatte ich in der Zwischenzeit Ron heraufbeschworen. Anfänglich hatte mir seine weltmännische Art und seine Offenheit für neue Länder und Sitten zutiefst imponiert. Zeitweise wollte ich sogar ein bisschen so sein wie er. Mich von Port Isaac abnabeln und um die Welt reisen.

Für Mexiko hätte ich meine Koffer sehr gerne gepackt. Schon lange träumte ich davon, mir das Anbaugebiet anzuschauen, aus dem die wundervollen Kakaobohnen kamen, mit denen ich die so schmackhafte Schokolade herstellen konnte. Aber im Gegensatz zu Ron wäre ich immer wieder nach Cornwall zurückgekehrt. Wegen meiner Wurzeln. Wegen der Vertrautheit. Und vor allem wegen meines *Candyheavens.*

Ron hatte mich dahingehend zu überzeugen versucht, dass ich in London einen neuen Laden eröffnen könnte. Voller Eifer hatte er mir von den vielen turbulenten Einkaufsstraßen erzählt. Das Leuchten in seinen Augen war dabei so übermächtig geworden, dass ich zunächst nicht wusste, was ich darauf erwidern sollte.

Er musste doch auch sehen, dass ich mit meinen Mitteln nie und nimmer zwischen all den großen Ketten einer Großstadt wie London bestehen konnte. Den Charme meines Geschäftes machte vor allem die Lage aus. Darüber war ich mir vollkommen im Klaren. Ganz im Gegensatz zu Ron. Ferner spielte mir die Tatsache in die Karten, dass ich hier keine wirkliche Konkurrenz hatte. Der Himmel auf Erden, wenn man so mochte.

»Ich möchte mich nicht streiten«, wisperte ich.

Allein die Erinnerung an Ron hatte mich so sehr aufgewühlt, dass ich all seine bösen Worte noch einmal hören konnte. Sie hallten dumpf in meinem Kopf wider und raubten mir zusehends die Luft zum Atmen.

»Das nennst du einen Streit?«, fragte Jasper mit spitzbübischem Grinsen auf den Lippen. »Dann hattest du offenbar noch nie wirklich eine richtig heftige Auseinandersetzung«, schlussfolgerte er vollkommen falsch.

»Ich hatte mehr, als mir lieb ist. Aber könnten wir bitte das Thema wechseln?«

Jasper zuckte mit den Schultern. »Von mir aus.«

»Dann erzähl mal: Mit welchem Auftrag hat March dich zu mir geschickt?«

Bevor ich mich wieder auf die durchsichtigen Bonbontüten vor mir stürzen konnte, schob ich sie beiseite. Die Angelegenheit zwischen Jasper und mir musste erst geklärt werden, bevor ich mich wieder auf meine Arbeit konzentrieren konnte. Denn ich hatte so das Gefühl, dass Jasper nicht der Typ Mann war, der gehen würde, ehe er bekommen hatte, was er wollte.

Zu meiner grenzenlosen Verwunderung fuhr er sich in diesem Moment abermals unsicher durchs Haar. Eine gewisse Schüchternheit stand ihm ins Gesicht geschrieben. Was lief da nur zwischen March und ihm? Wenn ich ihn mir so ansah, dann verlangte ihm seine Nachfrage alles ab.

»Also?«, drängte ich ihn zu einer Antwort, als er noch immer mehr oder weniger sprachlos neben mir stand.

Er seufzte. »March hat mich damit beauftragt, dich dazu zu bringen, die Herstellung der Pralinen mit der Rosenwasserfüllung wieder aufzunehmen.«

»Oh.«

Damit hatte ich nicht gerechnet. Um meine Erinnerungen im Zaun zu halten und vor Jasper nicht in Tränen auszubrechen, schnappte ich mir eine Schüssel vom Tisch und ging hinüber zur Spüle, um sie auszuwaschen.

Das Wasser lief und lief, während ich die Schale mit meinen Händen schrubbte. Sie war längst sauber, als Jasper den Hahn zudrehte. Mit großen Augen sah ich ihn an.

»Ich weiß von der Sache mit Ron und was diese Pralinen dir bedeuten«, sagte er ganz ruhig und einfühlsam.

So gefühlvoll hatte ich ihn noch nicht erlebt. Das war eine Seite an dem Schokoladenprinzen, die ich nicht an ihm vermutet hätte.

»Wenn du mir das Rezept gibst, werde ich sie eigenhändig für March zubereiten.«

»Wie bitte?«

Die plötzliche Nettigkeit und das wie auch immer geartete Interesse an mir und meiner Person hin oder her. Rezepte gab ich nie aus der Hand. Sie waren mein ganz persönlicher Schatz. Etwas, worauf ich unter Umständen Jahre hingearbeitet hatte.

Jasper hob entwaffnend die Hände in die Höhe. »Ich wollte

dir nur einen Gefallen tun«, behauptete er mit voller Überzeugung.

»Indem du dir mein Rezept unter den Nagel reißt? Nie und nimmer!« Dann schob ich mich an ihm vorbei zu meinem Regal auf der gegenüberliegenden Seite, in dem ich die Zutaten für meine Schokoladenkreationen zum größten Teil lagerte. Außerdem lehnte dort mein blaues Rezeptbuch, in dem ich all meine Kreationen niedergeschrieben hatte. Ich schob es ein Stück weiter nach hinten zwischen die Gläser mit den Gewürzen.

»Sag March, dass ich diese Pralinen nur noch ein einziges Mal für sie machen werde. Und das auch nur, weil ich sie so mag. Und sag ihr … Ach, nichts.«

Beinahe hätte ich Jasper offenbart, wie sehr mich die Zubereitung dieser Pralinen schmerzte. Wie sehr ich dabei an Ron denken musste, für den ich diese süßen Köstlichkeiten erst kreiert hatte. Als Geschenk. Als Beweis meiner Liebe. Als Zeichen dafür, dass wir zusammengehören. Doch er wusste nichts Besseres damit anzufangen, als sie mehr oder minder alle auf einmal zu verschlingen. Schon in diesem Moment hätte ich bemerken müssen, wie er über mich und meine Schokolade dachte.

Während ich wahllos Dosen und Fläschchen aus dem Regal kramte, flogen die Bilder in meinem Kopf sprunghaft hin und her. Ich sah Ron bei unserem Kennenlernen unten am Hafen. Dann seinen Heiratsantrag im *Golden Lion* und schließlich unseren Hochzeitstag.

Ich bemerkte erst, dass mein ganzes Gesicht von Tränen benetzt war, als Jasper mir ein Taschentuch reichte.

»Das ist nur …«

»… eine Stauballergie?«

Ich nickte.

»Darf ich dir jetzt vielleicht bei der Zubereitung behilflich sein?« Dabei hob er feierlich den rechten Arm in die Höhe. »Ich schwöre auch, dass ich das Rezept niemandem offenlegen werde.«

Meine Lippen zuckten bei seinen Worten. Beinahe hätte sich mein Mund dabei zu einem Lächeln geformt.

»Du solltest noch schwören, dass du das Rezept nicht nachmachen wirst«, forderte ich.

»Auch das, wenn es dein Wunsch ist«, erklärte Jasper.

»Und dass du dich mehr um den Umweltschutz kümmern möchtest«, alberte ich.

Jasper verzog den Mund, öffnete ihn leicht, schloss ihn wieder, ehe er schließlich erwiderte: »Wenn du mir erklärst, warum ich das schwören sollte?«

Ich rollte gespielt genervt mit den Augen. »Na, wegen der Kakaobohnen natürlich.«

»Oh, ja. Natürlich! Dann schwöre ich das auch noch.« Jasper gab sich feierlich mit vor Stolz geschwellter Brust. Er spielte seine Rolle wahrlich aufopfernd. Und das alles nur für March …

»Und du solltest schwören, dass du dir ab sofort einen Bart wachsen lässt.«

»Ich schwöre feierlich, dass … Was? Kommt ja gar nicht infrage. Und überhaupt, was hat denn das eine mit dem anderen zu tun?«

Bei Jaspers verwundertem Gesichtsausdruck konnte ich einfach nicht länger an mich halten und prustete laut los.

»Na, warte!«, erwiderte Jasper daraufhin und warf mit einer Handvoll Nüssen, die er vor sich aus der Dose auf dem Tisch genommen hatte, nach mir.

Im letzten Augenblick konnte ich der Salve ausweichen. Noch ehe ich darüber nachdenken konnte, was ich da tat, warf ich das Nächstbeste, was ich finden konnte, in seine Richtung.

»Ein nasser Spüllappen? Ernsthaft?«

Bevor ich etwas erwidern konnte, flog plötzlich eine Salve Mehl durch die Luft.

In kürzester Zeit war meine Backstube das reinste Schlachtfeld geworden. Jasper warf etwas, ich wich dem Geschoss aus, nur um Sekunden später etwas in seine Richtung abzufeuern. Ganz außer Atem stellten wir irgendwann das Gefecht ein. Als ich mich das erste Mal seit dem Beginn unserer wilden Schlacht umsah, erblickte ich auf dem dunklen Holzboden zu meinen Füßen Zucker, Mehl, Eier und Nüsse.

Ich fing Jaspers erwartungsvollen Blick ein, der sich unschlüssig darüber schien, was nun folgen würde. Und dann plötzlich passierte es: Ich musste lachen. So laut und so unbefangen wie schon lange nicht mehr.

Kapitel 12

Jasper

»Junge, du schaust aus, als hättest du einen Geist gesehen«, meinte March, als ich ihr die Pralinen vorbeibrachte, die ich in mühevoller Kleinarbeit an diesem Nachmittag mit Valerie gefertigt hatte.

Wobei das nicht ganz stimmte. Es war keine Arbeit gewesen. Und große Mühe hatte mir das, was wir da in ihrer Backstube veranstaltet hatten, auch nicht bereitet. Nein, es war irgendwie anders gewesen. Anders als alles andere, was ich bisher erlebt hatte. Nahezu magisch, wenn man so wollte.

Noch nie hatte ich mich so verbunden und gleichsam verstanden von einem anderen Menschen gefühlt. Ohne viele Worte hatten wir Hand in Hand gearbeitet, und am Ende waren wir beide ganz euphorisch über das Ergebnis gewesen. Wir lachten, unsere Stirn glänzte von der Anstrengung, und wir atmeten schwer. Ganz so, als hätten wir uns anderen zwischenmenschlichen Dingen gewidmet. Dinge, über die ich an dieser Stelle nicht weiter nachdenken sollte.

Die Erkenntnis hatte mich regelrecht aus der Bahn katapultiert. So heftig, dass ich noch immer wie auf Eiern lief.

»Valerie ist ein ganz schön harter Brocken«, bemühte ich mich um einen Witz, um mir nicht anmerken zu lassen, wie es in meinem Inneren wirklich aussah.

Offenbar stand mir meine Verunsicherung jedoch deutlich ins Gesicht geschrieben. Und March war wie ein Piranha, der sich an einem festbiss, sobald man ihm die Möglichkeit dazu bot. Und diese befand sich praktischerweise auf einem polierten Silbertablett. Dennoch hatte ich noch Hoffnung, sie von meiner Spur abzubringen.

Denn ich wollte unter gar keinen Umständen mit ihr darüber sprechen, was da oben im *Candyheaven* vorgefallen war. Zu frisch war das eben Erlebte. Zu neu die Gefühle, die sich seither in mir regten und mich verunsicherten.

March lachte und krallte sich sogleich die Schachtel mit den Pralinen. Ohne lange darüber nachzudenken, öffnete sie den Deckel und schnappte sich eine der sündhaft leckeren Köstlichkeiten.

Als Valerie nicht hingesehen hatte, war es über mich gekommen. March hatte mir so sehr von den Pralinen vorgeschwärmt, dass ich sie ebenfalls probieren wollte. Kaum dass ich hineingebissen hatte, wusste ich auch schon, dass ich es bereuen würde. Denn die Geschmacksexplosion, die sich daraufhin in meinem Mund entfaltet hatte, war mit nichts zu vergleichen, was ich bisher gegessen hatte.

Dabei hatte ich bei so einigen Maître Chocolatiers gearbeitet, in Gourmetküchen gegessen und gebacken. Und das nicht nur in Großbritannien. Wann immer es mir irgendwie möglich war, hatte ich die Welt mit dem Vorsatz, mich inspirieren zu lassen, kulinarisch bereist.

Dennoch war mir noch nie etwas so Feines wie Valeries Pralinen begegnet. Mit jedem Bissen, den man von der süßen Köstlichkeit nahm, verfiel man ihr immer mehr. Bedingungslos. Für den Rest seines Lebens.

Mittlerweile konnte ich ansatzweise nachempfinden, wie

March sich gefühlt haben musste, als Valerie ihr offenbarte, dass sie die Produktion ihrer Lieblingspralinen einstellen würde.

Valeries Pralinen machten süchtig. Als bestünden sie nicht nur aus Schokolade, Nüssen, Gewürzen und Rosenwasser, sondern enthielten eine geheime Zutat, die dazu in der Lage war, denjenigen, der von ihr gekostet hatte, für immer in ihren Bann zu ziehen.

Als die erste Praline in Marchs Mund verschwunden war, schloss sie andächtig die Augen und kaute ganz genüsslich. Ein angedeutetes Lächeln stahl sich auf ihre Lippen. So rein und zart wie das eines kleinen Kindes. Ihr Lächeln wurde breiter. Die Wangen hoben sich an, und die Lachfältchen um ihre Augen wirkten dabei wie ein Fächer, der sie zart umrahmte.

Es dauerte eine ganze Weile, bis March ihre Lider wieder anhob. Ich wagte es nicht, mich zu rühren, geschweige denn etwas zu sagen. Zum Glück wollte in diesem Moment auch niemand einen Kaffee oder einen Muffin von ihr. So genoss sie die Mischung aus Vollkommenheit und bedingungsloser Hingabe in Form von einer runden Praline, deren Erzeugerin wahrlich Zauberkräfte besitzen musste.

Und dann leuchtete es mir ein: Valerie war genau das Genie, das wir in London so dringend benötigten. Nicht nur ihre Rezepte. Ihre Fähigkeiten waren atemberaubend. Wenn ich das schon nach der Verkostung einer einzigen Praline sagen konnte, was wäre dann erst, wenn sie für *Clark's Sweetness* neue Maßstäbe setzen könnte? Für sich. Für uns.

Mein Geist arbeitete auf Hochtouren. Ich wollte Valerie unbedingt. Sie war der ungeschliffene Rohdiamant, den ich nie gesucht hatte, von dem ich aber überzeugt war, dass er unser Familienunternehmen auf die nächste Ebene heben konnte, damit es auch in Zukunft Bestand haben würde.

Nicht nur das. Ich würde von Valerie lernen, mich kreativ mit ihr austauschen können. Wir beide wären ein erfolgreiches Team. Schon während unserer Zusammenarbeit in ihrer winzigen Backstube hatte ich einen Vorgeschmack darauf bekommen, wozu wir gemeinsam fähig waren. Was könnten wir zusammen alles erreichen, wenn wir uns jeden Tag begegnen, Ideen austauschen und Seite an Seite verbringen würden?

Doch ich wollte mehr. So viel mehr. Ich wollte Valerie. Ihr Lachen, ihre bedingungslose Liebe zu dem, was sie täglich mit voller Hingabe machte, ihr gutes Herz. Nie zuvor hatte ich eine Frau kennengelernt, die so perfekt war. Denn für mich war sie genau das: perfekt. Ohne Wenn und Aber. Jetzt musste ich sie nur noch davon überzeugen, dass ich es auch für sie war.

Das wiederum würde ein viel schwereres Unterfangen werden, als einmal mit ihr gemeinsam in der Backstube zu stehen. Darüber war ich mir hinreichend im Klaren. Und dennoch durfte ich nichts unversucht lassen. Denn wenn ich es richtig anstellte, konnte ich gleich zwei Fliegen mit einer Klappe schlagen.

Das erste Mal in meinem Leben bot sich mir die Chance, meinem Vater zu beweisen, wie wichtig es war, Rezepturen zu verfeinern und neuen Ideen auf den Weg zu helfen. Mein alter Herr war ein glühender Verfechter der Meinung, nur Altes hätte sich bewährt und wäre es deshalb wert, auch fortzubestehen. Erneuerungen jeglicher Art waren ihm suspekt. Sofort sah er den Fortbestand des ganzen Unternehmens in Gefahr. Was totaler Schwachsinn war!

Während ich über all das nachdachte, spürte ich, wie ich innerlich immer aufgewühlter wurde. Endlich bot sich mir eine Gelegenheit, meinen Dad mit diesem Irrtum zu konfrontieren. Denn ich war überzeugt davon, dass nur eine von Valeries Pralinen ausreichen würde, um ihm das Gegenteil zu beweisen.

All die vielen Stunden, in denen wir über mögliche Neuerungen sprachen und in denen ich den Kürzeren gezogen hatte. All meine Bemühungen, meinen Vater auf einen neuen Kurs zu bringen. All das wäre schon bald Schall und Rauch. Vergessen, noch ehe man die Erinnerung daran in eine Zeitkapsel packen und in der Erde für nachfolgende Generationen verbuddeln konnte.

Firmenphilosophie hin oder her. Wir lebten im einundzwanzigsten Jahrhundert. Es war an der Zeit, sich an neuen Maßstäben zu messen. Was ja nicht heißen musste, dass Altes ab sofort komplett außer Acht gelassen werden sollte.

Es bedurfte Feingefühl dafür, die beiden Komponenten im Gleichgewicht zu halten. Aber auch das würde mir irgendwie gelingen.

Plötzlich erschrak ich über das, was mir da durch den Kopf ging. Denn das erste Mal seit sehr langer Zeit trug ich mich mit dem Gedanken, Verantwortung für *Clark's Sweetness* zu übernehmen. Nein, es war nicht nur ein Gedanke. Ich wollte es unbedingt. Ich wollte der Firma meiner Familie dazu verhelfen, auch in Zukunft zu bestehen. Und ich wusste nur zu gut, dass ich die Mittel dazu hatte.

Na ja, vielleicht noch nicht ganz. Schließlich würde ich Valerie erst einmal davon überzeugen müssen, dass sie Port Isaac und den *Candyheaven* hinter sich ließ, um mit mir nach London zu gehen. Aber die Aussichten waren mit Sicherheit die besten. Valerie musste natürlich vollkommen freie Hand bekommen. Dafür würde ich mich verbürgen.

Und dennoch war ich mir im Klaren darüber, was für einen starken Willen die gut aussehende Frau mit den grünen Augen hatte. Es würde nicht einfach werden, sie davon zu überzeugen, ganz von Neuem zu beginnen. Es brauchte mehr als ein freundliches Lächeln oder eine Küchenschlacht, bei der wir uns plötzlich herrlich ausgelassen wie Kinder gefühlt hatten, um sie aus ihrer gewohnten Umgebung wegzulocken.

Egal, wie: Irgendwie musste es mir gelingen, Valerie davon zu überzeugen, mit mir zu gehen. Und das nicht nur wegen der Firma. Seit dieser unbeschreiblichen Verbindung, die ich in ihrem Laden zu ihr gespürt hatte, konnte ich mir ein Leben ohne sie gar nicht mehr vorstellen.

Das war so verrückt! Denn schließlich hatte ich die Frau weder geküsst noch mit ihr geschlafen. Wir waren seelenverwandt, behauptete eine Stimme in mir vehement, während ich mich fragte, ob mir das Rosenwasser bei der Zubereitung von Marchs Pralinen irgendwie zu Kopf gestiegen sein könnte.

»Inwieweit?«, fragte mich plötzlich March.

»Wie bitte?«

Ich hatte keine Ahnung, worauf sie hinauswollte.

»Inwieweit ist Valerie ein harter Brocken?«, wollte sie wissen.

Kurz überlegte ich, was ich bereit war, ihr von dem magischen Moment mit Valerie im *Candyheaven* preiszugeben. Im Grunde hätte ich am liebsten alles für mich behalten. Wie einen Schatz, den man mit niemandem teilen möchte.

Aber mittlerweile kannte ich March so gut, dass ich wusste, sie würde keine Ruhe geben, ehe ich ihr eine Antwort auf ihre Frage gegeben hatte. Diese musste allerdings gut gewählt sein. Und das machte es in der Kürze der Zeit nicht unbedingt leichter.

»Die Pralinen …«, begann ich.

March blickte auf die geöffnete rechteckige Schachtel auf ihrem Tresen, hob sie an, roch daran und besah sie sich von allen Seiten.

»Was soll damit sein?«, fragte sie mit besorgtem Ausdruck in den Augen.

»Das waren vorerst leider die einzigen, die sie machen wird«, ließ ich die Bombe platzen.

Marchs Augen weiteten sich auf meine Äußerung hin unnatürlich.

»Wie meinst du das?« Wieder sah sie in die Schachtel, dann zu mir.

Ich seufzte. Allmählich fasste ich einen Plan. Die anfängliche Irritation war wie weggewischt. Ich war zurück. Besser denn je.

»Es tut mir wirklich leid, March. Ich habe alle Hebel in Bewegung gesetzt, habe versucht, Valerie ein ums andere Mal davon zu überzeugen, die Pralinen auch in Zukunft herzustellen. Aber sie wollte partout nicht auf mich hören. Weder wollte sie mir das Rezept anvertrauen, noch hat sie sich dazu bereit erklärt, dir in naher Zukunft noch mal welche zukommen zu lassen.«

March schnaubte vor Empörung. »Das ist ja ... ungeheuerlich. Willst du mir damit etwa sagen, dass ich mich bis ans Ende meiner Tage mit diesen wenigen Pralinen durchschlagen muss? Das kann nicht dein Ernst sein!«

Ich nickte schuldergeben. »Doch. Leider! Da ist wohl nicht dran zu rütteln«, sagte ich betrübt, ehe ich anmerkte: »Wobei ... Vielleicht besteht ja noch Hoffnung, wenn ...«

March wurde hellhörig, stellte die Schachtel mit dem wertvollen Inhalt zurück auf den Holztresen und sah mich erwartungsvoll an.

»Spuck es schon aus! Du hast doch eine Idee.«

Wie ein Junkie auf Entzug stand March vor mir. Wenn ich sie mir so ansah, dann zitterte sie sogar leicht. Außerdem sah ich das Funkeln in ihren Augen und fragte mich, ob in Valeries Pralinen womöglich wirklich irgendeine Art von bewusstseinserweiternden Substanzen enthalten waren. Berauschend war der Verzehr allemal.

Aber das war Unsinn! Schließlich war ich bei jedem ihrer Schritte bei der Zubereitung der Pralinen dabei gewesen. Das hätte mir auffallen müssen. Wobei ich mir selbst eingestehen musste, dass meine Aufmerksamkeit nicht immer ausschließlich auf den kleinen Köstlichkeiten gelegen hatte. Ab und an hatte ich mich dazu verleiten lassen, die Konditorin näher ins Auge zu fassen.

»Ich habe so das Gefühl, dass man Valerie schon noch davon überzeugen könnte, dir deine Pralinen herzustellen.«

Marchs Augenbrauen schoben sich dicht zusammen und

eine tiefe Furche bildete sich auf ihrer Stirn. Der Argwohn sprang mir nicht nur sprichwörtlich aus ihren Augen entgegen.

»Was willst du damit sagen? Das sind doch keine krummen Dinge, die du da im Kopf hast, oder?«

Gerade als ich dementieren wollte, fragte jemand in meinem Rücken: »Was für krumme Dinge?«

Ich brauchte mich gar nicht erst umzudrehen, um zu wissen, wer dort stand. Natürlich war es der skeptische Landarzt, der mir schon bei unserer ersten Begegnung mehr als deutlich gemacht hatte, dass ich die Finger von Valerie lassen sollte.

Gab es denn nirgends sonst in diesem bescheuerten Kaff einen Kaffee zum Mitnehmen? Musste der Kerl denn ständig bei March vorbeischneien? Hatte er nicht Krankenbesuche zu machen oder Sprechstunden abzuhalten? Warum lungerte er ständig in der Nähe von Marchs Kiosk herum?

»Ach, Brady, da hast du etwas missverstanden. Jasper hier, der wollte nur … Das mit den ganzen Filmcrews«, setzte sie erklärend an, während ich keinen blassen Schimmer hatte, wohin die Reise führen würde.

»Filmcrews?«, fragte nun auch Brady mit Verwunderung in der Stimme.

»Ja«, sagte March in einem leicht verschwörerischen Tonfall. »Hast du denn noch gar nicht mitbekommen, dass beim letzten Mal, als ein Film hier bei uns in Port Isaac gedreht wurde, der gesamte Fisch vom alten O'Brien weg war?«

Brady lachte. »Die fehlenden Fische vom alten O'Brien würde ich nicht unbedingt als *krumme Dinge* bezeichnen. Und schon gar nicht kann ich mir vorstellen, dass einer der Männer oder Frauen vom Film sich daran bedient hätten. Warum auch? Die haben es mit Sicherheit nicht nötig, Fische zu klauen. Schließlich haben sie einen eigenen Caterer dabei.« Er schüttelte mit dem Kopf. »Wenn du mich fragst, wird er mal wieder vergessen haben, die Box zu schließen. Und während des Mittagessens haben es ihm die Möwen gleichgetan und sich herrlich an seinen Fischen satt gegessen. So schaut's nämlich aus!«

March zuckte unbeeindruckt mit den Schultern. »Fisch hin oder her! Ich hab was gegen diese Filmfritzen. Wenn es nach mir ginge, dürften die hier überhaupt nicht mehr drehen.«

Brady seufzte. Offenbar hatte er dieses Gespräch schon des Öfteren mit March geführt.

»March, du weißt doch, wie es ist. Wir sollten …«

Dann fiel ihm wieder ein, dass sie nicht allein waren. Sein Blick streifte mich, und er unterbrach sich mitten im Satz.

Sein Widerwille mir gegenüber blieb mir nicht verborgen. Der Hausarzt von Port Isaac hatte offenbar nichts für mich übrig. Blieb nur zu hoffen, dass ich nicht irgendwann in naher Zukunft auf seine Hilfe angewiesen sein würde. Denn zum jetzigen Zeitpunkt konnte ich beim besten Willen nicht sagen, ob er mich retten würde. Hippokratischer Eid hin oder her.

Dann fiel mein Blick auf March, die mich ebenfalls eindringlich ansah. Ihre Augen zuckten leicht, ehe sich ein Strahlen auf ihrem Gesicht ausbreitete. Das verhieß nichts Gutes.

»Brady, warum nimmst du Jasper nicht mal mit in den Pub?«, hörte ich sie plötzlich sagen, während mir die Gesichtszüge entglitten.

Das war gar keine gute Idee. Der Typ konnte mich schließlich kein bisschen leiden. Das merkte man doch schon hundert Meter gegen den Wind, dass der etwas gegen mich hatte. Und nun sollte ich mit dem Kerl den Abend verbringen? Nur über meine Leiche.

»Ich soll …«, begann ich zu sprechen und deutete dabei zwischen Brady und mir hin und her.

»Ganz recht!«, erwiderte March und zwinkerte mir verschwörerisch zu.

Was führte diese alte, verbohrte Frau bloß im Schilde?

»Ich glaube nicht, dass das eine besonders gute Idee ist. Außerdem muss ich noch dringend …«, kam mir Brady in diesem Moment unerwarteterweise zu Hilfe. Offenbar hatte ich mich doch in ihm getäuscht, denn zumindest in diesem Punkt waren wir uns einig.

»Brady, du und Lin, ihr macht euch doch furchtbare Sorgen um Valerie. Hab ich recht?«

March sah ihn dabei sowohl vorwurfsvoll als auch einfühlsam – eine echt krasse Mischung – an.

»Ja, das schon. Aber ich wüsste wirklich nicht, wie ein Abend im Pub mit dem da«, dabei deutete er abschätzig auf mich, »etwas verändern sollte.«

March verschränkte die Arme vor der Brust. »Brady, du weißt, ich liebe dich wie einen Enkel. Und du weißt hoffentlich auch, dass ich meist recht habe mit meinen Geistesblitzen.«

Was auch immer March da gerade vorhatte, diese Argumente würden sie sicher nicht ans Ziel führen. Doch zu meiner grenzenlosen Verwunderung hörte ich in diesem Moment

Brady sagen: »Ist ja schon gut. Aber können wir rüber ins *Cornish Arms*? Muss ja nicht gleich jeder mitkriegen, dass ich mit dem da abhänge. Oder spricht etwas dagegen?«, fragte er March mit leicht sarkastischem Unterton.

Diese beugte sich über den Tresen, packte ihn am Kragen seines weißen Polos und drückte ihm einen Kuss auf die Wange. »Du machst das schon, mein Junge.« Und ehe sie ihn wieder freigab, sagte sie: »Der da heißt übrigens Jasper«, und zwinkerte mir verschwörerisch zu.

Ehe ich wusste, wie mir geschah, war Brady schon auf und davon. Verwundert über die Wendung des Gesprächs stand ich derweil noch immer an Ort und Stelle. March grinste zufrieden und nickte dabei leicht mit dem Kopf. Sie liebte es offenbar, wenn ein Plan aufging.

»Was ist? Willst du jetzt mitkommen, oder hast du es dir anders überlegt?«, fragte Brady in diesem Moment. »Nicht, dass ich darüber besonders traurig wäre, aber March findet Mittel und Wege, einem das Leben zur Hölle zu machen. Und darauf kann ich gut und gerne verzichten.«

Um Brady nicht weiter zu verärgern, lief ich schließlich in seine Richtung los.

»Guter Junge!«, hörte ich March mir noch zufrieden nachrufen.

»Warte!«, rief ich ganz außer Atem.

»Was denn? Was denn?«, spottete Brady. »Du wirst doch nicht schon von dem kurzen Stück, das wir bisher zurückgelegt haben, erschöpft sein?« Er lachte herablassend. »Du solltest dich in naher Zukunft unbedingt mal von einem Arzt durchchecken lassen.« Dann lief er unbeirrt weiter. »Bis zum *Cornish Arms* sind es übrigens noch gute zwanzig Minuten.«

»Warum zum Henker sind wir nicht einfach in einen etwas ruhigeren Pub in Port Isaac gegangen, wenn dir so daran gelegen ist, nicht mit mir gesehen zu werden?«

Brady lachte höhnisch auf und drehte sich dann zu mir um.

»Weil es einen solchen Pub in Port Isaac nicht gibt. Jeder kennt jeden. Und wenn ich mich dort heute Abend mit dir an die Theke setze, wird es Fragen geben. Fragen, deren Antworten sich auch ganz ohne mein Zutun schneller als jede Feuersbrunst im Stille-Post-Verfahren durch den ganzen Ort wälzen werden.«

Bei Bradys Worten zuckte ich unbeeindruckt mit den Schultern. »Ich wüsste dennoch nicht, was daran so falsch wäre. Was könnten die Leute denn schon sagen?«

Brady überwand die wenigen Meter, die zwischen uns lagen, und sah mir tief in die Augen. »Hör zu, *Jasper*!« Bei der Nennung meines Namens spürte ich einen zarten Tröpfchenregen auf meiner Haut niedergehen. »Ich mache das hier nur, um March einen Gefallen zu tun.«

Beeindruckend, dachte ich bei mir. Diese Frau hatte offenbar wirklich alles und jeden in diesem kleinen Kaff in der Hand. Ohne mit der Wimper zu zucken, nahmen die Einwohner von Port Isaac ihre Ratschläge an und folgten ihren Anweisungen.

»Valerie ist eine sehr gute Freundin der Familie. Lin und ich wünschen uns, dass es ihr endlich wieder besser geht.« Dann lachte er süffisant auf. »Ich wüsste zwar beim besten Willen nicht, wie du das bewerkstelligen könntest, aber offensichtlich sieht March etwas in dir, was mir bisher verborgen blieb.«

Seine Stimme troff bei seinen Worten nur so vor Widerwillen.

Ich überlegte kurz. »Dann willst du mir also wirklich helfen, an Valerie *ranzukommen*?«

Brady verdrehte die Augen. »Ich werde dir ganz sicher nicht dabei helfen, an Valerie ranzukommen. Ich werde mir mit dir im *Cornish Arms* ein paar Pints hinter die Binde kippen und dir ein wenig von der Frau erzählen, die du da ins Auge gefasst hast. Du hast sie doch ins Auge gefasst, oder?«

Noch ehe ich darüber nachdenken konnte, nickte mein Kopf auch schon von ganz allein.

»Gut. Aber gnade dir Gott, wenn du dich nur an sie ranschmeißen willst, um sie ins Bett zu kriegen. Sie hat einen anständigen Mann verdient. Nicht so eine Vollpleite wie den Kerl, der sich ihr Noch-Ehemann schimpft.«

Ich schluckte. Brady ließ keinen Zweifel daran, wie ernst ihm die Angelegenheit war. Die Einwohner von Port Isaac schienen wirklich eine eingeschworene Gemeinschaft zu sein. Beeindruckend, aber auch irgendwie Angst einflößend, wenn man nicht dazugehörte.

Und dazugehören wollte ich ja gar nicht. Das stand gänzlich außer Frage. Oder?

Kapitel 13

Valerie

Mein Magen rumorte, als ich für Lin und mich ein paar Sandwiches mit dem zubereitete, was ich noch zu Hause vorgefunden hatte. Oliven im Glas, Mayonnaise aus der Tube und eingeschweißter Käse – ein Drei-Gänge-Menü könnte nicht nahrhafter sein.

Irgendwie war ich heute wieder nicht dazu gekommen, einzukaufen. Dabei hatte ich Nancy erst heute Morgen versprochen, mal wieder bei ihr in ihrem kleinen Laden vorbeizusehen, mich mit ihr zu unterhalten und das Nötigste mitzunehmen.

Und wieder einmal ertappte ich mich dabei, dass ich den ganzen Tag über kaum etwas gegessen hatte. Eigentlich sollte ich Lin dankbar dafür sein, dass sie vor wenigen Minuten anrief und mich fragte, ob sie kurz bei mir vorbeisehen könnte. Brady war angeblich in den Pub gegangen und ihr fiel zu Hause die Decke vor Langeweile auf den Kopf. Ihre Granny und Mr Schumacher waren heute Abend ebenfalls ausgegangen. Im *Sterts Theater* in Upton Cross sang eine Jazzsängerin, für die die beiden schwärmten. Wann immer sie in der Nähe war, versuchten Lins Granny und ihr neuer Mann die Künstlerin zu sehen.

Lin langweilte sich zu Tode. Zumindest hatte sie das behauptet. Würde mich jedoch nicht wundern, wenn dem ganz und gar nicht so war.

Doch statt sich wie in den vergangenen Wochen und Monaten Sorgen um mich zu machen, war ich überzeugt davon, dass meine Freundin zur Abwechslung einfach nur neugierig war. Neugierig, ob ich Jasper Clark wiedergesehen hatte und was zwischen uns vorgefallen war.

Mit ganzer Kraft presste ich den Rest der Mayonnaise aus der Tube auf das weiche Toastbrot und verschmierte es anschließend, ehe ich eine Scheibe Käse aus der Verpackung nahm, sie darauflegte und eine entkernte, halbierte grüne Olive in der Mitte drapierte. Ron hatte die schwarzen viel lieber gemocht, fiel mir in diesem Augenblick ein. Dabei hatte ich heute bisher fast gar nicht an ihn denken müssen.

Viel zu präsent war da ein ganz anderer Mann in meinen Gedanken gewesen. Eine gewisse Unruhe umfing mich, als ich den heutigen Nachmittag Revue passieren ließ. Eine Olive kullerte über meine Anrichte und landete zielsicher auf dem Boden zu meinen Füßen.

Unvermittelt sah ich Jaspers Gesicht ganz deutlich vor mir. Diese ausdrucksstarken blauen Augen, das dunkle wirre Haar, die zarten Lachfältchen um seine Augen, der Dreitagebart, der ihn so unglaublich sexy machte.

Ohne es zu wollen, befand ich mich gedanklich wieder in meiner Küche im *Candyheaven* und stellte Seite an Seite mit ihm Pralinen her. Dabei konnte ich die Wärme, die von ihm ausging, auch nach so vielen Stunden noch ganz deutlich spüren. Die Nähe zu ihm und die plötzliche Vertrautheit, die ich ihm gegenüber gespürt hatte, waren mir wie selbstverständlich vorgekommen. Ich hatte sie nicht hinterfragt oder gar einen Zweifel daran gehegt. Ganz so, als müsste es so sein, als führte gar kein Weg daran vorbei. Dabei wusste ich es doch um so vieles besser.

Gerade als ich mich nach der Olive bücken wollte, klingelte es an der Tür. Das Geräusch war wie ein Weckruf. Mein Kopf schnellte nach oben, stieß an den Rand der Küchenzeile und der Rest war ein einziger Schmerz. So allumfänglich, dass ich zunächst nur Sternchen sah und reflexartig meinen Hinterkopf an der Stelle nach Blut abtastete.

Als es abermals an der Tür klingelte, schleppte ich mich zu selbiger und öffnete sie für Lin.

»Hey, Val, ich hab uns einen Wein mitgebracht.« Sie schwenkte die Flasche mit einem Lächeln auf den Lippen vor meinem Sichtfeld, während ich sie mit schmerzverzerrter Miene ansah. »Du siehst … mitgenommen aus. Was ist passiert?«

Das anfängliche Lächeln erstarb auf Lins Lippen. Ihr Blick war voller Sorge. Ohne meine Antwort abzuwarten, zog sie mich sacht mit sich ins Wohnzimmer und setzte mich auf meine Couch.

»Ach, nichts weiter. Ich wollte nur etwas vom Boden aufheben und bin dabei an einer Kante angestoßen. Wird schon wieder«, versuchte ich sie zu beruhigen, während sie mich noch immer besorgt ansah.

»Autsch! Das hört sich verdammt schmerzvoll an. Hast du eine Kopfschmerztablette im Haus? Soll ich dir eine holen?«

Ich winkte ab. »Lass nur! Es geht schon wieder. Aber ich habe Sandwiches für uns gemacht.« Als Lins Gesichtsausdruck sich erhellte, bremste ich ihre Vorfreude. »Nichts Besonderes. Nur mit Käse und Oliven belegt. Ah, und ich hatte keine Butter. Ich hoffe, du magst Mayonnaise.«

Lin lachte. »Sehr. Aber vielmehr geht es mir um Informationen einen gewissen Mann betreffend.« Dabei wackelte sie anzüglich mit den Augen. Die eben noch so besorgte Miene hatte sich schlagartig in ihr Gegenteil verwandelt.

Wusste ich es doch, dass meine Freundin nur gekommen war, um in Erfahrung zu bringen, wie die Geschichte mit Jasper und mir weitergegangen war. Für den Wimpernschlag eines Augenblicks wollte ich ihr deshalb böse sein. Dann aber dachte ich daran, wie es mir wohl in Lins Situation ginge, und merkte, dass ich keinen Deut besser war als sie.

»Er war da«, erzählte ich ihr also viel bereitwilliger, als ich es noch vor wenigen Minuten gewesen wäre.

Lin, die auf halbem Weg zur Küche war, blieb stehen und kam, ohne die Sandwiches zu holen, zurück zur Couch, zog sich die Schuhe im Eiltempo aus und setzte sich ganz dicht neben mich.

»Was hat er gesagt? Was hat er getan? Habt ihr Nummern getauscht? Seht ihr euch wieder? …«

Die Flut von Fragen überrollte mich wie eine Steinlawine, die sich erst vor Kurzem von einem der Kliffs hier in der Umgebung an der Küste gelöst hatte. Abwehrend hob ich die Hände in die Höhe, um Lin vom Weiterreden abzuhalten.

»Wie wäre es jetzt erst mal mit einem Glas Wein?«, fragte ich ausweichend und stand auch schon an der Vitrine zu meiner Linken, um uns zwei Gläser zu holen.

Dann öffnete ich in aller Seelenruhe die Flasche und goss uns beiden ein. Meine Freundin tippelte derweil aufgeregt mit ihren Füßen auf dem Boden. Doch sie hielt sich zurück, nahm das Glas entgegen und stieß mit mir an.

Ich trank einen viel tieferen Schluck, als ich sollte. Schließlich hatte ich bisher nichts gegessen und Alkohol vertrug ich bereits auf ausreichend gefüllten Magen nur sehr spärlich. Im Klartext: Für gewöhnlich begann ich schon nach dem ersten Glas zu lallen und kicherte albern über Dinge, die überhaupt nicht lustig waren.

Ron hatte das am Anfang unserer Beziehung noch witzig gefunden und sich gern lustig über mich gemacht. Irgendwann hatte es ihn genervt, und er war allein in den Pub gegangen, um etwas zu trinken.

Lin drehte ihr Glas in ihrer Hand unruhig im Kreis. Ich hatte schon Sorge, dass der Inhalt sich jeden Moment auf meinem weißen Teppich wiederfinden würde. Nicht, dass das Exemplar zu unseren Füßen besonders teuer gewesen wäre. Aber ich hing irgendwie an ihm. Ron und ich hatten ihn gemeinsam gekauft.

»Er kam heute Morgen in meinen Laden und war bei der Bonbonvorführung dabei«, erklärte ich ganz sachlich, ohne Jaspers Namen zu nennen.

Ich kam mir furchtbar albern dabei vor und nahm gleich zwei tiefe Schlucke aus meinem Glas. Währenddessen stahlen sich abermals diese durchdringenden blauen Augen in meine Erinnerung und betörten mich mit ihrer Strahlkraft.

»Und das war alles?«, fragte Lin, ohne ihre Enttäuschung auch nur im Mindesten zu kaschieren.

Zur Antwort schenkte ich mir noch etwas von dem ausgesprochen guten Rotwein ein. Irgendetwas Französisches. Den würde ich mir merken. Er war kein bisschen bitter oder gar trocken. Er erinnerte vielmehr an Schokolade. Richtig gute Schokolade. Wie die, die Jasper und ich heute Nachmittag für Marchs Pralinen verwendet hatten. Hicks!

Lin sah mich auffordernd an. Die anfängliche Zurückhaltung war wie davongeblasen.

Ich schüttelte den Kopf.

Auf der einen Seite wollte ich ehrlich zu meiner besten Freundin sein. Auf der anderen Seite jedoch wollte ich nur ungern mit jemandem über die intimen Stunden im *Candyheaven* sprechen, die Jasper und ich dort verlebt hatten.

Das war total dämlich und kindisch. Schließlich war rein gar nichts zwischen uns vorgefallen. Und doch brauchte es manchmal nicht mehr als einen Blick oder ein einzelnes Wort, um vor Sehnsucht nach jemandem zu vergehen.

»Sondern?«, hakte Lin nach.

Bevor ich ihr antwortete, nahm ich einen großen Schluck aus meinem Glas.

»Er war am Nachmittag noch mal da, um mit mir Pralinen für March zu machen.«

Als ich Lins geweitete Augen bemerkte, ruderte ich zurück: »Es ging mir dabei nur um March.«

Doch ein Blick reichte, um zu begreifen, dass Lin mir kein Wort glaubte.

»Nur für March. Klar.« Sie grinste, trank ebenfalls aus ihrem Glas und fragte dann: »Gab es dabei womöglich irgendeine Form der Annäherung zwischen euch beiden?«

Ihre Frage klang erwartungsvoll und gleichsam endgültig.

Körperlich war überhaupt nichts zwischen uns gelaufen.

Und dennoch hatte ich mich so sehr von ihm angezogen gefühlt, dass es schon nicht mehr normal war. Aber zu sehen, wie dieser Mann sein Handwerk beherrschte, mir ohne Worte genau das reichte, was ich in dem Moment brauchte, und dabei mit demselben Lächeln auf den Lippen beobachtete, wie ich meiner Tätigkeit nachging, war einfach nur magisch gewesen.

In diesem Moment hatte ich das Gefühl gehabt, Jasper schon ewig zu kennen, so vertraut waren wir miteinander umgegangen.

Wieder schüttelte ich den Kopf und Lin sank unzufrieden auf der Couch zusammen.

Eine andere Antwort wäre ihr sicher lieber gewesen. Und ich ertappte mich bei dem Gedanken, dass es mir ganz ähnlich ging. Rückblickend betrachtet hätte ich es schön gefunden, wenn Jasper wenigstens den Versuch gestartet hätte, mich zu berühren oder gar zu küssen.

Aber das war so lächerlich! Warum sollte er das bitte schön tun? Er war schließlich schon mit Models ausgegangen und hatte Schauspielerinnen zu sich nach Hause mitgenommen. Und das sicher nicht, um mit ihnen Rummy zu spielen.

Jasper Clark konnte jede Frau haben. Und das nicht nur wegen seines üppigen Bankkontos. Unverschämterweise hatte ihn der liebe Gott nämlich auch noch verdammt sexy gemacht. Was echt gemein war. Schließlich war er ja schon reich. Hicks!

»Wirklich zu schade. Dabei hatte ich …« Lin endete abrupt mitten im Satz.

»Du hast was?«, hakte ich nach, während ich albern zu kichern begann. Eigentlich wollte ich sie mit finsterer Miene ansehen, aber allein der Versuch war so lustig, dass ich nicht weiter an mich halten konnte.

Lin sah mich leicht verstört an. »Ach, nichts«, wiegelte sie ab.

Doch ich blieb hartnäckig. Und kicherte.

»Sag schon!«, bettelte ich schließlich.

»Na ja, irgendwie hätte ich die Vorstellung schön gefunden, dass zwei Menschen, die so sehr für Schokolade brennen wie ihr, auch zueinanderfinden. Du hast ein bisschen Glück verdient, finde ich. Mehr nicht«, erklärte sie ehrlich und zuckte dabei leicht mit den Schultern.

Mein albernes Kichern verebbte bei Lins warmherzigen Worten. Ihre Aussage rührte mich dermaßen, dass ich sie ungestüm, wie ich eben nach zwei Gläsern Wein war, in meine Arme zog und sie ganz fest umklammerte.

»Ähm, Val«, japste Lin nach einigen Sekunden. »Ich bekomme gleich keine Luft mehr. Ich weiß ja, dass du mir zeigen willst, wie sehr du mich liebst, aber dazu musst du mich nicht wie eine Fliege zerquetschen.«

Mit einem lallenden »'tschulligung« ließ ich wieder von ihr ab.

»Was ist denn jetzt der Plan?«

Lin zog die Füße unter ihren Po und schwenkte ihr Weinglas mehrfach wie eine Kennerin, die dem Wein bei seiner bestmöglichen Entfaltung helfen wollte. Vielleicht war sie aber auch einfach nur in Gedanken.

»Wie meinst du das?«

Pläne, die ich in der Vergangenheit geschmiedet hatte, waren alle irgendwann zum Scheitern verurteilt gewesen. Das glückliche Leben, das ich mir mit meinen Eltern in Port Isaac ausgemalt hatte, war durch ihren frühen Tod zunichtegemacht worden. Das Studium der Lebensmitteltechnik musste ich gedanklich schon wieder begraben, als ich erfuhr, was mich das Studium pro Semester kosten würde. Mein Erspartes hätte nicht mal für eine Unterkunft gereicht, geschweige denn für einen Neuanfang außerhalb Port Isaacs. Und schließlich hatte auch meine glückliche Zukunft an der Seite des Mannes, den ich über alles liebte, abrupt geendet, indem mich dieser verließ, um seine Freiheit in der Großstadt zu leben.

Pläne waren für Menschen, die etwas davon verstanden. Der einzige Plan, den ich bisher mehr oder minder erfolgreich umgesetzt hatte, war der *Candyheaven*. Und auch dafür hatte ich Opfer bringen müssen. Zuletzt erst meinen Ehemann.

Lin schwenkte noch immer ihr Glas, während ich meines erneut füllte. Es war nicht gut, so über die Stränge zu schlagen. Das wusste ich. Aber andererseits musste ich heute nicht mehr vor die Tür. Was sollte da schon groß passieren? Ich würde meinen Rausch heute Nacht in meinem Bett ausschlafen, und morgen wäre alles beim Alten. Hicks!

»Na, wie machen wir denn jetzt weiter? Wann wirst du ihn wiedersehen? Ist er überhaupt noch in Port Isaac?«

Jetzt war es an mir, mit der Schulter zu zucken.

»Ich habe keine Ahnung.«

»Wollte er denn heute noch irgendetwas von dir? Hat er dir gesagt, warum er da ist?«

Ich schüttelte mit dem Kopf.

»Nein, er war einfach nur da und ist später dann wieder gegangen.«

»Hm«, machte Lin, während mein Magen allmählich rebellierte.

»Ich bekomme langsam Hunger. Wie ist es mit dir?«, fragte ich Lin.

Diese hob den Kopf in Gedanken versunken in meine Richtung. »Gegen etwas zu essen hätte ich nichts einzuwenden.«

Noch bevor ich mich erheben konnte, um die vorbereiteten Sandwiches Marke Sparversion zu holen, hopste Lin von der Couch, schlüpfte in ihre Ballerinas und schlitterte über meinen glatten Boden.

»Lass mal! Ich hol sie schnell.« Und damit war sie auch schon in der Küche verschwunden.

Schwankend setzte ich mein Glas auf dem Wohnzimmertisch ab. Der ganze Raum hatte angefangen, sich zu bewegen. Dankbar dafür, dass Lin in die Küche gegangen war, presste ich meinen Rücken in die Couch, schloss für den Moment die Augen und hoffte dabei inständig, das Karussell würde schnellstmöglich wieder anhalten.

»Ah!«

Ein lauter Schrei war aus der Küche zu hören.

Ohne über die Konsequenzen für meinen Kopf oder gar meinen Magen nachzudenken, erhob ich mich ruckartig von meinem Platz und eilte zu meiner Freundin.

In Windeseile scannte mein Blick den Raum ab. Er fand Lin auf dem Boden. Sie hielt ihren Knöchel mit der einen Hand fest umklammert, während ihr Gesicht dabei aussah, als hätte sie soeben auf eine sehr saure Zitrone gebissen.

»Was ist passiert?«, fragte ich, kaum dass ich bei ihr angekommen war.

Lin stöhnte vor Schmerz. »Ich bin auf irgendwas ausgerutscht.« Sie deutete vor sich. »Da liegt etwas Grünes. Ich glaube, es war mal eine Olive.«

Kaum dass Lin mit ihrer Vermutung mitten ins Schwarze getroffen hatte, fing ich an, wie ein Schlosshund zu heulen.

»O Gott, Lin! Das tut mir ja so leid! Ich hätte dich fast umgebracht. Kann ich irgendetwas für dich tun?«

Lin sah mich irritiert an. »Sag mal, hast du in deiner Beziehung zu Ron auch öfter mal etwas getrunken und dich dabei … Wie soll ich sagen? So … seltsam benommen?«

»Wie bitte?«, fragte ich pikiert. »Was willst du mir denn damit unterstellen? Dass ich selbst schuld daran bin, dass mir mein Ehemann davongelaufen ist?«

Lin verzog das Gesicht, als sie versuchte aufzustehen.

»Nein, so war das nicht gemeint. Ich wollte nur …« Dann winkte sie ab. »Ist jetzt auch egal. Hilfst du mir bitte rüber zur Couch? Ich kann meinen Knöchel nicht belasten.«

Ich bot ihr meinen Arm zur Stütze, hielt aber dennoch in der Bewegung inne.

»Erst wenn du mir erklärt hast, wie du das eben gemeint hast.«

Ich war weder auf Streit aus, noch nahm ich Lin ihre Bemerkung besonders übel. Nur ein ganz kleines bisschen vielleicht. Wenn überhaupt. Wusste ich doch nur allzu genau, wie ich mich verhielt, wenn ich zu viel Alkohol intus hatte. Für gewöhnlich hielt ich mich ja auch von dem Zeug fern. Erst jetzt fiel mir wieder der brummende Schädel ein, der mich sicher auch morgen nach dem Aufwachen in Empfang nehmen würde.

Nein, ich fragte so genau nach, weil ich endlich verstehen wollte, warum Ron mich aus seinem Leben gestrichen hatte, wie eine Randnotiz in einem Manuskript, die weiter keine Bedeutung gefunden hatte.

In all den Wochen, in denen mir meine Freundin beistand und mir stets beteuerte, dass es auf gar keinen Fall an mir liegen konnte, dass Ron gegangen war, hatten sich zusehends Zweifel in mir gesammelt. War ich wirklich so unkompliziert, wie sie behauptete? Hätte ich meinen *Candyheaven* nicht vielmehr verpachten können, um einen Schritt auf meinen Mann zuzugehen und guten Willen zu zeigen? Hieß es denn nicht: in guten wie in schlechten Tagen?

Lin sah bedröppelt drein. »So war das doch gar nicht gemeint. Ich wollte dir auf gar keinen Fall unterstellen, dass du selbst schuld an der Trennung bist. Das hat Ron ganz allein verbockt. Andererseits bist du mir noch nie so … rührselig begegnet.«

Langsam, Schritt für Schritt gingen Lin und ich wieder hinüber ins Wohnzimmer.

»Im Wein liegt die Wahrheit. So heißt es doch, oder?«, scherzte ich. »Aber nein, als ich mit Ron zusammen war, habe ich sehr selten etwas getrunken. Daran kann es also nicht liegen, dass er fort ist«, brachte ich meine Gedanken auf den Punkt.

»Ron ist gegangen, weil er gehen wollte. Und damit basta!«

Lin schwang sich so voller Elan auf die Couch, dass sie ins

Straucheln geriet. Ich bekam ihre Hand nicht mehr zu fassen. Aus einem Reflex heraus setzte sie ihren Fuß auf den Boden auf und schrie sogleich so laut auf, dass mir Hören und Sehen verging.

»Hast du zufällig einen Kühlakku im Gefrierfach?« Jetzt war sie kreidebleich vor Schmerz.

»Lin, das tut mir alles so schrecklich leid«, sagte ich, während ich in meinem Gefrierfach auf die Suche ging.

Seit Ron ausgezogen war, hatte ich kaum noch etwas darin. Das ganze Fach war dermaßen mit Eis zugewuchert, dass ich es bei nächster Gelegenheit mal abtauen musste. Warum war ich noch mal hierhergekommen? Ah, ja! Der Kühlakku. Bingo. Zum Glück wurde ich fündig.

Schnell kramte ich aus dem Regal daneben ein Geschirrtuch, wickelte den kalten Block darin ein und kehrte im Nullkommanichts zu Lin zurück, die sich ihren geschundenen Knöchel rieb.

»Besser?«

Besorgt sah ich meine plötzlich ziemlich wortkarge Freundin an.

Sie nickte.

»Gibst du mir noch einen Schluck Wein?«

Ich hob die Flasche, die sich vor wenigen Minuten wesentlich voller angefühlt hatte. Ein Blick verriet mir, dass wir sie bereits geleert hatten. Besser gesagt: Ich hatte sie geleert. Lin hatte kaum mehr als ein Glas. Der Rest war wohl irgendwie bei mir gelandet. Hicks!

Lin verstand die schwenkende Bewegung, die ich mit der leeren Flasche vollführte.

»Scotch? Whiskey? Irgendwas? Der Schmerz ist unerträglich, und ich muss doch noch rüber zu meiner Granny.«

Erst jetzt erinnerte ich mich wieder daran, dass diese am heutigen Abend ja bei einem Jazzkonzert war. Für gewöhnlich bat sie in solchen Fällen Lin darum, nach dem Rechten zu sehen, wenn Gäste anwesend waren. Roselyn hatte es nicht gern, wenn niemand im Haus war.

»Soll ich Brady anrufen?«, bot ich meine Hilfe an.

Doch Lin winkte ab. »Der ist seit einer halben Ewigkeit endlich mal wieder in den Pub gegangen. Er soll den Abend genießen und sich keine Sorgen um mich machen müssen. Morgen ist das mit dem Knöchel bestimmt schon wieder Geschichte. Nur das mit Granny lässt mir keine Ruhe.«

Während ich meiner Freundin eine Schmerztablette reichte, schlug ich vor:

»Ich könnte doch schnell rübergehen und nachsehen, ob alles okay ist. Es ist ja nicht weit. Was sollte dabei schon passieren?«

Ich lachte albern. Mehr um mir selbst Mut zu machen. Schließlich war ich voll wie eine Strandhaubitze und hatte keinen blassen Schimmer, ob es mir gelingen würde, unbeschadet beim B&B anzukommen.

»Denkst du wirklich, das wäre eine gute Idee?«, meinte daraufhin auch Lin skeptisch. »Schaffst du das in deinem Zustand überhaupt noch?«

Mit durchgestrecktem Rücken stand ich vor ihr.

»Also ich bitte dich. Ich könnte problemlos auf einer geraden Linie laufen. Mit geschlossenen Augen. Und auf einem Bein«, behauptete ich voller Inbrunst.

»Ich weiß nicht«, erwiderte Lin noch immer skeptisch. »Nicht, dass dir etwas passiert.«

»Pah! Was soll mir denn passieren? Ich lebe schon mein ganzes Leben hier in Port Isaac. Und kenne jeden Stein.«

Meine Freundin wiegte ihren Kopf leicht hin und her.

»Wenn du wirklich meinst, dass du dich fit genug dafür fühlst, dann wäre das sicher die einfachste Lösung.«

Noch ehe Lin geendet hatte, holte ich ihr eine Decke und bedeutete ihr, sich auf der Couch hinzulegen.

»Du wirst sehen. Ich bin ganz schnell wieder da. Ruh du dich nur aus!«

Bevor Lin mich vor meinem Unterfangen abhalten konnte, eilte ich zur Tür, griff mir meinen dünnen Mantel von der Garderobe und rannte nach draußen, als wäre mir der Teufel auf den Fersen.

Alles würde gut werden. Ich hatte nur ein wenig Alkohol getrunken und fühlte mich fast, als würde ich auf Watte laufen. Sehr bauschiger Watte. Aber das war noch lange kein Grund, umzukehren.

Ich konnte alles schaffen. Und wenn ich sagte *alles*, dann meinte ich auch *alles*. Ich war nämlich Wonderwoman. Eine Frau, die genau wusste, worin ihre Fähigkeiten lagen, und die wirklich niemals aufgab. Mutig und zielstrebig setzte ich einen Fuß vor den anderen. Wie eine Katze tänzelte ich über das unebene Kopfsteinpflaster, ehe mein Fuß in etwas sehr Weichem aufkam. Hoffentlich war es keine Hundescheiße! Das hätte mir nämlich gerade noch gefehlt.

Kapitel 14

Jasper

Am selben Abend

»Das ist nun also das hochgelobte *Cornish Arms*?«

Meine Stimme troff nur so vor Sarkasmus, aber in diesem Moment konnte ich einfach nicht anders. Der Weg war uneben über Geröll und Weideland verlaufen. Als die Sonne gänzlich untergegangen war, hatte ich nicht mal mehr meine Hand vor Augen sehen können.

Dabei war ich nicht weniger als zweimal gestürzt, hatte mir die Hände aufgeschlagen, und mit jedem Meter mehr, den wir zurückgelegt hatten, verfluchte ich den Moment, als ich meinen Fuß in dieses ach so beschauliche Fischerdörfchen gesetzt hatte.

Brady klopfte mir mit einem breiten Grinsen auf den Lippen auf die Schulter und zog mich mit sich an die Theke.

»Na, na, wer wird denn gleich so schlechte Laune bekommen? Bist du denn als Kind nie wandern gegangen?«

Entgeistert starrte ich den Landarzt an. Das Letzte, worüber ich mich mit ihm unterhalten wollte, war meine Kindheit. Meine Eltern waren mit mir nicht mal in den Hyde Park gegangen, geschweige denn zum Wandern an die Küste oder in die Berge. Aber das brauchte ich dem Typen ja nicht unbedingt auf die Nase zu binden. Für mein Dafürhalten hatte er mittlerweile ohnehin viel zu gute Laune.

»Jetzt schau doch nicht so«, versuchte Brady mich zu beschwichtigen, und ich wurde das Gefühl nicht los, dass die übrigen Besucher des Pubs uns dabei ausgiebig musterten.

Aber das war ja auch kein Wunder. Schließlich stritten wir uns hier wie ein altes Ehepaar.

»Was darf's sein?«, fragte ein untersetzter, bärtiger Mann mit rauer Stimme.

»Zwei Pints«, bestimmte Brady daraufhin. Der Bärtige hinterm Tresen nickte nur kurz zur Antwort und machte sich dann ans Werk, uns das Bier zu zapfen.

Ich sah mich derweil in dem schummrigen Raum ein wenig genauer um. Die Decken wirkten dank der dunklen Balken noch niedriger. In meinem Rücken standen vereinzelt ein paar Tische mit Stühlen daran. An einem dieser Tische spielte eine Gruppe älterer Herren eine Runde Skat. Lautstark! Offenbar warfen sie einem der Mitspieler vor, gegen die Regeln verstoßen zu haben.

An der gegenüberliegenden Wand hing eine Dartscheibe. Eifrig warfen ein paar Männer in meinem Alter die Pfeile in Richtung der Zielscheibe. Gelächter und Freudenrufe hallten durch den Raum, als einer von ihnen seinen Pfeil genau in der Mitte versenkte.

Ansonsten war im Hintergrund leise Musik zu hören. Eine Shantyband, wenn ich es richtig erkannte. Sie sangen von ihrer Sehnsucht nach dem Meer, ihrer Liebe zur Freiheit und schönen Frauen.

Das war es also. So verbrachten die Männer im kornischen Outback ihre Abende. Striplokale, Diskotheken oder gar anständige Bars mit Stil waren hier mit an Sicherheit grenzender

Wahrscheinlichkeit Mangelware. Um nicht zu sagen: nicht existent.

»Das *Cornish Arms* stammt aus dem sechzehnten Jahrhundert«, referierte Brady neben mir. »Das Gebäude ist eine ehemalige Poststation und diente teilweise als Kulisse für die Serie *Doc Martin.* Hier im Pub gibt es außerdem über sechzig verschiedene Gin-Sorten, von denen die meisten in Cornwall hergestellt wurden. Ach ja, und die Musik, die du hörst, stammt von den weltbekannten Shanty-Sängern, den *Fisherman's Friends.* Sie sind Fischer aus Port Isaac, musst du wissen.«

Ich klatschte anerkennend in die Hände. »Bravo! Wirklich. Vielen Dank für das ausführliche Referat. Du solltest dich als Reiseführer versuchen«, scherzte ich und erntete dafür ein abschätziges Schnauben meines Sitznachbarn.

»Ich wollte dich ja nur mit deiner neuen Heimat vertraut machen. Jetzt, da du so gesteigertes Interesse an Valerie zeigst.«

Brady sah mich durchdringend an. Wie ein Raubtier lauerte er darauf, dass ich etwas Falsches sagte oder tat, damit er mich mit seinen Reißzähnen zerfleischen konnte. Aber so einfach würde ich es ihm nicht machen.

Da war etwas zwischen Valerie und mir. Das konnte ich ganz deutlich spüren. Doch das bedeutete noch lange nicht, dass ich gleich in diesem Kaff sesshaft werden würde.

Das wiederum brauchte ich dem Landarzt aber nicht auf die Nase zu binden. Schließlich ging ihn das überhaupt nichts an.

»Wie ist Valerie denn so?«, wechselte ich unvermittelt das Thema.

Der Wirt hinterm Tresen stellte die Gläser mit einem lauten

Knall vor uns hin.

Dann wandte er das Wort an Brady: »Du siehst nach einem *Seadog* aus.«

Brady nickte. »Für meinen Freund bitte auch.«

Kurz darauf stellte uns der Kerl zwei Gläser mit einer klaren Flüssigkeit darin vor die Nase.

Ich roch daran. Gin. Na, das konnte ja noch heiter werden. Schließich war ich nicht gewillt, Brady den Weg zurückzutragen. Er hatte nämlich keine Ahnung davon, wie trinkfest ich war. Der Ärmste konnte einem fast leidtun.

Als Brady sein Glas geleert hatte, verzog er den Mund angewidert und spülte den Geschmack mit einem großen Schluck Bier hinunter.

»Valerie ist eine der nettesten Frauen, die ich kenne. Sie vergöttert Kinder, kümmert sich um ihre Freunde und liebt ihre Arbeit über alles. Wenn sie Bonbons oder Schokoladentafeln oder Pralinen herstellt, dann ist sie in ihrem Element. Der *Candyheaven* ist ihr Zuhause. Das solltest du nie vergessen.«

Bradys Worte klangen salbungsvoll. Dennoch bemerkte ich den leicht bedrohlichen Unterton in seiner Stimme.

Ich bedeutete dem Wirt, uns noch zwei Gläser von dem *Seadog* zu bringen. Der Gin war wirklich ausgezeichnet. Dennoch entging mir nicht, dass er einer der hochprozentigeren Gins zu sein schien. Ein *navy strength* vielleicht.

Als Brady das zweite Glas geleert hatte, wurden meine Fragen konkreter. Schließlich war ich nicht zum Spaß hier. Ich brauchte etwas, womit ich Valerie rumkriegen, sie für mich gewinnen konnte.

»Was war denn das für eine Geschichte mit ihrem Ehemann?«

Die Geräuschkulisse in unserem Rücken schwoll abermals an. Offenbar hatte gerade einer beim Skat gewonnen. Vielleicht war es auch beim Dart. So genau konnte ich das nicht sagen. Aber ich hatte auch kein gesteigertes Interesse daran, mich umzudrehen und mir ein Bild der Lage zu machen.

Erstens interessierte es mich nicht die Bohne, wer bei was auch immer der Sieger war, und zweitens galt es, Wichtigeres zu klären.

»Schwierig, schwierig«, sinnierte Brady, und ich hatte schon Sorge, dass es dabei bleiben könnte. »Eigentlich war Ron ein ganz netter Kerl«, meinte er dann. »Er kam aus London. Und anfangs hat er sich hier echt gut eingelebt. Rosarote Wolke und so. Der Typ hat Valerie angebetet. Aber dann …«

Er endete abrupt mitten im Satz. Zusehends ungeduldiger wartete ich darauf, dass er den verdammten Faden wieder aufnehmen würde.

Als er es nicht tat, hakte ich nach: »Dann was?«

Brady zuckte mit den Schultern. »Von einem Tag auf den anderen war ihm Port Isaac plötzlich nicht mehr fein genug.« Er schnaubte verächtlich. »Hat seine Sachen gepackt und ist wieder nach London verschwunden. Seitdem hat man nichts mehr von ihm gehört.«

Das war interessant. Sehr sogar. Valeries Ex hatte sie also verlassen, weil er es hier in Port Isaac nicht länger ausgehalten hatte.

»Valerie konnte nicht mit. Im Grunde wollte sie auch überhaupt nicht weg von hier. Der Laden geht ihr einfach über alles. Den würde sie nie im Leben aufgeben. Für niemanden. Nicht mal für den Mann, den sie liebt.«

Das waren klare Worte. Je mehr mir Brady von Valerie erzählte, desto bewusster wurde ich mir darüber, mit welch harter Nuss ich es hier zu tun hatte. Eigentlich hätte mich diese Vorstellung demotivieren sollen. Aber genau das Gegenteil war der Fall. Mir gefiel die Herausforderung, vor die mich diese umwerfende Frau stellte. Mir gefiel die Vorstellung, sie erst noch für das Unternehmen gewinnen zu müssen, sie davon zu überzeugen, dass sie es gut haben würde. Bei mir.

Das erste Mal seit sehr langer Zeit spürte ich ein Kribbeln in meinem Bauch, einen Anflug aus Vorfreude wie am Abend vor Weihnachten. Es war lange her, dass ich dieses Gefühl verspürt hatte. Und es war noch länger her, dass ich mich danach so sehr gesehnt hatte, dass ich tagelang davor nicht schlafen konnte.

Mein Handy vibrierte in meiner Hosentasche. Eine eingehende Nachricht. Ich zog es heraus, entsperrte das Display und blickte auf Pams prall gefüllte Oberweite, die sie keck und äußerst sexy in Szene gesetzt hatte. Der Anblick entlockte mir ein Lächeln. Doch zu meiner grenzenlosen Verwunderung weckte er nicht das gleiche Gefühl in mir, das ich eben verspürt hatte, als ich an Valerie denken musste.

Dabei hatte ich die Besitzerin des *Candyheaven* noch nicht einmal nackt gesehen, geschweige denn, dass ich mit ihr in irgendeiner Form intim geworden wäre. Irgendetwas sagte mir, dass es bei Valerie anders war. Und dennoch war Pam auf dem Foto äußerst nett anzusehen.

»Was hast du denn da?«, fragte Brady in diesem Moment

und schielte dabei neugierig auf mein Display.

Ungefragt stellte uns derweil der Wirt die nächsten zwei Gläser hin. Brady kam beim Hinüberschielen ein wenig ins Wanken und wäre fast vom Barhocker gefallen. Das allein war aber noch kein Grund für ihn, sich von seiner Fährte abbringen zu lassen. Der Landarzt war echt ein Bluthund.

»War das auf dem Smartphone, was ich vermute, oder unterliegt meine Sinneswahrnehmung nach dem vierten Gin einer optischen Täuschung?«, fragte er mit strengem Blick.

»Letzteres?«, erwiderte ich unsicher.

Zur Antwort streckte er mahnend einen Finger in die Höhe. »Ich hab dich gewarnt, mein Lieber. Valerie ist keine Frau für eine Nacht.«

»Das weiß ich«, gab ich reumütig von mir. »Nur ist Pam«, ich drehte das Handy so in Bradys Richtung, dass er einen guten Blick auf ihre Kurven hatte, »eine der Frauen, die ein Nein nicht als Antwort zählen lassen, wenn du verstehst, was ich meine.«

Die Lichtverhältnisse im *Cornish Arms* waren dermaßen miserabel, dass alles so wirkte, als läge es im Nebel. Kornischer Nebel, der sich am frühen Morgen von der Küste wie ein Übeltäter der schlimmsten Sorte auf leisen Sohlen anschleicht und das Fischerdörfchen am Hafen mit seinem ungebetenen Besuch beglückt.

Was ich aber trotz der widrigen Bedingungen gut erkennen konnte, waren Bradys geweitete Augen und der offen stehende Mund, als er Bekanntschaft mit Pam machte.

Als ich das Smartphone zurück in meine Hosentasche verbannte, wirkte der Landarzt ein wenig geknickt. Die Anatomie des menschlichen Körpers faszinierte ihn wohl noch immer brennend. Bei diesem äußerst ansprechenden Exemplar konnte man es ihm auch nicht verdenken.

»Was immer du tust, du solltest ganz dringend dafür sorgen, dass Pam ihre tägliche Sendung einstellt. Natürlich nur«, dabei drehte er sich auf seinem Hocker in meine Richtung und bückte sich ein wenig nach vorn, damit er mir gut in die Augen sehen konnte, »wenn dein Interesse an Valerie ernster Natur ist.«

»Absolut!«, bekräftigte ich ihm und reichte ihm das noch unangetastete vierte Gin-Glas. »Auf Valerie.«

Brady zögerte einen Moment, ehe er es entgegennahm.

»Auf Valerie.«

Kapitel 15

Valerie

Irgendwie musste das doch gehen. Das konnte doch nicht so schwer sein. Schließlich tat ich es für gewöhnlich mehrmals am Tag. Und das nicht nur an meinem Haus, sondern auch am *Candyheaven*. Nie zuvor war mir die Angelegenheit so vertrackt vorgekommen. So ausweglos.

»Jetzt geh endlich rein«, sprach ich dem Schlüssel in meiner Hand gut zu, als bedürfte es nicht mehr als ein paar lieber Worte, um das winzig erscheinende Schloss auf die Größe eines Smartphones anwachsen zu lassen. Warum waren diese Dinger eigentlich nur so verdammt klein? Wer hatte gesagt, dass Türschlösser winzig sein mussten? Wer auch immer es war, Freunde würden wir nach diesem Abend auf keinen Fall mehr werden. »Du schaffst das. So schwer ist das gar nicht.«

In diesem Moment erlosch nun schon zum gefühlt hundertsten Mal das Licht über mir. Blöder Bewegungsmelder! Und ich war mir gar nicht mehr so sicher, ob es wirklich eine gute Idee von mir gewesen war, Lin meine Hilfe anzubieten.

Mittlerweile fragte sich die Ärmste bestimmt schon, wo ich geblieben war. Mein Smartphone hatte ich erst gar nicht mitgenommen, da ich ja der Überzeugung gewesen war, ganz schnell wieder zurück zu sein. Im besten Fall war Lin bereits eingeschlafen. So meine Hoffnung.

Natürlich hätte ich auch einfach aufgeben können. Niemand hätte bemerkt, ob ich tatsächlich im Haus nach dem

Rechten gesehen hätte. Außer ein paar neugierige Nachbarn vielleicht, die ihre Augen immer und überall hatten. So schön die Vertrautheit der Einwohner von Port Isaac auch war. Manchmal war es mir zu viel. Vor allem, seit mich meine Mitmenschen wegen Ron dauerbekümmert ansahen. Ein Zustand, der sich nur schwerlich verkraften ließ, wenn man doch eigentlich nach vorn schauen wollte.

Aber auch mein schlechtes Gewissen würde mich nachts nicht mehr in Ruhe schlafen lassen. Denn ich hielt meine Versprechen. Menschen, die bloß heiße Luft von sich gaben, konnten mir gestohlen bleiben.

»Wieso passt dieses Ding denn jetzt nicht in dieses verdammte Schloss?« Mit jedem weiteren missglückten Versuch, endlich in das B&B von Lins Granny zu kommen, schmolz mein Wille und meine Motivation auf die Größe einer Erbse zusammen. Einer sehr kleinen Erbse. Mikroskopisch klein. Mit bloßem Auge kaum mehr zu erkennen.

»Kann ich Ihnen irgendwie behilflich sein?«, fragte in diesem Augenblick eine männliche Stimme in meinem Rücken, die mir auf merkwürdige Weise vertraut vorkam.

Von jetzt auf gleich setzte mein Herz einen Schlag aus, und wie durch Zauberhand pumpte mein Körper immer mehr Blut durch meine Arterien. Ich fühlte mich wie im Rausch. Doch dieses Mal war definitiv nicht der Alkohol daran schuld.

Betreten drehte ich mich zu Jasper um und versteckte dabei den Gegenstand in meiner Hand in meinem Rücken. »Nein, nein. Danke! Das geht schon. Ich muss nur … Das ist … Lin hat …«

Kaum dass ich mich umgedreht hatte, war der vermaledeite

Bewegungsmelder, der mir zielsicher die Kooperation im entscheidenden Moment verweigert hatte, wieder angesprungen. Vielen Dank auch! Gänzlich unvorbereitet blickte ich also mitten in der Nacht in himmelblaue Augen, die mich amüsiert und zugleich wissbegierig musterten.

»Dann kann ich vielleicht …«

Jasper deutete auf die Tür in meinem Rücken.

In Gedanken schlug ich mir mit der Hand gegen die Stirn. Ich war ja so eine Idiotin! Jasper wollte natürlich auf sein Zimmer. Und ich versperrte ihm den Weg dorthin. Doch da kam mir ein Gedanke.

»Lin hat mir ihren Schlüssel gegeben, um hier im B&B ihrer Granny nach dem Rechten zu sehen. Hicks!«

Hastig schlug ich mir eine Hand vor den Mund. Zu spät! In Jaspers Augen konnte ich bereits dieses amüsierte Funkeln erkennen.

»Wieso ist Lin denn nicht selbst gekommen?«, fragte er, ohne auch nur den Hauch einer Andeutung zu machen, auf die Tür zugehen zu wollen.

Jasper Clark ließ mich schmoren. Da war ich mir ganz sicher. Offenbar hatte er bemerkt, dass ich leicht angeheitert war. Dabei hatte ich mir bisher doch so viel Mühe gegeben, es vor ihm zu verbergen.

»Sie konnte nicht. Eine Olive hat sie flachgelegt. Hicks!«

Als Jasper mich daraufhin ungläubig ansah und fieberhaft zu überlegen schien, was das für ein verschlüsselter Code sein könnte, ergänzte ich noch: »Sie ist in meiner Küche auf einer Olive ausgerutscht und hat sich den Knöchel beim Sturz verletzt.«

Mein Gegenüber verzog daraufhin das Gesicht, als hätte er sich selbst soeben verletzt. Er war wahrhaft ein guter Schauspieler. Wenn ich es nicht besser gewusst hätte, hätte ich geglaubt, er habe sich eben furchtbar wehgetan.

»Und warum stehst du dann vor dem Haus und nicht *im* Haus?«, fragte er mit einem verschmitzten Lächeln auf den Lippen und den Händen in den Hosentaschen.

Seine Haltung war leger und zugleich unglaublich sexy. Der Wind frischte vom Meer auf, sodass ich den Gürtel meines dünnen Mantels enger zog. Jasper hingegen stand lediglich im T-Shirt vor mir und machte dabei nicht im Geringsten den Anschein, ihm wäre kalt. Ganz im Gegenteil! Wenn man ihn so ansah, dann konnte man fast meinen, es hätte auch zu dieser späten Stunde noch weit über zwanzig Grad.

Gänzlich ohne mein Zutun blieb mein Blick auf seinen starken Armen hängen. Sosehr ich mich auch dagegen wehrte, es gelang mir einfach nicht, wegzusehen. Die breiten Schultern, Jaspers definierte Oberarmmuskeln, das beinahe schon unverschämte Grinsen auf seinen Lippen – das alles hatte plötzlich eine besondere Anziehungskraft für mich.

Keine Ahnung, woran es plötzlich lag, dass meine Gedanken sich selbstständig machten. Zusehends fiel es mir schwerer, mich nicht auf ihn zuzubewegen, um schließlich an seiner starken Brust Halt zu finden.

Wenn ich geglaubt hatte, die frische Luft würde mich nach dem Wein wieder klarer sehen lassen, dann hatte ich mich geirrt. Viel vernebelter konnte mein Kopf auch nach einem weiteren Glas nicht sein.

»Nun?«, hakte er nach, als ich ihm die Antwort noch immer

schuldig blieb.

»Der Schlüssel«, sagte ich und hob den Gegenstand, den ich bisher in meinem Rücken versteckt hatte, in die Höhe, »er passt nicht. Lin muss mir den falschen gegeben haben.«

»Ich verstehe.« Jasper grinste ein wenig zu selbstgefällig. Ganz so, als würde er mir kein Wort von dem, was ich gesagt hatte, glauben.

Unvermittelt musste ich mich fragen, wie lange er wohl schon hinter mir gestanden hatte, um mir bei meinem kläglichen Versuch, den Schlüssel ins Schloss zu stecken, zuzusehen. Je länger ich darüber nachdachte, desto unangenehmer wurde mir das alles hier. Am liebsten hätte ich den Rückzug angetreten. Aber daran hinderte mich nicht nur der Freundschaftsdienst, um den mich Lin gebeten hatte. Jasper versperrte mir ebenfalls den Weg. Wenn ich hier wegwollte, dann musste ich zwangsläufig an ihm vorbei.

»Würdest du es mich dann mal probieren lassen?«

Ehe ich michs versah, stand Jasper auch schon neben mir. Sein Duft aus frischer Meeresluft, Zitrone und einem Hauch Pfefferminze stieg mir in die Nase. Ohne mein Zutun schlossen sich meine Augen, und ich sog den Geruch immer fester in meine Lungen ein, bis er mich vollends auszufüllen schien.

Als ich meine Lider wieder aufschlug, sah ich Jasper dicht vor mir stehen, der mich durchdringend ansah. Ich erschrak dermaßen darüber, dass ich einen Hickslaut von mir gab und einen Schritt vor ihm zurückwich. Nun lehnte ich mit meinem Rücken unmittelbar an der Tür. Wie ein in die Enge getriebenes Tier stand ich dort, schwer atmend und auf alles gefasst.

Fast alles. Denn als Jasper sich meinem Gesicht so weit näherte, dass ich seinen Atem auf meiner Haut spüren konnte, war ich versucht, auf der Stelle in Ohnmacht zu fallen.

Was tat er da bloß? Spürte er denn nicht, dass er mir viel zu nah war? So nah, dass ich nicht mehr in der Lage dazu war, auch nur noch einen klaren Gedanken zu fassen. Wie kleine Glühwürmchen erhellten sie meinen Geist, nur um mich sogleich wieder im Dunkeln tappen zu lassen.

Als seine Lippen sich immer näher auf meine zubewegten, schwankte ich zwischen Panik und begieriger Vorfreude. Das Gefühl war so gegensätzlich, dass ich selbst nicht verstand, was da gerade in meinem Inneren passierte. Eine immer leiser werdende Stimme in meinem Inneren forderte mich auf, endlich für die nötige Distanz zwischen uns beiden zu sorgen. Indes packten meine Hormone die Feuerwerkskörper vom letzten Silvester aus, um ihrer Freude über den aktuellen Stand der Dinge gebührend Ausdruck zu verleihen.

Ich haderte mit mir und meinem Schicksal. Und ich haderte mit den Abertausenden Schmetterlingen in meinem Bauch, die mir das Gefühl vermittelten, ich wäre schwerelos. Doch als Jaspers und mein Mund sich wie magisch aufeinander zubewegten, schloss ich abermals meine Augen und spitzte meine Lippen.

»Ähm, Valerie«, hörte ich daraufhin Jasper sagen.

»Hm?«, fragte ich verträumt, während ich spürte, wie mich jemand am Bein packte und von Wolke sieben zerrte.

Als ich meine Lider öffnete, schwenkte Jasper seinen Schlüssel gut sichtbar.

»Oh, ja. Entschuldigung!«

Peinlich berührt machte ich einen Schritt zur Seite, damit Jasper die Tür endlich öffnen konnte. Ich senkte meinen Blick, damit ich ihn dabei bloß nicht ansehen musste. Noch nie in meinem Leben hatte ich mich dermaßen blamiert. Und wenn ich noch nie sagte, dann meinte ich auch noch nie.

Vergessen war der Liebesbrief an Jimmy Walsh in der fünften Klasse und auch das Date mit dem Kapitän der Rugbymannschaft in der Zehnten, bei dem ich so aufgeregt war, dass ich mich den halben Abend auf der Mädchentoilette übergeben hatte. Das alles war nichts im Vergleich zu dem, was eben passiert war.

Eine höhere Macht anflehend, sehnte ich mich nach einem Loch im Boden. Alternativ hätte es auch ein Erdbeben oder Schnee im Juni getan. Alles war gut, um diese einschneidende Situation vergessen zu lassen. Dabei war ich mir hinreichend im Klaren darüber, dass ich mich bis an mein Lebensende daran erinnern würde.

Was zur Hölle hatte mich nur geritten, mich Jasper wie überreifes Obst feilzubieten? Noch war meine Lage nicht so aussichtslos, dass die Fruchtfliegen schon um mich schwirrten. Ich hatte eine reelle Chance auf ein glückliches Leben mit einem Ehemann, der mich liebte, und mindestens zwei kleinen Rabauken, die mich auf Trab hielten.

Auch wenn es gerade den Anschein gemacht hatte: Ich war nicht so verzweifelt. Nur ein wenig … einsam. Und vielleicht hatte ich mich auch ein klitzekleines bisschen zu Jasper hingezogen gefühlt. Aber das war nicht mehr als ein mentaler Ausrutscher gewesen, der zu hundert Prozent auf den Alkohol zurückzuführen war. Unter normalen Umständen hätte ich mich

Jasper nie so angebiedert. Nie.

»Darf ich mal?«, schaltete Jasper sich in mein Gefühlschaos ein und deutete dabei auf den metallenen Gegenstand in meiner Hand.

Ohne ihm in die Augen zu sehen, reichte ich ihm den Schlüssel. Kurz darauf war ein lautes »Knack« zu hören.

»Komisch! Bei mir hat der Schlüssel ganz ausgezeichnet gepasst.«

Kaum dass er geendet hatte, fing Jasper schallend zu lachen an. So laut, dass ich schon befürchten musste, er würde die übrigen Gäste des B&B aufwecken.

»Schsch!«, maßregelte ich ihn also. »Das ist noch lange kein Grund, das ganze Haus aufzuwecken.«

Bei Coopers auf der gegenüberliegenden Straßenseite war schon das Licht angegangen. Wenn Jasper so weitermachte, stand, ehe wir es uns versahen, ein Constable vor der Tür.

Jasper wollte mir den Schlüssel zurückgeben. Doch bevor ich ihn in Händen hielt, zog er ihn wieder zurück.

»Kommst du noch mit rein?«

Seine Stimme klang rau und verheißungsvoll zugleich. Ich schluckte schwer, als ich dieses diabolische Funkeln in seinen Augen erblickte. Wie die Motte vom Licht wurde ich davon angezogen. Sosehr ich mich auch dagegen wehrte, ich musste ihn einfach ansehen.

»Klar«, antwortete ich viel zu beiläufig und ging an Jasper vorbei ins Haus. Meine Stimme überschlug sich dabei hörbar. Dennoch versuchte ich tough zu wirken und mir nicht anmerken zu lassen, was da gerade in meinem Inneren vor sich ging.

Eine nie da gewesene Unruhe und gleichzeitige Vorfreude

umfing mich. Allerdings wollte ich Jasper nicht die Gelegenheit geben, sich mir überlegen zu fühlen. Er sollte nicht glauben, dass ich mich zu ihm hingezogen fühlte. Auch wenn mir das vermutlich überdeutlich ins Gesicht geschrieben stand. Ich versuchte Haltung zu bewahren.

Im Flur tastete ich nach dem Lichtschalter, doch es tat sich nichts. Als ich mich daraufhin zu Jasper umdrehte, zuckte dieser mit den Schultern.

»Ich bin hier nur Gast. Keine Ahnung, warum der nicht funktioniert.«

Das Innere des Hauses lag stockdunkel vor uns. Ich konnte nicht einmal meine Hand vor Augen sehen. Dennoch wollte ich mir nicht die Blöße geben und tat selbstsicher, indem ich mein Handy aus der Hosentasche ziehen wollte, um etwas Licht ins Dunkel zu bringen.

Doch kaum dass meine Hände meine hintere Gesäßtasche abtasteten, wurde mir bewusst, dass ich mein Smartphone ja zu Hause gelassen hatte.

»Kannst du mir vielleicht kurz dein Handy borgen?«, bat ich Jasper und streckte ihm meine Hand entgegen.

»Wofür, wenn ich fragen darf?«

Genervt verdrehte ich die Augen.

»Ich muss mich darüber vergewissern, dass hier alles okay ist. Das kann ich aber schlecht ohne Licht. Also? Gibst du mir dein Handy oder nicht?«

Jasper grinste. »Nicht gleich so pampig, junge Lady.« Er entsperrte sein Handy und streckte es mir entgegen. Nur ganz beiläufig berührten sich unsere Finger dabei.

Das war der Moment, auf den meine Hormone nur gewartet

hatten. All die übrigen Feuerwerkskörper, die sie gehortet hatten, lagen auf einem Haufen bereit. Als Jasper und ich uns nun berührten, sprang ein Funke über, der so übermächtig war, dass die aufgereihten Feuerwerkskörper in meinem Inneren mit einem ohrenbetäubenden Knall explodierten.

Das dumpfe Geräusch hallte in mir nach. Mein Herz raste, während ich kaum noch einen klaren Gedanken fassen konnte. Das Smartphone in meiner Hand vibrierte, so sehr zitterte meine Hand.

»Ich denke, es wird besser sein, wenn ich das Handy trage.« Mit diesen Worten schnappte er mir das Gerät auch schon wieder aus der Hand, als wollte er sicherstellen, dass ich auch ja keinen Blick auf sein Display werfen konnte. Ganz so, als wollte er etwas vor mir verheimlichen. »Wo genau willst du denn nach dem Rechten sehen?«

Das war eine gute Frage. Eine sehr gute sogar. Als ich Lin anbot, mich um das B&B ihrer Granny zu kümmern, war ich gar nicht schnell genug aus dem Haus gekommen. Dabei hatte ich ganz vergessen zu fragen, was dieses Nach-dem-Rechten-Sehen denn überhaupt beinhaltete.

Jasper sah mich erwartungsvoll an, während ich mir händeringend zusammenzureimen versuchte, was nun zu tun war. Auf gar keinen Fall wollte ich zugeben, dass ich keine Ahnung hatte, was Lin von mir erwartete. Am Ende glaubte er noch, ich hätte ihm vor dem Cottage aufgelauert. So weit kam es noch.

»Das Telefon«, meinte ich schließlich und hastete hinüber zum Rezeptionstresen. »Ich muss die Mailbox abhören«, behauptete ich und eilte sodann geschäftig los.

Jasper hatte Mühe, mir zu folgen. Im Halbdunkel tastete ich mich voran und blieb mit meinem kleinen Zeh an der Kante des Rezeptionstresens hängen. Ich biss die Zähne zusammen, um nicht laut aufzuschreien. Der Schmerz war so durchdringend, dass ich Sternchen sah.

»Ist alles okay mit dir?«, fragte Jasper in diesem Moment und legte mir dabei einfühlsam eine Hand auf den Rücken.

Der Mann war mittlerweile überall. Nicht nur, dass er meine Gedanken völlig einnahm, nein, er war mir plötzlich auch physisch so nah, dass ich nicht wusste, wie lange ich noch standhaft bleiben würde.

»Reiß dich zusammen!«, riet mir der letzte Funke Verstand.

Aber so einfach war das nicht. Es war viel zu lange her, dass ich jemanden hatte, an dessen Schulter ich mich anlehnen konnte. Mein Körper, mein Geist, meine Seele – alles war dermaßen ausgehungert, dass ich beim besten Willen nicht sagen konnte, wie lange ich mich noch zurückhalten konnte.

Bevor etwas passierte, was mir im Nachhinein bei klarem Verstand – also morgen früh – peinlich werden konnte, musste ich dringend Distanz zwischen uns schaffen.

Wie von der Tarantel gestochen, hetzte ich um das Möbelstück herum. Vergessen war der schmerzende Zeh. Bei näherer Betrachtung tat der auch gar nicht mehr so weh.

»Alles bestens. Alles bestens«, behauptete ich derweil Jasper gegenüber, der mir den Rezeptionsbereich mit seinem Handy ausleuchtete.

Wo zur Hölle war nur dieses verdammte Telefon? Mit meinen Augen und meinen Händen suchte ich die komplette Fläche ab. Aber da war nichts. An die Schubladen wagte ich mich nicht heran.

»Vielleicht ist das Telefon ja in diesem angrenzenden Raum.« Er deutete dabei auf eine Tür in seinem Rücken. Dann zog er den Schlüssel aus der Tasche, den mir Lin mitgegeben hatte. »Ich wette, das ist ein Generalschlüssel, der im ganzen Haus passt.« Kaum dass er seine Äußerung über die Lippen gebracht hatte, wandte er sich auch schon der Tür zu und schloss sie auf.

Mit einem strahlenden Lächeln hielt er sie mir auf. Mit hochrotem Kopf ging ich hindurch und vermied wie schon so oft an diesem Abend den direkten Blickkontakt zu Jasper. So langsam wurde das Ganze hier richtig peinlich. Und ein Ende war nicht in Sicht.

»Da ist es ja«, sagte ich erleichtert, als ich Roselyns tragbares Telefon auf dem Schreibtisch entdeckte.

Ich griff danach wie nach einem Pokal, den man für einen 5.000-Meter-Lauf bekommen hatte, und hielt es wie eine Trophäe in die Höhe. Der Sieg war mein. Endlich konnte ich beweisen, wie wichtig diese Mission war. Als ich das Display anschalten wollte, tat sich nichts. Offenbar war der Akku leer. Zähneknirschend stellte ich es in die Ladestation. Das war dann wohl mal gewaltig nach hinten losgegangen.

Als ich den Raum wieder verlassen wollte, lehnte Jasper mit einem dämlichen Grinsen auf den Lippen an der Tür. Dann drückte er auf den Lichtschalter.

»Willst du sonst noch nach etwas Ausschau halten? Vielleicht möchtest du dich darüber vergewissern, dass das Faxgerät gut schläft oder der Kopierer ordentlich zugedeckt ist?«

Mahnend hob ich einen Finger in die Höhe und schenkte

meinem Gegenüber einen vernichtenden Blick, ehe ich mich möglichst elegant an ihm vorbei wand und das obere Treppengeschoss ansteuerte.

Abermals betätigte ich den Lichtschalter im Gang. Doch wie beim ersten Mal tat sich auch jetzt nichts. Es blieb dunkel. Davon würde ich mich allerdings nicht abhalten lassen. Im Stechschritt ging ich auf die Treppe zu und nahm immer zwei Stufen auf einmal. Nur weg von diesem aufgeblasenen Gockel, der meinte, alles besser zu wissen, und sich mir gegenüber mächtig überlegen fühlte.

Als ich bereits einige Stufen erklommen hatte, hörte ich ein Knarzen hinter mir.

»Warte doch auf mich! Du wirst dir noch das Genick brechen in dieser Dunkelheit!«

»Das würde dir wohl so passen!«, erwiderte ich schnippisch und legte einen Zahn zu.

Das Letzte, was ich wollte, war, Jasper die Genugtuung zu geben, auf ihn zu warten. Das letzte Fitzelchen Vernunft, das mir noch geblieben war, riet mir zwar dringend dazu, auf ihn zu hören, doch der Alkohol in meinen Blutbahnen sprach mir Mut zu und versicherte mir, dass ich im Ernstfall sogar fliegen könnte. Also setzte ich meinen Weg unbeirrt fort und bereute es sogleich, als ich am oberen Treppenabsatz das Gleichgewicht verlor – offenbar bekam mir der Höhenflug nicht besonders gut – und ins Straucheln geriet.

Mit wild rudernden Armen stand ich da. Noch hatte ich die Hoffnung, das Geländer mit meinen Fingern zu fassen zu bekommen, um nicht rückwärts die Treppe hinunterzupoltern. Die oberste Prämisse war ja, die Gäste nicht aufzuwecken.

Also ruderte ich, was das Zeug hielt, nur um letztlich dennoch jede Bodenhaftung zu verlieren und zu fallen.

Ich schloss die Augen und wartete auf den Schmerz, der sogleich meinen gesamten Körper überziehen würde. Doch er blieb aus.

Jasper zog mich ganz fest an sich.

»Wie hast du es nur geschafft, ohne mich zu überleben?«, fragte er schmunzelnd, während ich nicht anders konnte, als ihm in die Augen zu sehen.

Es dauerte einen Moment, bis ich mich wieder gefasst hatte. Sogleich wollte ich mich wieder von meinem Retter losmachen. Doch er ließ mich nicht. Ohne mich zu fragen, hob er mich auf seine starken Arme und trug mich nach oben im Obergeschoss zielstrebig zu einer Tür.

»Lass mich runter! Ich kann gut und gerne allein laufen. Du brauchst mich nicht zu tragen!«, sagte ich im Brustton der Überzeugung.

Jasper lachte heiser auf. »Na, wie gut das klappt, hast du ja gerade erst hinreichend unter Beweis gestellt.«

Er schloss die Tür auf und betätigte den Lichtschalter.

Das ist sein Zimmer, schoss es mir derweil durch den Kopf. Ich bin in seinem Zimmer. Hilfe, ich bin in seinem Zimmer!

Meine Hormone tanzten bei dieser Erkenntnis ausgelassen Mambo, während meine Vernunft ihre Koffer packte und auszog. Wo sollte das nur hinführen?

Noch ehe ich darüber nachdenken konnte, was nun folgen würde, legte Jasper mich auf seinem Bett ab. Sein Gesicht war meinem dabei so nahe, dass ich jeden Bartstoppel und auch die winzigen Falten um seine Augen gut erkennen konnte.

Blieb nur zu hoffen, dass Jasper bei mir nicht so genau hinsah. Schließlich hatte ich nicht mal Make-up aufgetragen, als ich das Haus verlassen hatte. Vermutlich war die Mascara von heute Morgen schon längst verlaufen und hatte mir Waschbärenaugen ins Gesicht gemalt.

Der funkelnde Ausdruck in Jaspers Augen faszinierte und irritierte mich zugleich. Machte er sich etwa lustig über mich? Warum starrte er mich denn so an? Hatte ich etwas im Gesicht hängen? Oder roch man meine Weinfahne zehn Meter gegen den Wind?

»Musst du dich eigentlich auch darüber vergewissern, dass es den Gästen gut geht?«, fragte Jasper plötzlich in die Stille hinein. Der Ton seiner Stimme war rau und furchtbar männlich.

Noch immer hielt er mich in seinen Armen, als hätte er Sorge, ich würde mir den Hals brechen, wenn er nicht auf mich aufpasste. Die Wärme, die von seinem Körper ausging, war wie ein Schutzschild, der mich vor der Außenwelt abschirmte.

Ganz tief in meinem Unterbewusstsein regte sich da ein Gedanke. Hatte ich nicht beschlossen, nie wieder einem Mann mein Herz zu öffnen? Und war ich gerade nicht auf dem besten Wege dorthin, meinen Vorsatz mit wehenden Fahnen über den Haufen zu werfen?

Viel erschütternder war jedoch die Erkenntnis, dass mich dieser Umstand kein bisschen bekümmerte. Nein, ich sehnte mich regelrecht danach, dass Jasper die angedeuteten Verheißungen endlich wahr werden ließ. Ich wollte ihn küssen, ihn auf meiner Haut spüren. Mittlerweile bereitete mir das Fehlen seiner Berührungen schon körperliche Schmerzen.

Wissend sah Jasper mich an. Da war noch etwas anderes. Ein Anflug von Vorsicht. Er würde doch jetzt keinen Rückzieher machen?

Noch ehe ich recht über meine folgenden Schritte nachdenken konnte, zog ich Jasper, an dessen Nacken ich mich wie eine Ertrinkende festhielt, näher zu mir. Seine Stirn runzelte sich leicht bei meinem forschen Vorstoß, aber er ließ mich gewähren.

Während sich unsere Lippen wie in Zeitlupe aufeinander zubewegten, wagten wir beide es nicht, wegzusehen. Starr vor Verlangen und Furcht blickte ich ihm in die Augen. Jasper tat es mir gleich.

Verschwunden war das selbstsichere Lächeln auf seinen Lippen. Begierde und freudige Erregung mischten sich in seinen Blick. Das alles geschah so schnell, dass ich das Gefühl hatte, mein Kopf kreiste.

Kurz bevor unsere Münder aufeinandertrafen, schloss ich abermals die Augen in der Hoffnung, diesmal würde das passieren, wonach ich mich schon seit unserer ersten Begegnung insgeheim gesehnt hatte. Und ich wurde nicht enttäuscht.

Als Jaspers Lippen auf meinen Halt fanden, war das Gefühl so unbeschreiblich, dass ich mich dazu entschied, nicht länger darüber nachzudenken, sondern mich ganz und gar fallen zu lassen und den Moment in vollen Zügen zu genießen.

Zunächst küsste Jasper mich ganz vorsichtig. Seine Lippen berührten die meinen nur mehr zaghaft, kaum der Rede wert. Doch als ich meine Hände fester in seinen Nacken presste und ihn an mich zog, verstand er.

Wenige Sekunden später küssten wir uns mit einer solchen Leidenschaft, dass mir schwindelig dabei wurde. Wäre es nach mir gegangen, dann hätte dieser Augenblick für die Ewigkeit andauern können. Ich bekam einfach nicht genug von dem leicht süßen Geschmack, der auf Jaspers Lippen lag. Er erinnerte mich an Schokolade. An Heimat. An das Gefühl, endlich angekommen zu sein.

Die Verbundenheit, die ich bei der gemeinsamen Herstellung der Pralinen in meinem Laden zu ihm gespürt hatte, war so präsent wie zuvor. Ich fühlte mich wie ein Schiff, das nach langer stürmischer Überfahrt auf der rauen See endlich in den sicheren Hafen einfuhr. Je länger wir uns küssten, desto mehr ließ ich mich fallen. All die Sorgen und Nöte der vergangenen Monate ließ ich hinter mir.

Als ich spürte, wie Jaspers Hände den Gürtel meines Mantels öffneten, stellte sich eine begierige Vorfreude in mir ein. Ich wollte das. Ich wollte ihn. Wollte ihn spüren, schmecken, riechen, mich in ihm verlieren. Am liebsten alles auf einmal und sofort.

Der Mantel flog zu Boden, ebenso wie meine Schuhe und mein Shirt. Umständlich zog ich Jasper das Shirt über den Kopf. Unsere Lippen lösten sich gezwungenermaßen voneinander. Beide atmeten wir schwer. Unsere Brustkörbe hoben und senkten sich in unregelmäßigen Abständen. Viel zu schnell. Jaspers Wangen waren vom vielen Rumknutschen gerötet, sein Haar stand wirr in alle Richtungen von seinem Kopf ab.

Mit meinen Händen fuhr ich über die winzigen Bartstoppeln auf seinen Wangen. Das Gefühl kitzelte und kratzte auf meiner Haut. Es war anregend und zugleich wunderschön, ihm so nahe sein zu dürfen.

Als ich abermals einen Vorstoß wagte, mich ihm zu nähern, ging er auf Distanz zu mir. Mein Blick suchte den seinen und versuchte aus seiner Reaktion Schlüsse zu ziehen. Das Leuchten seiner Augen war in den Hintergrund geraten, es erlosch zusehends.

»Was ist los?«, fragte ich voller Sehnsucht in der Stimme.

Aber ich konnte und wollte mich nicht länger verstecken. Ich wollte Jasper. Und bis vor wenigen Sekunden hätte ich Stein und Bein darauf geschworen, dass er mich ebenso wollte. Wie hatte ich mich nur so täuschen können?

»Wir sollten das nicht tun«, sagte er schließlich noch immer ganz außer Atem.

»Was meinst du?«

»Das hier …« Dabei deutete er zwischen mir und ihm hin und her. »Du bist angetrunken. Es wäre nicht fair von mir, wenn ich die Situation ausnutzen würde.«

»Aber ich …«, versuchte ich ihn von seiner Meinung abzubringen.

Denn ich wollte das alles ganz unbedingt. Sofort. Und sogleich.

»Es ist besser so. Glaube mir. Ich möchte das zwischen uns mit nichts gefährden, Valerie. Du bist mir wichtig!«

Ein Kloß bildete sich bei seinen Worten in meinem Hals. Die Widerworte auf meinen Lippen erstarben. Ich schloss meinen leicht geöffneten Mund und nickte.

Womöglich hatte er recht. Vermutlich war es tatsächlich die

richtige Entscheidung. Warum nur fühlte sie sich dann so verdammt falsch an?

Noch ehe ich wusste, wie mir geschah, reichte Jasper mir mein Shirt. Plötzlich fühlte ich mich nackt. Hastig zog ich es mir über, während Jasper dasselbe tat.

Die elektrisierte, von Hormonen geschwängerte Luft um uns herum verzog sich. Der Nebel aus Wünschen, Sehnsüchten und geballter Leidenschaft lichtete sich. Zurück blieb nichts anderes als Ernüchterung.

Während ich meinen Mantel überzog und mich vom Bett erhob, sehnte ich mich bereits wieder nach Jaspers Berührungen wie ein Junkie auf kaltem Entzug. Von einem Moment auf den anderen fühlte ich mich zudem schrecklich nüchtern.

»Ich bringe dich noch nach Hause«, hörte ich Jasper in meinem Rücken sagen, als ich mich bereits auf den Weg zur Tür gemacht hatte.

»Das ist nicht nötig«, antwortete ich ihm, ohne mich zu ihm umzudrehen.

Jasper schloss zu mir auf und zog an meinem Arm, um mich am Weitergehen zu hindern.

»Es ist vielleicht nicht nötig, aber ich möchte es so. Bitte lass mich dich begleiten!« Bei diesen Worten stand er unmittelbar vor mir, sah mich flehend an. Der Ausdruck seiner Augen war voller Besorgnis um mich.

Also ließ ich ihn gewähren.

Kapitel 16

Jasper

»Grandpa, was machst du denn hier? Ist alles okay bei euch in London?«

Mit allem hätte ich an diesem frühen Morgen gerechnet, als es an meiner Tür klopfte. Nur nicht mit meinem Großvater. Insgeheim hatte ich mir sogar erhofft, Valerie wäre zurückgekehrt, um dort weiterzumachen, wo wir gestern aufgehört hatten.

Als ich Valerie zu Hause abgeliefert hatte und zurück in meinem verwaisten Hotelzimmer war, bereute ich meinen ritterlichen Entschluss nämlich bereits ein wenig. Noch immer konnte ich Valeries Lippen auf meinen spüren und die Zartheit, mit der ihre Finger leicht über meinen Körper strichen.

Es hatte einer kalten Dusche bedurft und lange gebraucht, bis ich endlich eingeschlafen war. Im Traum hatte ich auch nur an sie denken können. Nicht einmal nachts kam ich los von ihr. Wo sollte das nur hinführen?

Noch nie zuvor hatte ich mich einer Frau so nahe gefühlt. Wir kannten uns kaum, und doch war sie wie ein fehlendes Puzzlestück, das mich vervollständigte.

»Darf ich erst mal hereinkommen, mein Junge?«

Ich wich einen Schritt zur Seite, damit mein Großvater eintreten konnte.

»Aber sicher doch.«

Großvater stellte seinen Koffer auf Höhe meines Bettes ab

und lief hinüber zum Fenster, zog die Vorhänge zur Seite und öffnete es.

»Schön hast du es hier«, meinte er schließlich, ohne den Blick vom Meer abzuwenden. »So viel Ruhe und Natur. Ich kann mich gar nicht mehr darauf besinnen, wann ich das letzte Mal hier war. Es muss schon eine halbe Ewigkeit zurückliegen. Damals gab es da dieses Mädchen.« Dann drehte er sich unvermittelt zu mir um. »Aber das ist Schnee von gestern«, meinte er wie beiläufig.

Doch mir war die Sehnsucht in seinen Worten nicht entgangen.

»Du hattest gar nicht erwähnt, dass du schon einmal in Port Isaac gewesen bist.«

Grandpa winkte ab. »Das liegt so lange zurück. Ich kann mich gar nicht mehr so genau daran erinnern. Zu dem Zeitpunkt hatte ich noch nicht einmal deine Granny kennengelernt.«

Ich lachte. »Das muss wirklich in einem anderen Leben passiert sein.«

Nun grinste auch Grandpa wieder. Der leichte melancholische Anflug, der ihn dort am Fenster befallen hatte, war wie von einer milden Sommerbrise hinweggeblasen.

»Was ist denn aus der Besitzerin des *Candyheaven* geworden? Hattest du schon Gelegenheit, sie kennenzulernen?«

Gegen mein Zutun räusperte ich mich verlegen.

»Ja, ich habe Valerie bereits getroffen.« Dabei vermied ich den direkten Blickkontakt mit meinem Grandpa.

»Meine Mutter, eine gelernte Krankenschwester, hat mich in meiner Jugend nach Port Isaac geschickt, weil hier die Luft so gut sei und ich eine Bronchitis einfach nicht auskuriert bekam«, begann er plötzlich zu erzählen. »Eine frische Meeresbrise, Spaziergänge am Strand und das Sonnenbaden würden mir guttun, hatte meine Mutter gesagt. Und sie hatte recht behalten. Doch nicht nur meine Gesundheit verbesserte sich zusehends von Tag zu Tag.«

Ich holte den Stuhl vom Sekretär und bot ihn meinem Großvater zum Sitzen an.

»Oh, danke, mein Junge. Das ist lieb von dir. Man ist halt doch nicht mehr so jung, wie man sich im Kopf vielleicht noch fühlt.« Abermals blickte er zum Fenster hinaus.

Die weißen Häuserfassaden drängten sich dicht an dicht am Hang. Wenn man sie da so stehen sah, erinnerten sie an wacklige Dominosteine, bei denen es nur einen kräftigen Windstoß brauchte, damit sie umfielen. Aber das taten sie nicht.

Der Horizont war kaum zu erkennen. Wo der Himmel endete und das Meer begann, war reine Mutmaßung. Aber vielleicht lagen die beiden ja viel näher beieinander, als man allgemein glaubte.

»Erzähl mir von dem Mädchen von damals«, forderte ich meinen Grandpa auf und fühlte mich bei diesem Gedanken eng mit ihm verbunden.

Es war ein wenig so, als würde sich die Geschichte wiederholen, als wäre ich nur hierhergekommen, um das zu vollenden, was vor so langer Zeit begonnen hatte.

»Sie war wunderschön und gleichzeitig der größte Dickkopf, den ich je gesehen hatte.« Er lachte.

»Was ist passiert?«

Er seufzte. »Ich musste zurück nach London. Meine Eltern

befanden, dass ich mich nun genug auskuriert hätte. Im *Clark's Sweetness* ging es drunter und drüber. Mein Vater brauchte meine Hilfe. Also bin ich schweren Herzens wieder abgereist.«

»Und du hast sie nie wiedergesehen?«

Grandpa schüttelte den Kopf.

»Sie weiß außerdem nicht mal meinen Nachnamen. Das ging damals alles so schnell. Wenn sie überhaupt noch lebt. Wir werden ja alle nicht jünger.«

Er lachte, als hätte er soeben einen überaus lustigen Scherz gemacht. Doch seine Augen schimmerten dabei wässrig, und ich erkannte die Trauer darin. Mir machte er nichts vor. Er sehnte sich nach dem Mädchen, das er vor so vielen Jahren getroffen hatte. Wenn er nur könnte, dann würde er, ohne mit der Wimper zu zucken, das Rad der Zeit zurückdrehen. Da war ich mir ganz sicher. Aber wir wussten beide, dass das nicht ging.

Außerdem spürte ich auch seine Angst. Was, wenn das Mädchen von einst ihn nicht sehen wollte? Was, wenn sie ihm sagte, er solle sich nach all den Jahren zum Teufel scheren?

»Valerie ist sehr talentiert«, wechselte ich unvermittelt das Thema, als ich bemerkte, wie sehr meinem Großvater die Erinnerungen an die Substanz gingen. Ich wollte nicht, dass er sich vor mir gehen ließ. Denn ich wusste nur zu gut, dass er es später bereuen würde.

»Oh, das freut mich zu hören. Kamst du denn schon in den Genuss ihrer Köstlichkeiten?«

Grandpas Miene klarte sich auf. Die dunklen Gewitterwolken, die über seinem Kopf gekreist hatten, verzogen sich.

Ich nickte. »Wir haben sogar schon gemeinsam in der Backstube gestanden und Pralinen hergestellt. Die Finesse, mit der sie arbeitet, ihre Begeisterung für jeden Handgriff und dann erst das Ergebnis – ein einziges Gedicht«, schwärmte ich.

Zur Antwort grinste mich mein Großvater wissend an. »Die Kleine gefällt dir.«

»Sie ist durchaus nett anzusehen.«

Das war die Untertreibung des Jahrhunderts. Und dennoch: Mein Vater hatte mich nicht nach Port Isaac geschickt, um einer Frau schöne Augen zu machen. Oder? Ich hatte schließlich einen Auftrag.

»Was ist mit Vater? Wird er an die Asiaten verkaufen?«

Aufgestützt auf seinen Gehstock schnaufte mein Großvater hörbar aus.

»Wenn ich ehrlich bin, mein Junge, dann habe ich keinen blassen Schimmer, was er vorhat.« Nachdenklich ließ er seinen Blick erneut zum Fenster gleiten.

Noch nie zuvor hatte ich meinen Grandpa so wehmütig dreinschauen sehen. Etwas nahm ihn furchtbar mit, wühlte ihn innerlich auf. Dabei war ich mir ganz sicher, dass ein möglicher Verkauf von *Clark's Sweetness* nicht der einzige Grund dafür war.

In dem Augenblick vibrierte mein Handy. Eine eingehende Nachricht. Sehnsüchtig zog ich das Gerät aus der Hosentasche. Auch wenn ich es besser wusste, hoffte ich doch irgendwie, dass sie von Valerie sein würde. Was natürlich vollkommen hirnrissig war, da sie ja nicht einmal meine Telefonnummer besaß. Und dennoch.

Enttäuschung machte sich in mir breit, als ich erkannte, wer mir geschrieben hatte. Pam. Diesmal ohne Foto. Dafür mit ziemlich eindeutigen Worten.

»Wie lange willst du dort in der Einöde noch braver Sohn spielen? Komm endlich nach Hause! Sonst komme ich zu dir.«

Pam war eines dieser Londoner Mädchen, die sich die Butter vom Brot nicht so ohne Weiteres nehmen ließen. In ihren Augen war ich diese Butter. Und sie tat alles dafür, um mich zu halten. Sie kämpfte wahrlich wie eine Löwin für etwas, an dem ich schon zu Beginn Zweifel gehabt hatte. Denn Pam war fast zehn Jahre jünger als ich.

Aber das war nicht das Einzige. Sie war in vielerlei Dingen so verbissen und zielstrebig, dass ich beinahe schon Angst davor bekam. Pam hatte nichts Weiches, nichts Liebevolles an sich. Ganz im Gegensatz zu Valerie.

Wie von allein schweiften meine Gedanken zum gestrigen Abend zurück. Ich musste schmunzeln, als ich daran dachte, wie ich Valerie vor der Tür hatte stehen sehen. Ihre Versuche, endlich mit dem Schlüssel das Schloss zu treffen, waren wirklich urkomisch gewesen.

»Worüber denkst du nach, mein Junge?«, fragte Grandpa.

»Ach, nichts weiter.« Ich liebte meinen Großvater wirklich sehr, und mein Vertrauen ihm gegenüber war schier grenzenlos. Allerdings hatte auch ich das ein oder andere Geheimnis, das ich ganz gerne nur für mich behielt. Valerie zählte ich dazu. Vorerst zumindest.

»Was hältst du denn davon, wenn wir hier erst mal Frühstücken gehen und ich dir im Anschluss daran Port Isaac zeige? Wer weiß, vielleicht erkennst du ja noch das ein oder andere wieder. Oder du begegnest jemandem, den du schon lange nicht mehr gesehen hast.« Ich zwinkerte ihm verschwörerisch zu.

Grandpas Mundwinkel zuckten leicht. »Das klingt nach einem guten Plan.« Dann sah er sich in meinem Zimmer um. »Meinst du denn, die haben hier auch noch ein Zimmer für mich frei?«

Ich sah ihn aus großen Augen an. »Du hast also vor, länger zu bleiben?«

Grandpa lachte. »Ein alter Mann ist schließlich kein D-Zug, mein Junge. Das wirst du auch irgendwann merken. Doch bis dahin bin ich vermutlich nicht mehr auf der Welt.«

»Großvater, ich … Du kannst natürlich hier bei mir schlafen. Das Bett ist groß genug für uns zwei.«

»Das ist sehr lieb von dir, Jasper. Als ich noch so jung war wie du, da glaubte ich auch, ich würde ewig so voller Energie und Leben sein. Mein Vater war geistig schon mit rund vierzig ein uralter Mann. So wollte ich nie enden. Und was soll ich sagen?« Er tippte sich an den Kopf. »Hier bin ich noch immer ein Zwanzigjähriger. Aber die Arthritis in meinen Knochen führt mir beinahe täglich vor Augen, dass zumindest mein Körper gealtert ist.« Er seufzte. »Mittlerweile weiß ich gar nicht mehr, was besser ist: Ein Vierzigjähriger, der sich wie ein Sechzigjähriger fühlt, oder ein fast Achtzigjähriger, der auch körperlich wieder jung sein möchte. Aber das führt jetzt zu weit. Frühstück klingt für den Anfang sehr gut. Alles Weitere wird sich dann schon noch weisen.«

Kapitel 17

Valerie

»Du siehst ganz so aus, als hättest du dringend einen Kaffee nötig.«

Erschrocken fuhr ich zusammen, als ich plötzlich Lins Stimme in meinem Rücken vernahm. Es war recht früh am Tag. Der Laden war noch geschlossen. Zu meinem Leidwesen musste die staubtrockene Buchhaltung ja auch irgendwann erledigt werden. Und nachdem mich meine Träume heute Nacht nicht wirklich zur Ruhe hatten kommen lassen, war ich noch vor Sonnenaufgang den *Rose Hill* hinuntergeklettert und hatte mich hier hinter Aktenordnern und Rechnungen verschanzt. Mittlerweile war ich mir nicht mehr sicher, ob das wirklich eine gute Idee gewesen war.

Denn auch hier geisterte Jasper durch meine Gedanken. Das Verfahrenste an der Situation war jedoch, dass ich dank des Alkohols nicht mehr ganz so sicher war, was Traum und was Wirklichkeit gewesen war. Es gab einen Kuss, so meinte ich. Weiter waren wir jedoch nicht gegangen.

Immer wieder fehlten mir Szenen, oder ich reimte mir etwas zusammen, wozu es leider nicht gekommen war. Wie beispielsweise der atemberaubende Sex, der mir zugestanden hätte. Fand ich.

Jasper war sich vermutlich edelmütig vorgekommen, als er sich von mir zurückgezogen hatte. Auch wenn ich seine Motivation verstehen konnte, hieß das noch lange nicht, dass ich sie gutgeheißen hatte.

Fakt war nämlich: Ich hatte Jasper gewollt und er mich doch auch. Oder?

»Hier. Schön heiß und schwarz«, lenkte Lin meine Aufmerksamkeit wieder auf sich.

»Oh, ich danke dir, Lin. Du bist wirklich meine Heldin. Meine Filter sind mir ausgegangen. Ich konnte mir zu Hause noch gar keinen Kaffee machen.«

Lin lachte. »Ich glaube, du bist der einzige Mensch auf Erden, den ich kenne, der noch eine alte Filterkaffeemaschine besitzt und diese auch benutzt.«

Ich zuckte mit den Schultern. »Was ist falsch daran? Sie funktioniert, und der Kaffee schmeckt mir.« Vielleicht gab ich mich eine Spur zu schnippisch. Aber hinter meinen Schläfen saß ein kleiner Gnom, der mir mit seinem Hammer ständig dagegen schlug und herzhaft dabei lachte. Die Schmerzen waren kaum auszuhalten.

Lin stellte den Becher vor mir auf den Schreibtisch, kramte sodann in ihrer Tasche und zauberte eine Kopfschmerztablette daraus hervor. Kommentarlos legte sie sie daneben.

Schon kam ich mir wieder vor wie der undankbarste Mensch auf Erden. Mit einem Satz erhob ich mich von meinem Platz und nahm meine Freundin fest in die Arme. Diese schrie sogleich laut auf, und ich ließ von ihr ab.

»Mein Knöchel ist wohl verstaucht. Brady hat ihn sich gestern Abend noch angesehen. Wobei ich nicht sicher bin, ob ich seiner Einschätzung trauen kann.«

»Wie meinst du denn das?«

Lin gähnte herzhaft und hielt sich dabei die Hand vor den

Mund. Auch sie war gestern erst recht spät ins Bett gekommen. Zum Glück war Jasper so lieb gewesen, ihr nach Hause zu helfen. Mit dem Knöchel hatte sie ja kaum auftreten können. Und Brady lag nach Aussage ihrer Schwiegermutter mit einem Vollrausch im Bett.

Da ich den beiden auf dem Weg hinunter ins Dorf ohnehin keine große Hilfe gewesen wäre, war ich zu Hause geblieben. In meinem Bett hatte ich versucht zu vergessen, wie sich Jaspers Berührungen auf meiner Haut angefühlt hatten. Ich versuchte auch nicht mehr an die Küsse zu denken, die so herrlich nach mehr geschmeckt hatten.

Nur meine Hormone hatten sich schwerlich davon überzeugen lassen, dass es an der Zeit war, die Musik abzustellen und wieder dem gewohnten Trott nachzugehen. Es war für sie unverständlich gewesen, dass ich einfach so klein beigegeben hatte, anstatt zu kämpfen. Nur meine Vernunft hatte jubiliert und war mit wehenden Fahnen wieder eingezogen.

»Meine Schwiegermutter hat recht behalten. Brady war so betrunken, so kannte ich ihn überhaupt nicht. Ich wüsste nur zu gern, mit wem er sich dermaßen einen hinter die Binde gekippt hat. Bisher war nichts aus ihm herauszukriegen. Aber wenn du mich fragst, war er nicht mit den Jungs unterwegs, mit denen er sonst immer in den Pub geht. Und sein Bruder sah heute Morgen wie das blühende Leben aus. Der kann es also auch nicht gewesen sein.«

Lin tippte sich mit dem Zeigefinger gegen die Nase, während sie detektivisch alle Beweisstücke zusammentrug.

»Wie kommst du zu dem Schluss, er wäre nicht mit seinen Freunden unterwegs gewesen?«

Lin grinste. »Die stehen doch alle unter der Fuchtel ihrer Mütter oder ihrer Frauen. Von denen würde sich keiner unter der Woche ein solches Besäufnis erlauben. Nicht, wenn er nachts nicht auf der Couch schlafen wollte.«

Das war ein durchaus stimmiges Argument. Das musste ich zugeben.

»Vielleicht war er ja mit ihnen verabredet, aber es kam keiner. Und dann hat er …«

»… sich allein an die Theke gesetzt und seinen Kummer hinuntergespült? Nie im Leben. Das hätte Brady nicht gemacht. Dafür kenne ich ihn zu gut. Nein, es muss jemanden geben, der ihn dazu ermutigt hat, zu bleiben.«

Die Informationen fluteten meinen schmerzenden Schädel und der Gnom hinter meiner Stirn schlug in noch kürzeren Abständen auf meine Schläfen.

»Was ist denn jetzt mit deinem Knöchel?«, wechselte ich das Thema. Denn ein Sherlock Holmes war wahrlich nicht an mir verloren gegangen. »Tut er noch arg weh?«

Lins Blick fuhr nach unten zu ihrem Fuß. »Es gibt ein paar Bewegungen, die kann ich nicht machen, ohne höllische Schmerzen dabei zu haben.«

»Das tut mir so leid!«

Wieder musste ich an die dämliche Olive dort auf meinem Küchenboden denken. Wenn ich sie doch nur rechtzeitig aufgehoben hätte, dann hätte meine Freundin sich nicht verletzt.

Aber Lin winkte ab. »Mach dir mal keine Sorgen um mich! Du weißt doch: Unkraut vergeht nicht.« Sie lachte. »Brady bringt mich allerdings nach seiner Sprechstunde – insofern er bis dahin wieder nüchtern ist – heute Nachmittag rüber ins

Bridge Medical Centre in Wadebridge. Die sollen den Fuß mal röntgen, meint er. Nur um sicherzugehen.«

»Sag bitte Bescheid, wenn du dort warst«, bat ich. »Was machst du denn mit deinem Laden in der Zeit?«

»Ich habe mir ohnehin schon seit Längerem vorgenommen, etwas kürzerzutreten. Klar, der Laden läuft nur im Sommer richtig gut, während sich im Winter deutlich weniger Touristen nach Port Isaac verirren. Aber im Winter kann man auch nicht so gut im Meer baden oder die Füße im Sand vergraben. Und komm mir jetzt nicht wie March.«

Ich lachte, als Lin den Zeigefinger erhob, das Kinn ein wenig in die Höhe reckte und sich räusperte. »Es gibt nichts Besseres, als früh am Morgen im Meer zu schwimmen. Egal, ob Januar oder Juni. Es gibt kein schlechtes Wetter. Nur Weicheier und Warmduscher. Aber für die kann das Wetter ja nichts.«

Als Lin geendet hatte, schüttelte ich mich vor Lachen. So sehr, dass sogar der Gnom hinter meiner Schläfe aus dem Takt kam. Aber meine Freundin konnte March einfach unglaublich gut nachmachen. Das war jedes Mal ein Fest, wenn sie sie parodierte.

Ich hoffte nur für uns beide, dass die Kioskbesitzerin nie dahinterkam, was wir hinter ihrem Rücken taten. Denn mit March wollte es sich definitiv niemand verscherzen.

»Du hast ja recht. Wenn ich dennoch irgendwas für dich tun kann, dann melde dich. Okay?«

Lin grinste. »Du kannst sehr wohl etwas für mich tun. Ich hätte da was.« Sie schmunzelte. »Was war das denn gestern mit Jasper Clark? Als er mich nach Hause brachte, hielt er sich recht bedeckt, was euer Zusammentreffen anbelangte.«

Lin wirkte ein wenig eingeschnappt. Offenbar war sie der Meinung, als meine beste Freundin hätte sie ein Recht darauf, zu erfahren, was da gestern zwischen ihm und mir vorgefallen war.

»Es gab einen Kuss, viele seeeeehr peinliche Momente und … einen mehr als holprigen Weg nach Hause. Erinnere mich bitte daran, dass ich nie wieder Alkohol trinke.«

Lin grinste bis über beide Ohren. »Ihr habt euch geküsst? Nein, das ist ja aufregend. Und das erzählst du erst jetzt?«

Meine Freundin war ganz aus dem Häuschen. Zum Glück hatte ich mich im letzten Augenblick noch anders entschieden und ihr nichts von dem Beinahe-Sex erzählt. Wenn sie davon erführe, da war ich mir ganz sicher, würde sie schon die Hochzeitsglocken läuten hören.

Das Bild von Jasper und mir vor dem Traualtar war verführerisch. Auch wenn ich es mir ein wenig anders vorstellte. Denn heiraten wollte ich so schnell nicht noch mal. Da reichte mir die Erfahrung, die ich erst vor Kurzem mit meinem Ex gemacht hatte, vollkommen aus.

Aber glücklich wollte ich werden. Und für den Posten des Glücklichmachers war Jasper in meinen Augen gerade mehr als prädestiniert. Auch wenn meine innere Stimme mir dazu riet, das Ganze vorsichtig anzugehen. Ein gebranntes Kind scheute ja bekanntlich das Feuer. Aber trotz der offenen Brandwunden an meinen Fingern, konnte ich mich nicht mehr von Jasper fernhalten.

Sosehr ich auch zu Beginn mit mir gehadert hatte und mir unsicher war, ob es vernünftig war, schon so kurz nach meiner

Totalpleite mit Ron mein Herz für einen anderen Mann zu öffnen, so sicher war ich mir nun, dass ich es wagen musste, wenn ich nicht ewig Trübsal blasen wollte.

»Weiter ist nichts passiert. Er war ganz Gentleman.« Zu meinem Leidwesen.

Hätte er denn gestern Abend nicht der Schokoladenprinz sein können, wie ihn die Boulevardpresse gezeichnet hatte? Ein geltungssüchtiger Mann, der keine Party ausließ und ständig mit neuen Frauen in der Öffentlichkeit auftauchte?

Nur dummerweise hatte ich das Gefühl, dass Jasper diesem Bild kein bisschen entsprach. Er war ganz anders.

»Das ist ja schade«, meinte nun auch Lin. »Aber was nicht ist, kann ja noch werden. Trefft ihr euch bald wieder?«

Ich schüttelte den Kopf. »Nein, wir haben uns nicht verabredet. Ich habe auch gar keine Nummer von ihm. Vielleicht ist er längst …«

»… wieder nach Hause gefahren«, beendete Lin meinen Satz. »So allmählich könntest du mal daran denken, ihn nach seiner Nummer zu fragen. Findest du nicht?«

»Und wenn er sie mir nicht geben will?«, fragte ich mit einem leicht ängstlichen Unterton in der Stimme.

»Pah!«, machte meine Freundin daraufhin. »Wenn der Kerl dich schon küsst, wird er sicher kein Problem damit haben, wenn du seine Handynummer hast, oder?«

Mit diesen Worten machte Lin auf dem Absatz kehrt. »Ich muss jetzt leider meinen Laden aufschließen. Wir hören uns später.« Als sie bereits im vorderen Bereich meines Ladens war, rief sie laut: »Val, komm mal schnell zu mir!«

Wie von der Tarantel gestochen, sprang ich von meinem

Bürostuhl auf, in den ich mich eben hatte gleiten lassen, um endlich die Kopfschmerztablette zu nehmen.

Wie eine Wahnsinnige stürmte ich ihr nach, musste ich doch annehmen, dass sie abermals gestürzt war. Und wieder wäre ich dafür verantwortlich gewesen. Schließlich war das hier ja mein Laden.

»Lin, Lin!«, schrie ich panisch.

Während ich mir schon das Schlimmste ausmalte, stand meine beste Freundin putzmunter am Schaufenster und deutete nach draußen.

»Hast du diesen älteren Herrn schon mal in Jaspers Nähe gesehen?«

»Was?«, fragte ich irritiert, während ich den Boden nach einer Blutlache, ersatzweise auch nach einer Olive absuchte.

»Sie scheinen sich gut zu kennen«, meinte Lin ganz aufgeregt. »Außerdem bilde ich mir ein, sie sehen sich ein wenig ähnlich. Die hohe Stirn und dieses leicht verschmitzte Funkeln in den Augen. Vielleicht ist das ja sein Großvater? Was meinst du?«

»Komm da weg!«, zischte ich, während ich mich hinter dem Verkaufstresen verschanzte. »Oder willst du, dass sie dich sehen? Das ist doch peinlich. Lin!«

»Die beiden sind schon längst weiter. Runter in Richtung Hafen.«

Ich hob meinen Kopf über die Kante des Tisches und sah zu Lin hinüber. Tatsächlich! Da war kein Jasper mehr. Und auch der ältere Mann mit dem Gehstock in seiner Begleitung war verschwunden.

»So, jetzt muss ich aber los. Bis bald!«

Kapitel 18

Jasper

Auf einer felsigen Anhöhe mit gutem Blick auf den Hafen hielt mein Großvater inne und schaute andächtig hinaus aufs weite Meer. Als ich ihn etwas fragen wollte, hob er nur die Hand und bedeutete mir, milde lächelnd zu schweigen. Ich tat ihm den Gefallen.

Er atmete schwer. Schweiß war ihm auf der Stirn ausgebrochen. Wie konnte es auch anders sein? Schließlich war er wie ein Besessener den Berg ins Fischerdorf hinuntergeeilt. Weder rechts noch links des Weges hatte er haltgemacht. Als hätte er ein Ziel vor Augen, dessen Erreichung keinen weiteren Aufschub mehr duldete. Die engen, gewundenen, mit unebenem Kopfsteinpflaster versehenen Straßen hatte er achtlos hinter sich gelassen. An kleinen Pubs, Cafés, Antiquitätenläden und Restaurants war er vorbeigeeilt, ohne sie auch nur zur Kenntnis zu nehmen.

Wie gebannt sah mein Großvater nun aufs Wasser. Ein zaghaftes Lächeln stahl sich auf seine Lippen, während sein Atem langsamer ging und er sich von der Anstrengung erholte. Das Rauschen des Meeres war hier oben so laut, dass es alle anderen Geräusche einfach übertönte. Wenn man die Augen schloss, konnte man fast meinen, man wäre allein.

Dabei herrschte in Port Isaac schon reges Treiben. Vor einem der Cafés mit Blick auf das Meer waren alle Tische besetzt. Eine kleine Wandergruppe marschierte mit ihren Wanderstöcken im Gleichschritt auf der gegenüberliegenden Seite einen Felsen hinauf. Klack. Klack. Klack. Ein Laster mit Milchprodukten zwängte sich durch das beschauliche Postkartenidyll.

Wie von selbst schweifte mein Blick hinüber zu *Valerie's Candyheaven*. Der Laden selbst war noch dunkel. Wie es ihr heute Morgen wohl ging? Gemessen an ihrem Zustand vom gestrigen Abend hatte sie heute bestimmt die Bekanntschaft eines überdimensioniert großen Katers gemacht. Blieb nur zu hoffen, dass ihr Vorrat an Kopfschmerztabletten dafür ausreichte.

Bei Gelegenheit sollte ich mal nach ihr sehen und sie nach ihrem Befinden fragen, dachte ich so bei mir. Dabei wollte ich nicht nur wissen, wie es ihr ging. Eine andere Frage brannte mir viel vehementer unter den Nägeln.

Seit unserem Kuss konnte ich nicht aufhören, an sie zu denken. Noch nie zuvor in meinem Leben hatte mir eine Frau derart die Sinne vernebelt. Es war fast ein wenig so, als stünde ich unter einem Zauber. Allerdings einem von der guten Sorte.

»Als ich in meiner Jugend hier in Port Isaac gewesen war, erschien mir das Fischerdörfchen ein wenig wie das Ende der Welt.« Großvater lachte. »Bis auf London hatte ich damals noch nicht viel vom Land gesehen. Meine Eltern waren Tag und Nacht in der Firma. Fürs Reisen blieb da nur wenig Zeit.«

»Hat es sich denn sehr verändert?«

Mein Großvater überlegte kurz und sah sich dabei die ein wenig krumm geratenen Häuser oberhalb des Hafens an. Die Bausubstanz jedes einzelnen Gebäudes konnte schwerlich als schön oder besonders gelungen bezeichnet werden. Dafür war sie viel zu einfach und ländlich, teilweise bröckelte schon der Putz.

Und doch: Zusammen schufen sie eine Einheit. Kaum dass die Sonne sie anstrahlte, wirkten die Fassaden so rein und edel, und die Häuser selbst gewannen an Schönheit.

Nach einer ganzen Weile schüttelte mein Großvater nun den Kopf.

»Nein, ich würde sogar so weit gehen und behaupten, dass sich kaum etwas verändert hat. Verrückt, oder? Wenn man bedenkt, wie sich London in den letzten sechzig Jahren gewandelt hat, erscheint einem …« Dann brach er mitten im Satz ab und starrte wie gebannt zum Hafen.

Fieberhaft folgte ich seinem Blick. Die Fischer waren noch auf dem Wasser. Das Einzige, was ich da unten erkennen konnte, waren ein paar Möwen, die eine kleine Rast eingelegt hatten, und natürlich Marchs Kiosk.

»Das ist ja …«, sagte mein Großvater, und schon machte er sich auf den Weg hinunter zum Hafen.

Dabei war er so schnell, dass ich Mühe hatte, ihm zu folgen. Wie machte der alte Mann das nur? Woher nahm er plötzlich diese Energie? Meist ermüdete ihn schon der kurze Weg vom Salon ins Wohnzimmer zum Tee. Sein Gehstock war sein ständiger Begleiter.

Wenn ich mir ansah, mit welcher Leichtigkeit er ihn jetzt über den Boden gleiten ließ, erwartete ich schon, dass er ihn jeden Moment zur Seite werfen und den Rest des Weges wie ein junger Mann losrennen würde. Wohin auch immer.

Denn nach wie vor hatte ich keine Ahnung, was die Aufmerksamkeit meines Großvaters derart geweckt hatte.

Einige Schritte vor Marchs Kiosk hielt er plötzlich inne. Wieder atmete er schwer, und der Schweiß glitzerte auf seiner Stirn. Sein Gesicht war ganz blass geworden. Sicher hatte er sich übernommen.

»Grandpa, willst du dich vielleicht hier auf der Bank ein wenig ausruhen?«

»Was?«, fragte er verwundert. Ganz so, als hätte er gar nicht mitbekommen, was ich ihm gerade vorgeschlagen hatte.

»Möchtest du dich hinsetzen?«, fragte ich also erneut und deutete dabei auf die Bank zu meiner Linken.

Doch mein Großvater lehnte ab.

»Wem gehört der Kiosk?«, fragte er stattdessen.

Ich blickte hinüber zu dem Bretterverschlag, der so früh noch geschlossen war.

»Die Inhaberin heißt March. Aber du wirst sie sicher nicht kennen. Als du damals hier in Port Isaac warst, war sie ja noch …«

»… beinahe ein Kind. Ja. Das war sie.« Andächtig sah er zu dem Kasten. »Der Kiosk hat damals ihren Eltern gehört. Ich hätte nie geglaubt, dass ich ihn wiedersehen würde.«

In diesem Moment sprang die vordere Klappe der Bude nach oben und March stand uns unmittelbar gegenüber.

»Na, das hatte ich auch noch nicht, dass die Leute schon Schlange stehen, bevor ich geöffnet habe. Was darf's denn sein?« Während sie das fragte, zog sie sich eine blütenweiße Schürze über und schaltete die Kaffeemaschine an.

»March?«, sagte mein Großvater mit Grabesstimme. Er

klang fast so, als hätte er gerade einen Geist gesehen.

Der Stock in seiner Hand vibrierte. Mein Grandpa zitterte am ganzen Körper. So sehr nahm ihn die Situation mit. Als er zu fallen drohte, stützte ich ihn und wollte ihn hinüber zu der Bank bringen. Doch er lehnte ab.

»Wer will das wissen?«

Auf Marchs Stirn bildete sich eine tiefe Furche. Ihr Blick wanderte zwischen Grandpa und mir hin und her, ehe er auf seinem Gesicht hängen blieb. Die sonst so selbstsichere Frau, die zu allem und jedem ihre Meinung hatte und damit unter gar keinen Umständen hinter dem Berg hielt, wirkte plötzlich sehr verletzlich. Ihre Augen weiteten sich. Wenn ich mich nicht irrte, dann schimmerten sie dabei leicht wässrig.

»Arthur?«, fragte sie sodann im Gegenzug und schlug sich darauf die Hand vor den Mund. »Wie lange ist das her?«

Mein Großvater lachte bitter auf. »Eine Ewigkeit. Damals konnte ich noch ohne das Ding hier laufen.« Dabei hob er seinen Stock ein wenig in die Höhe.

»Du warst schon immer ein viel besserer Schwimmer«, erinnerte sich March, die sich offenbar wieder gefasst hatte.

Grandpa lachte verschämt. »Dann kannst du dich also noch an mich erinnern?«

March stand mit aufgestützten Händen auf dem Tresen da. Ihre Miene wirkte ausdruckslos, und dennoch war ich davon überzeugt, dass es hinter ihrer Stirn mächtig ratterte. Sie zögerte, fasste dann jedoch einen Entschluss, indem sie ihre Tür öffnete und zu uns herüberkam.

Als sie sich uns bis auf einen Meter genähert hatte, hielt sie inne.

»In welcher Beziehung stehst du zu diesem Mann, mein Junge?«

Sie klang dabei wie ein Feldwebel beim Militär.

Nur im letzten Moment konnte ich dem Versuch widerstehen, meine Hand zu heben und vor ihr zu salutieren.

»Das ist mein Großvater«, erklärte ich.

March nickte. »Jetzt weiß ich auch, warum mir deine Augen so bekannt vorkamen. Du siehst der jüngeren Ausgabe deines Grandpas sehr ähnlich. Auch er hat damals Herzen im Sturm erobert und sie dann zerbrochen zurückgelassen.«

»Aber, March, das war doch eine ganz andere Zeit. Ich musste zurück, und …«

»… du konntest dich all die Jahre nicht melden? Bitte, Arthur! Wir leben in einem Zeitalter, in dem es so bahnbrechende Errungenschaften wie das Telefon gibt. Du hättest aber auch einfach wiederkommen können. So, wie du es mir versprochen hattest.«

Oha! Das war ein hochexplosives Minenfeld, auf dem ich mich da gerade befand. Marchs Stimme war so kalt, dass sie die Klimaerwärmung aufhalten konnte.

Am liebsten hätte ich mich heimlich, still und leise vom Acker gemacht. Aber so einfach war das nicht. Schließlich konnte ich meinen Großvater ja nicht seinem Schicksal überlassen. Auch wenn ich in diesem Augenblick ein wenig das Gefühl hatte, dass er es verdient hätte.

Warum zum Teufel hatte er sich in all den Jahren nicht bei March gemeldet? Ich hatte doch Augen im Kopf und konnte unschwer erkennen, wie sehr er sich genau nach diesem Moment gesehnt hatte. Was hatte ihn nur davon abgehalten, zu ihr zurückzukommen?

»March, lass mich doch bitte erklären!«, flehte mein Großvater sie an.

Ich stützte ihn, da ich Sorge hatte, er könnte jeden Augenblick hinfallen, so zittrig war er auf den Beinen.

»Jasper, möchtest du einen Kaffee?«, fragte March auf halber Strecke zurück zu ihrem Kiosk.

»J-ja, bitte«, stammelte ich verlegen, während mein Großvater zu meiner Rechten zu einem Häufchen Elend zusammenfiel.

Noch nie im Leben hatte ich meinen vor positiver Energie und Herzenswärme nur so strotzenden Grandpa so leiden sehen. Er wand sich, bemühte sich sichtlich darum, Haltung zu bewahren. Es fiel ihm außerordentlich schwer, nicht an Ort und Stelle wie ein Schweizer Taschenmesser zusammenzuklappen.

March ging währenddessen in ihrer Routine auf. Für sie war alles gesagt. Die Kaffeemaschine erwachte dampfend und schnaufend zum Leben. Wenige Sekunden später hielt ich schon einen Becher in Händen.

»Lass uns gehen!«, schlug ich meinem Großvater vor, der noch immer voller Sehnsucht hinüber zu March blickte, die gerade die Wandergruppe bediente, die ich von der Anhöhe aus schon gesehen hatte.

»Sie wird mir nie verzeihen. Oder?«

Mein Großvater sah mich nicht an. Doch seine Stimme klang so verletzlich und zart, dass ich ihn am liebsten in den Arm genommen hätte.

Das zwischen March und ihm musste etwas Großes gewesen sein. Etwas, was in der Lage war, die Welt zum Besseren zu wandeln. Wenn ich jedoch die Enttäuschung und den Kummer in seinen Augen richtig deutete, dann konnte diese Liebe aber auch furchtbare Schmerzen verursachen.

Kapitel 19

Valerie

»Wie war's im Krankenhaus? Was sagen die Ärzte?«, fragte ich Lin ganz aufgeregt, als ich ihren Anruf entgegengenommen hatte.

»Alles gut. Ich soll den Knöchel ein wenig schonen. Kein Bruch.«

Erleichtert atmete ich auf.

»Das sind richtig gute Neuigkeiten.«

Die besten des Tages, wenn man so wollte. Mein Lieferant aus Mexiko hatte mir, kaum dass Lin heute Morgen aus meinem Laden spaziert war, die weitere Zusammenarbeit aufgekündigt, da er wohl ein lohnenderes Geschäft mit einem Großkunden in Aussicht gestellt bekommen hatte. Neben den sonst eher gut gelaunten Urlaubern hatte ich heute nur nörgelnde Menschen bedienen müssen, denen das vermeintlich zu schlechte Wetter offenbar auf das Gemüt geschlagen hatte.

Ja, es war ein wenig zu frisch für Anfang Juni. Und dennoch. War das denn ein Grund, gleich lange Gesichter zu ziehen? Ich konnte ja nachvollziehen, dass er ärgerlich war, wenn man seinen Urlaub so geplant hatte, dass man ihn vorwiegend am Strand verbringen konnte. Aber das war es nicht, was Cornwalls Charme ausmachte.

Unsere Küsten waren rau und samtig zugleich. Die Schönheit unserer bunten Landschaften, die saftigen grünen Wiesen, die vielen Tieren eine ausgewogene Futterquelle boten, das machte meine Heimat aus. Der Sandstrand war wie das i-Tüpfelchen, eine Zugabe, die sich so ergeben hatte und auf die wir mächtig stolz waren. Dennoch wussten wir auch die restliche Natur, die Wälder und die kulturträchtigen Einrichtungen unserer Umgebung wertzuschätzen. Ganz im Gegenteil zu so manchem Touristen.

»Aber hast du das mit March schon gehört?«, fragte Lin mit Grabesstimme, und mir wurde ganz flau im Magen.

»Nein, was ist denn passiert?«

Von jetzt auf gleich schoss mein Puls in die Höhe. Mir wurde ganz anders bei dem Gedanken, was Lin mir gleich erzählen würde. Schließlich hing ich sehr an der alten Kioskbesitzerin. Manchmal hatte ich sogar das Gefühl, dass wir beide uns sehr ähnlich waren.

»Sie hatte wohl so etwas wie einen kleinen Nervenzusammenbruch. Nichts Ernstes!«, sagte Lin, und ich spürte, wie ich mich unter dem Klang ihrer Stimme ein wenig entspannte. »Aber du wirst nie erraten, wie es zu diesem Nervenzusammenbruch gekommen ist.«

»Mir ist nicht nach raten zumute, Lin. Mein Kopf tut mir immer noch höllisch weh. Hast du deswegen eigentlich auch ein schlechtes Gewissen? Schließlich hast du ja den Wein mitgebracht, der mich dermaßen ins Verderben gestürzt hat.«

Lin lachte am anderen Ende der Leitung so laut auf, dass ich das Handy ein wenig von meinem Ohr weghalten musste.

»Ich dachte eigentlich, du wärst schon ein großes Mädchen und wüsstest, wo deine Grenzen sind.«

Ich schnaubte. »Du weißt ganz genau, dass ich mich in einer Ausnahmesituation befinde. Unter normalen Umständen wäre ich nie auf den Gedanken gekommen, mir mehr als ein Glas zu genehmigen.«

Lin schnalzte mit der Zunge. »Ich wüsste ja nur zu gerne, wer für diese Ausnahmesituation verantwortlich war.«

Wie auf Kommando wurde mir plötzlich furchtbar heiß.

»Willst du mir jetzt endlich erzählen, wie es zu Marchs Zusammenbruch kam, oder nicht?«

Meine Stimme klang fordernd. Ich wollte nicht über den Grund für meinen allzu ausgiebigen Alkoholkonsum sprechen. Schließlich hatte sich dieser heute noch nicht einmal bei mir blicken lassen. Vermutlich war er ohnehin wieder abgefahren. Oder er hatte sich mit einer anderen vergnügt, nachdem er mich gestern Abend von der Bettkante geschubst hatte.

Noch immer schwankte ich zwischen »Er ist ja so ein edler Ritter« und »Er hat mich wie eine heiße Kartoffel fallen lassen«. In einem Moment war ich glücklich, während ich mich schon im nächsten am liebsten in mein Kissen geworfen und laut losgeschluchzt hätte.

Und je länger mich diese Stimmungsschwankungen heimsuchten, desto mehr war ich versucht zu glauben, dass ein Leben gänzlich ohne Männer vielleicht doch eine lohnende Alternative wäre. Eine, in der man nicht so enttäuscht werden konnte. Aber auch eine, die auf Dauer ziemlich einsam sein dürfte.

»Ja, doch. Ist ja schon gut. Kann es sein, dass dir der Kater ein wenig aufs Gemüt schlägt?«

»Das ist noch untertrieben«, gestand ich. »Ich hatte bereits zwei Kopfschmerztabletten. Außerdem habe ich bereits drei

Liter Wasser getrunken. Aber nichts hilft.«

»Mein *Hausarzt* rät mir in solchen Fällen immer dazu, mal die Beine hochzulegen und ein Nickerchen zu machen«, quiekte Lin in den Hörer.

Ich seufzte. »Das ist das nächste, was ich tun werde, sobald ich zu Hause bin. Ich mache gerade noch die Abrechnung.«

Wie zum Beweis schloss ich die Schublade meiner uralten Registrierkasse. Das typische Bing war zu hören. Voller Dankbarkeit sah ich das schwarze Ungetüm an. Schon als ich noch ganz klein gewesen war, hatte ich mir eine solche Kasse gewünscht. Ich hatte mal ein ähnliches Modell auf dem Flohmarkt gesehen und meine Mutter so lange damit genervt, bis sie mir versprach, beim nächsten Flohmarkt zumindest mal nachzufragen, was die Besitzerin für die Kasse haben wollte.

Doch leider war die Frau mit ihrer Registrierkasse nie wieder aufgetaucht. Ich war am Boden zerstört gewesen und hatte meiner Mum Vorhaltungen gemacht, was mir im Nachhinein schrecklich leidgetan hatte.

Erst Jahre später war ich im Internet auf dieses Exemplar vor mir gestoßen. Ich hatte nicht lange gezögert und sofort zugeschlagen. Der Rest war Geschichte. Andächtig strich ich mit einem Finger über das glänzende schwarze Holz.

»Du erinnerst dich doch bestimmt noch an den alten Mann, der heute Morgen in Jaspers Begleitung am *Candyheaven* vorbeispaziert ist.«

Bei Lins Worten wurde ich hellhörig. Reflexartig blickte ich zum Schaufenster hinaus, ganz so, als würden die beiden dort flanieren.

»Wie könnte ich den vergessen? Du hast ja alles dafür getan, dass die beiden mir auffallen. Aber was hat es mit ihm auf sich?«

»Halt dich fest!«, meinte Lin daraufhin. »Oder am besten setzt du dich gleich hin.«

Ergeben ließ ich den Bleistift aus meiner rechten Hand auf den Tresen fallen und wechselte hinüber auf die kuschlige Bank vor dem Schaufenster. Ich krallte mir ein Kissen, stopfte es mir in den Nacken und lehnte mich an der Wand an.

»Ich sitze und warte auf die sensationellen Informationen, die du mir in Aussicht gestellt hast.«

Lin lachte abermals. Diesmal allerdings nicht so laut.

»March und Arthur – so heißt übrigens Jaspers Großvater – kennen sich noch von früher.«

»Ich verstehe nicht ganz«, erwiderte ich verwirrt.

»Arthur ist der Mann, mit dem wir Jasper heute Morgen gesehen haben. Er war schon einmal in Port Isaac. Das muss aber viele Jahre zurückliegen. Da hat er wohl auch March getroffen. Und jetzt halt dich fest.«

»Was?«

»March und Arthur waren ein Liebespaar. Zumindest für einen Sommer.«

Lin quietschte vergnügt, während ich versuchte, eins und eins zusammenzuzählen.

»Wow! Das ist ja der Wahnsinn. Die Vorstellung, dass March auch mal jemanden hatte, den sie geliebt hat, ist so …«

»… abwegig?«, vervollständigte Lin meinen Satz.

»Nein, das wollte ich nicht sagen. Ich finde es irgendwie … tröstlich. Aber zugleich auch furchtbar traurig. Irgendwas muss damals vorgefallen sein, was March womöglich zu der

Frau gemacht hat, die sie heute ist. So lieb ich sie auch habe und so gut sie zu mir ist, sie wirkt dennoch auf ihre Weise verbittert. Verstehst du, was ich sagen will?«

Vor meinem Schaufenster stand plötzlich Henry und winkte ganz eifrig. Er hob einen kleinen Eimer so in die Höhe, dass ich dessen Inhalt sehen konnte. Offenbar war er angeln. Seine Ausbeute konnte sich sehen lassen. Anerkennend hob ich einen Daumen in die Höhe. Dann ging er mit einem Strahlen im Gesicht weiter seines Weges. Was für ein lieber Junge!

»Absolut! Ich sehe das wie du. Aber trotzdem finde ich das alles total spannend. Stell dir mal vor, die beiden Altchen würden nach all den Jahren endlich zu ihrem Happy End kommen? Das wäre doch fulminant. Oder?«

Dass es nicht so einfach war, wussten wir sicher beide. Dass es bis zu dem erhofften Happy End noch einige schwarze Gewitterwolken aus dem Weg zu schieben galt, damit rechnete hingegen niemand.

Kapitel 20

Jasper

Zugleich irgendwo im Nirgendwo

Der Nachmittag verlief mehr oder weniger schweigend. Grandpa hatte das Wiedersehen mit March sehr zugesetzt. Ich konnte ihm deutlich ansehen, wie sehr ihn die Härte, mit der sie ihm begegnet war, vor den Kopf gestoßen hatte.

»Hast du Hunger?«, fragte ich nach einer gefühlten Ewigkeit, als wir Port Isaac längst hinter uns gelassen hatten.

Um uns herum wuchsen auf saftigen grünen Wiesen eine Vielzahl bunter Wildblumen. Die Bienen und Hummeln schwirrten von Blüte zu Blüte. Die Sonne, die uns in den letzten Tagen nicht allzu gnädig gewesen war, schien heute hell und warm auf uns herab. In der Ferne grasten ein paar schwarz-weiß gefleckte Kühe. Manch eine hob den Kopf, wenn sie uns bemerkte, kümmerte sich zu meiner Erleichterung jedoch nicht weiter um uns.

Mein Großvater lief unbeirrt weiter. Für die atemberaubende Aussicht, die sich von hier oben aus auf das Meer und die Küste bot, hatte er kein Auge. Das Rauschen des Meeres war bis hier oben zu hören. Und das Beobachten der Wellen hatte durchaus etwas Meditatives. In der Ferne erkannte man sogar größere Schiffe. Fähren oder vielleicht Lastschiffe, die neue Waren ins Land brachten. Wie viele Seemeilen sie wohl schon zurückgelegt hatten?

Gedankenverloren hielt ich einen Moment inne, spürte in mir nach, was die Weite des Meeres in mir auslöste. Zum ersten Mal im Leben war ich einfach nur zufrieden, ja, regelrecht geerdet. In London gab es kein Innehalten. Jeder nächste Schritt musste am besten schon längst ausgeführt worden sein. Immer schneller tickte der Sekundenzeiger der Zeit, während er hier gänzlich verklungen war.

Voller Demut sah ich auf das, was die Natur geschaffen hatte. Ein Paradies auf Erden. Ich lachte in mich hinein. Wenn mir jemand bei meiner Abreise aus London gesagt hätte, mir könnte es dort in der kornischen Einöde gefallen, hätte ich ihn Lügen geschimpft. Wie sich die Dinge doch verändern konnten.

Als ich das Klacken, das Grandpas Stock auf dem steinigen Boden verursachte, nicht mehr hören konnte, wandte ich meinen Blick vom Meer zurück aufs Land. Mein Großvater war bereits ein ganzes Stück weitergelaufen. Es schien fast so, als wäre er auf der Flucht.

»Grandpa?«, rief ich ihm nach, ehe ich ihm nacheilte. »Warte doch mal!«

Er ließ sich nicht aufhalten, setzte seinen Weg wohin auch immer unbeirrt fort.

Auch als ich ihn eingeholt hatte, nahm er gar keine Notiz von mir. Seine Stirn lag in tiefen Falten, während sich seine Lippen fest aufeinandergelegt hatten. Er wirkte nachdenklich und in sich gekehrt. Ich machte mir Sorgen um ihn.

»Grandpa, lass uns besser wieder umkehren! Wir wissen ja nicht mal, wo dieser Weg überhaupt hinführt. Am Ende kannst du nicht mehr laufen, und wir stehen mitten im Nirgendwo.«

Mein Großvater lachte bitter auf und hielt dabei inne. Mit seinem Stock deutete er in die Richtung, in die wir unterwegs waren. »Das hier ist die Route nach Port Quin. Ich kenne sie wie meine Westentasche. Auch wenn ich sie schon einige Jahre nicht mehr abgelaufen bin, scheint sich hier nichts verändert zu haben. Du brauchst dir also wirklich keine Sorgen um mich zu machen.«

Mein Großvater klang ungewohnt schwermütig.

»Das mit March tut mir leid.«

In meiner Familie wurde nicht besonders oft über Gefühle gesprochen. In meiner Kindheit hatte ich sogar nicht selten gemeint, es wäre ein Fehler, diese offen zur Schau zu tragen. Bis zum heutigen Tag fiel es mir sehr schwer, über dieses Thema zu sprechen.

Mein Vater hatte mich zu einem kleinen Zinnsoldaten erzogen, der keine Ängste kannte und sein Ziel stets sicher vor Augen hatte. Ich konnte mich nicht daran erinnern, dass er mir jemals gesagt hätte, wie lieb er mich hatte.

Nun, da ich erwachsen war, fiel es mir schwer, einer Frau gegenüber zuzugeben, wie sehr ich sie liebte. Die drei Worte, die eine Welt aus den Angeln heben und einen auf Wolke sieben schweben lassen konnten, waren mir noch nie über die Lippen gekommen.

Grandpa klopfte mir mit seiner freien Hand auf die Schulter. »Ach, weißt du, Jasper, es ist nicht Marchs Zurückweisung, die mich kränkt. Es ist vielmehr die Erkenntnis, dass ich in meiner Vergangenheit einen schwerwiegenden Fehler begangen habe und diesen wohl nie wieder zurechtbiegen kann. Wenn man jung ist, da glaubt man, die Welt verändern zu können. Da liegt das ganze Leben noch vor einem. Man trifft Entscheidungen, bereut einige davon und sieht über andere hinweg, als wären sie nie passiert. Doch am Ende eines langen Lebens blickt man zurück, denn der Weg, der vor einem liegt, wird immer kürzer. Man blickt auf Situationen zurück, die man sich sehnlichst wieder herbeiwünscht, auf Begegnungen mit Menschen, die längst nicht mehr unter uns weilen, und auf die Liebe, die einem wie ein Geschenk dargeboten wurde. Ich habe Marchs Liebe achtlos in den Wind geschlagen, weil ich glaubte, das mit uns wäre nicht mehr als ein Sommerflirt. Wer konnte schon ahnen, dass ich Zeit meines Lebens an sie denken würde?«

Während Grandpa über March gesprochen hatte, war mir Valeries Gesicht vor meinem inneren Auge erschienen. Ich spürte das Verlangen, meine Hände auf ihre Wangen zu legen und sie einfach nur anzusehen. Sie war so schön und gleichsam so ein guter und reiner Mensch. Ganz im Gegensatz zu mir.

In meinem Leben hatte ich nicht selten mit Gefühlen gespielt. Ich hatte Frauen etwas vorgemacht, um sie für mich zu gewinnen. Hatte ihnen die heile Welt vorgegaukelt, um an mein Ziel zu gelangen. Doch gestern war ich von meinem Muster abgewichen. Das erste Mal in meinem Leben hatte ich eine Frau, die sich mir bereitwillig hingegeben hätte, nicht angerührt, da ich nicht das Gefühl hatte, es wäre in Ordnung. Valerie und ich, das sollte etwas Reines und Besonderes sein.

Nicht die Befriedung irgendwelcher niederen Triebe. Zumindest nicht nur.

»Was hältst du davon, wenn wir zurückgehen? Ich würde mir jetzt sehr gerne *Valerie's Candyheaven* ansehen.«

Ich sah auf meine Armbanduhr.

»Es könnte knapp werden. Valerie schließt in weniger als einer Stunde.«

»Worauf warten wir dann noch?« Mein Großvater war schon wieder voller Tatendrang.

Noch ehe ich wusste, wie mir geschah, war Grandpa auf dem Rückweg. Mindestens ebenso schnell, wie er vormals in die entgegengesetzte Richtung unterwegs gewesen war, stürmte er zurück ins Fischerdorf. Nur schien sein Gang nun nicht mehr so melancholisch wie zuvor. Vielmehr wirkte er eine Spur beschwingter, als hätte sich durch das Eingestehen seiner eigenen Fehler ein Knoten bei ihm gelöst.

Als wir vor *Valerie's Candyheaven* ankamen, war der Laden bereits geschlossen. Der Innenraum war dunkel, und Valerie war nirgends zu sehen.

»Wir sind zu spät«, resümierte ich erleichtert.

Denn irgendwie hatte ich plötzlich meine Probleme damit, meinem Großvater die Frau vorzustellen, von der schon ein Lächeln ausreichte, um mich wie Schokolade in ihren warmen Händen schmelzen zu lassen.

»Lass uns dort drüben im *Golden Lion* etwas zu Abend essen und morgen wiederkommen«, schlug ich vor.

Doch er ließ sich von seinem Vorhaben nicht abbringen,

presste seine Stirn gegen die Glastür, lehnte seinen Stock an dieselbige an und schirmte seine Augen mit seinen Händen ab, um besser ins Innere des Raumes blicken zu können. Das eine musste man meinem Großvater lassen: Wenn er sich etwas in den Kopf gesetzt hatte, dann zog er es auch durch.

»Dahinten ist jemand«, rief er triumphierend und klopfte, noch ehe ich ihn davon abhalten konnte, gegen die Scheibe.

Am liebsten hätte ich ihn am Arm gepackt und mit mir zum *Golden Lion* geschleift. Doch da war es auch schon zu spät. Valerie öffnete die Tür.

Erst sah sie nur meinen Großvater. Ihr stand die Verwunderung ins Gesicht geschrieben. Als sie dann jedoch mich erblickte, hob sie eine Augenbraue fragend an und bedachte mich mit einem leicht amüsierten Grinsen.

»Sind dir die Pralinen ausgegangen, oder wie kann ich dir sonst behilflich sein?«

»Du weißt, dass ich seit dem ersten Moment süchtig danach bin. Aber nein, das ist es nicht«, gab ich schließlich zu. »Mein Großvater ist heute aus London angereist, und er würde sich sehr gerne deinen Laden ansehen.«

»Nur wenn wir Ihnen damit keine Umstände machen«, meinte Grandpa mit einem Lächeln auf den Lippen, das einen glauben ließ, er könnte kein Wässerchen trüben.

Dabei war er es doch gewesen, der vor nicht einmal fünf Minuten wie ein Kleinkind gegen die Scheibe geklopft hatte, um Valeries Aufmerksamkeit auf uns zu ziehen. Von der Rücksichtnahme, die er jetzt an den Tag legte, war in diesem Moment definitiv nichts zu spüren gewesen.

»Kommen Sie doch bitte herein.«

Valerie ging einen Schritt zur Seite, damit Grandpa und ich eintreten konnten. Ein süßer und zugleich herber Duft lag in der Luft. Eine Verbindung aus Zimt, Rosen und Nelken mischte sich darunter.

Mein Großvater sah sich alles in Ruhe an. Er ließ das Geschäft auf sich wirken, während Valerie und ich Blicke tauschten. Sie wollte wissen, was hier los war, während ich ihr zu verstehen gab, dass ich keinen blassen Schimmer hatte.

»Das ist wirklich ein außergewöhnliches kleines Paradies, das Sie hier geschaffen haben, Miss Swan.«

»Nennen Sie mich doch bitte Valerie«, erwiderte diese.

»Dann, Valerie, will ich Sie zu diesem traumhaften Ort beglückwünschen. Als ich noch jung war, hatte mein Großvater einen ebensolchen kleinen Laden in London auf der Oxford Street. Die Leute kamen, kauften Schokolade, und sie erzählten meinen Großeltern von ihren Problemen und Nöten. Meine Großeltern hatten immer ein offenes Ohr für ihre Kunden, und meist gingen die Leute nicht nur mit einer großen Portion Schokolade aus ihrem Laden, sondern auch mit einem Lächeln auf den Lippen.« Dann ließ er seinen Blick abermals im *Candyheaven* kreisen. »Wenn mich nicht alles täuscht, dann ist dieses Geschäft hier ein ebensolcher Ort. Hab ich recht?«

Valerie lächelte ihn zur Antwort verlegen an.

»Setzen Sie sich doch dort drüben ans Fenster. Man hat einen schönen Blick aufs Meer. Ich hole Ihnen derweil etwas zu trinken.«

Grandpa sah zum Schaufenster hinaus und erkannte, dass man von hier aus einen guten Blick auf Marchs Kiosk hatte.

Der eben noch so selige Ausdruck auf seinem Gesicht verschwand. Seine Züge verhärteten sich. Nur für einen Augenblick. Er fing sich schnell wieder, setzte sich abgewandt vom Fenster auf die Bank und lächelte.

»Ein Wasser wäre wunderbar.«

Valerie sah mich fragend an.

»Ich möchte nichts. Danke.«

Anstatt mich zu meinem Grandpa zu gesellen, nutzte ich die Zeit, um mit Valerie zu reden.

»Hältst du das mal?«

Valerie streckte mir eine kleine Flasche aus dem Kühlschrank entgegen, vor dem sie in der Hocke saß.

Anstatt ihr den Gefallen zu tun, hockte ich mich neben sie.

»Ich möchte, dass du weißt … Grandpa ist gekommen, weil es da noch etwas aus seiner Vergangenheit gibt, was er zu erledigen hat«, gab ich mich nebulös. »Du sollst nicht denken, die Familie Clark wäre an deinem Geschäft interessiert. Oder so. Das hat nichts mit dir zu tun«, behauptete ich.

Was so ja auch wieder nicht ganz stimmte.

Valerie sah mich interessiert an. »Ach, nein?«

Ihre Frage klang ein wenig verwundert, und gleichzeitig hatte ich das Gefühl, dass ich sie mit meiner Aussage vor den Kopf gestoßen hatte. Was ganz und gar nicht meine Absicht gewesen war.

»Nicht, wie du denkst! Mein Vater hat mich hierhergeschickt, um mir das in den sozialen Medien so hochgelobte *Candyheaven* einmal aus der Nähe anzusehen. Aber weder er noch ich hätten im Entferntesten damit gerechnet, hier etwas so Wundervolles vorzufinden.«

Bei meinen Worten bewegten sich meine Lippen wie von allein auf die von Valerie zu.

»Und das wäre?«, fragte Valerie mit brüchiger Stimme.

Zur Antwort küsste ich sie mit all der Liebe, die ich für sie empfand. Als mein Mund den ihren traf, spürte ich gleich wieder diese Verbindung zwischen uns. Endlich war ich angekommen. Nie wieder wollte ich von ihr weg.

Valerie erwiderte meinen Kuss und legte ihre Hände in meinen Nacken. Ich fühlte ihre Begierde und die Sehnsucht. Wir beide waren wie zwei gegensätzliche Pole, die sich anzogen. Jedes Mal, wenn wir aufeinandertrafen, führte es zwangsläufig dazu, dass ich sie mir nackt in meinem Bett wünschte. Gleichzeitig wollte ich sie aber auch bis an mein Lebensende neben mir in der Küche stehen sehen, mit ihr Pralinen und Schokolade zaubern, die bisher noch nie ein Mensch gekostet hatte.

In diesem Moment hüstelte oberhalb des Tresens jemand.

»Ich möchte euch ja nur ungern stören, aber ein Schluck Wasser wäre jetzt wirklich ganz wunderbar«, erklärte Großvater. »Ich muss meine Herztabletten nehmen.«

Wie zwei Teenager, die man hinter der Scheune beim Knutschen erwischt hatte, fuhren wir auseinander. Valerie drohte, aus der Hocke umzukippen. Ich reichte ihr meine Hand, stabilisierte sie und flog dann zur allgemeinen Erheiterung auf meinen Allerwertesten.

»Na, Hauptsache, ihr hattet euren Spaß«, witzelte ich.

»Willst du etwa behaupten, dass das, was dem vorausging, kein Spaß gewesen wäre?«

Mein Grandpa sah mich spitzbübisch an, während Valeries Wangen eine leichte Röte überzog. Sie war so schön. Das lange schwarze Haar, ihr von Sommersprossen überzogenes Gesicht, die grünen Augen und die kleine Spitznase. Am meisten liebte ich an ihr jedoch den Mund. Vor allem, wenn sie lachte.

»Wie war das nun mit einem Abendessen im *Golden Lion*?«, fragte Grandpa. »Valerie muss uns natürlich begleiten.«

»Ich weiß nicht, Grandpa. Vielleicht hat sie ja schon etwas vor«, versuchte ich seinen sicher nur gut gemeinten Vorschlag ein wenig auszubremsen.

Valerie und ich kannten uns erst seit wenigen Tagen. Da war ein Essen mit der Familie, bevor man selbst mal allein aus war, irgendwie merkwürdig. Ich wollte Valerie unter keinen Umständen überfordern. Brady hatte mich gestern im Pub wissen lassen, dass die Trennung von ihrem Mann noch nicht so lange zurücklag. Vielleicht brauchte sie mehr Zeit, um darüber hinwegzukommen.

»Warum fragen wir sie nicht selbst?«, sagte er mir mit einem Grinsen auf den Lippen hinter vorgehaltener Hand. Natürlich konnte Valerie jedes Wort davon bestens verstehen. »Liebe Valerie«, meinte Grandpa sodann. »Würden Sie uns die Ehre erweisen, heute Abend mit uns zu speisen?«

Er nahm ihre Hand dabei und sah sie flehentlich an. Mein Großvater war ein Charmeur der alten Schule. Er hielt Frauen die Tür auf, überschüttete sie mit Komplimenten und küsste ihnen dann und wann sogar die Hand. Zum Glück tat er das bei Valerie allerdings nicht.

Valerie sah unschlüssig zwischen uns beiden hin und her, ehe sie schließlich nickte.

»Sehr gerne. In meinem Kühlschrank herrscht gerade eh

gähnende Leere. Das passt mir also ganz gut.«

»Prima!«, jubilierte Grandpa, während ich ihr zuzwinkerte.

»Wo hab ich denn nur … Ach, dahinten ist ja mein Gehstock.«

Als Grandpa sich aufmachte, seinen an der Bank lehnenden Gehstock zu holen, flüsterte ich Valerie zu: »Was hältst du davon, wenn ich danach noch mit zu dir komme? Vielleicht könnten wir dann ja da weitermachen, wo wir gestern Abend aufgehört haben. Was meinst du? Mein Grandpa bräuchte ohnehin mein Zimmer für die Nacht. In ganz Port Isaac ist nämlich keins mehr frei. Und du willst den armen alten Mann doch nicht auf der Straße schlafen lassen. Also? Gewährst du mir Asyl?«

Valerie grinste keck. »Mal sehen. Vielleicht nehme ich lieber deinen Grandpa bei mir auf. Der scheint irgendwie pflegeleichter zu sein.«

Damit war sie auch schon auf dem Weg zur Tür, die ihr mein Großvater ganz gentlemanlike aufhielt.

Kapitel 21

Valerie

»Ich glaube, ich nehme den traditionellen Fish Pie mit Salat und kornischem Brot«, erklärte Arthur, wie Jaspers Großvater sich mir zwischenzeitlich vorgestellt hatte.

»Eine ausgezeichnete Wahl«, bekräftigte ich.

Jasper sah mich für einen Moment prüfend an.

»Dann nehme ich das auch.«

»Valerie, wie lange machen Sie schon Schokolade?«, fragte Arthur, gleich nachdem wir unsere Bestellungen aufgegeben hatten.

Trotz meines riesigen Hungers hatte ich lediglich einen Salat gewählt. Irgendwie hatte ich in der Gegenwart von Jaspers Großvater das Bedürfnis, besonders damenhaft zu wirken. Und Damen aßen in der Öffentlichkeit für gewöhnlich nicht so opulent. Zumindest war das mein Eindruck.

»Als ich noch klein war, hat meine Mum sehr viel mit mir gebacken. Sie hasste es jedoch, den Kuchen mit einer Schokoladenglasur zu versehen, weil diese bei ihr meist missglückte. Irgendwann habe ich mich mal darin versucht, und es hat ganz wunderbar geklappt. Der Überzug war samtig und glänzte so schön, dass meine Mum aus dem Staunen gar nicht mehr herausgekommen war. Ich habe meine Mum vermutlich nie besonders stolz auf mich gemacht. In der Schule habe ich mich zwar ganz gut geschlagen, aber die Buchstabierwettbewerbgewinner und Mathe-Asse der Klasse waren andere. Irgendwann habe ich angefangen, mir eigene Kreationen zu überlegen, und klassische kornische Backrezepte nach meinen Vorstellungen interpretiert. Egal, was ich versucht habe, Mum hat immer gekostet und mich für meine Bereitschaft, etwas Neues auszuprobieren, gelobt. Auch wenn es mal nicht ganz so gut war.«

Arthur grinste. »Das kommt mir alles sehr bekannt vor. Als Jasper gerade einmal neun Jahre alt war, hatte er eine Phase, in der er Marshmallows mit verschiedenen Kuvertüren überzogen und mich als Versuchskaninchen missbraucht hat. Das Zeug war dermaßen süß, dass ich noch Wochen danach keine Lust mehr auf Schokolade hatte. Und das soll etwas heißen. Schließlich hat meine Mutter schon wenige Monate nach meiner Geburt damit angefangen, etwas Kakao in meine Milch zu geben.«

»Ach, Grandpa, du übertreibst«, behauptete Jasper leicht verlegen.

Offenbar war es ihm nicht ganz recht, dass sein Großvater solch intime Details aus seiner Kindheit preisgab. Mir gefiel es hingegen sehr. Führte es mir doch nur weiter vor Augen, wie ähnlich wir uns waren, und erklärte mir damit diese Vertrautheit, die ich in seiner Gegenwart verspürte.

»Nein, nein, mein Junge! Ich übertreibe nicht. Ich zähle nur die Fakten auf. Und die waren ziemlich kalorienreich, wenn du mich fragst.«

Ich lächelte und fragte mich gleichzeitig, wo diese Unterhaltung hinführen sollte. Und damit meinte ich nicht das Anknüpfen an den gestrigen Abend, das Jasper in Aussicht gestellt hatte. Allein bei der Erinnerung daran überzog eine Gänsehaut meinen Körper. So sehr sehnte ich mich danach, Jasper näherzukommen.

Angst und Bedenken waren längst einer bittersüßen Vorfreude gewichen. Das, was mir mit Ron passiert war, bedeutete noch lange nicht, dass es von nun an immer so enden musste. Jasper war in meinen Augen ganz anders. Wir waren uns in vielerlei Dingen sehr ähnlich. Er würde mich nie vor die Wahl stellen und mich zwingen, mich zwischen meinem Laden und ihm zu entscheiden.

Trotz der Kürze der Zeit, die wir uns jetzt kannten, war ich mir ganz sicher, dass er mich verstand. Er wusste, was mir meine Arbeit bedeutete, spürte, wie sehr sie ein Teil von mir war.

»Ich weiß nicht, ob mein Enkelsohn schon die Gelegenheit hatte, Sie zu uns nach London einzuladen. Vielleicht hätten Sie ja Lust, sich mal eine sehr große Schokoladenfabrik aus nächster Nähe anzusehen.«

Noch ehe ich etwas sagen konnte, legte Jasper seine Hand auf meine und ließ meine Gedanken in eine ganz andere Richtung abdriften.

»Das ist sehr nett von Ihnen«, bedankte ich mich artig, während ich Jaspers Blick suchte.

Dieser wirkte beschwichtigend und einfühlsam.

»Grandpa, Valerie betreibt den *Candyheaven* ganz allein. Sie wird sich schwerlich freimachen können«, sprang Jasper für mich in die Bresche und sammelte damit gewaltige Sympathiepunkte bei mir.

Ihm brauchte ich nicht lange zu erklären, was es bedeutete, wenn ich mal eben für vierzehn Tage weg wäre.

»Es gibt für alles im Leben eine Zeit. Ich würde mich sehr freuen, wenn Sie irgendwann einmal zu uns kämen. Alles Weitere überlasse ich ganz Ihnen.«

Arthur trank einen Schluck Wasser und sah milde auf mich drein. Plötzlich hatte ich Mitleid mit dem alten Mann. Er hatte seine Einladung sicher nur gut gemeint. Gedanklich hatte ich ihn dabei dennoch in eine Schublade mit Ron gepackt, der nie wirklich verstanden hatte, was mein Job für mich bedeutete.

Die meisten Menschen verließen am Ende eines Tages ihren Arbeitsplatz und ließen alles hinter sich, was damit zu tun hatte. Wenn ich die Ladentür hinter mir zuschloss, dann fingen meine Gedanken auf dem Nachhauseweg oft an, sich zu verselbstständigen. Plötzlich kam mir eine Idee für eine neue Rezeptur. Nicht selten hielt ich auf dem Weg inne, zückte mein kleines blaues Notizbüchlein, in dem all meine Rezepte niedergeschrieben waren, notierte mir meinen Einfall und machte mir eine passende Zeichnung dazu, um mir den Gedanken zu verbildlichen.

»Das ist sehr nett von Ihnen. Ich bin mir ganz sicher, dass ich es irgendwann einrichten kann.«

Jasper sah mich dankbar an. Und ich kam nicht umhin, ihm die Hand, die noch immer auf meiner lag, zu drücken. Gleichzeitig fragte ich mich, was wohl sein Großvater von dieser Intimität zwischen uns hielt. Für ihn musste es doch merkwürdig erscheinen, wie nahe wir beide uns waren. Oder war ihm dieses oder ein ähnliches Bild in den letzten Jahren nur allzu vertraut geworden? Schließlich war Jasper kein Kind von

Traurigkeit.

Arthur hatte vermutlich viele Frauen kommen und wieder gehen sehen. Die Vorstellung, ich wäre nur eine weitere Perle an einer langen Kette, bekümmerte mich augenblicklich. Denn ich wollte mehr. Aber wollte Jasper das auch?

Irgendwas sagte mir, dass das nicht der passende Moment war, um sich über derlei Dinge Gedanken zu machen. Einerseits zogen sie mich runter, und andererseits schenkte ich den Berichten der Presse damit mehr Glauben als meinem eigenen Urteilsvermögen.

Es war falsch von mir, voreilig Schlüsse über Jasper zu ziehen. Bisher hatte er mir keinerlei Versprechungen gemacht und sich mir gegenüber wie ein Gentleman verhalten. Wenn er nur darauf aus gewesen wäre, mich ins Bett zu kriegen, dann hätte er dazu gestern Abend die besten Chancen gehabt.

Dennoch stellte ich mir weiterhin die Frage, wozu er überhaupt nach Port Isaac gekommen war. Ich war mir ziemlich sicher, dass seine Gründe beruflich motiviert waren. Aber was das Ziel des Ganzen war, wollte mir noch immer nicht einleuchten.

Hatte er nur in Erfahrung bringen wollen, wer da gerade in den sozialen Netzwerken einen regelrechten Hype mit seiner Schokolade und den Bonbons verursacht hatte? War er gekommen, um mir im Namen seiner Familie meine Rezepte abzukaufen? Oder ging es ihnen nicht nur um die Rezepte, sondern vielmehr um den *Candyheaven* selbst?

Waren die verführerischen Angebote und Blicke letztlich nicht mehr als ein Versuch, mich davon zu überzeugen, Wege zu gehen, von denen ich nie besonders viel gehalten hatte?

Hin- und hergerissen zwischen dem Bedürfnis, geliebt oder aber respektiert zu werden, stocherte ich lieblos in dem Salat herum, den mir Bradys Mum vor einigen Minuten mit einem mehr als neugierigen Blick gereicht hatte. Ich wusste nur zu gut, wie gerne sie gewusst hätte, um wen es sich bei den beiden Männern an meinem Tisch handelte.

»Das war ein ausgezeichnetes Mahl«, erklärte Arthur, als er sich seinen Mund mit der Stoffserviette abgewischt hatte.

Er sah zufrieden aus. Bis er bemerkte, dass mein Salat noch mehr oder minder unangetastet auf meinem Teller lag.

»Hat es Ihnen denn nicht geschmeckt? Wollen Sie vielleicht etwas anderes bestellen?« Er klang besorgt.

»Nein, nein. Es ist nur … Ich habe … Vielleicht ist es besser, wenn ich jetzt gehe«, trat ich meine Flucht nach vorn an.

Noch ehe ich ausreichend Zeit dafür hatte, über meine Worte nachzudenken, waren sie mir schon über die Lippen gekommen.

So nett Arthur auch zu mir gewesen war und sosehr sich Jasper um mich bemühte, fühlte ich mich doch von Minute zu Minute unwohler in meiner Haut. Ein bisschen kam ich mir wie David vor, der vor dem Riesen Goliath stand und sich zu verteidigen hatte. Doch im Gegensatz zu ihm würde ich wohl kaum mit einer Steinschleuder davonkommen.

»Vielen Dank für die Einladung«, sagte ich und sprang vom Stuhl auf.

»Warte, Valerie! Ich …«, hörte ich Jasper in meinem Rücken sagen, während ich nicht schnell genug nach draußen an die frische Luft kommen konnte.

Gänzlich unvorbereitet war mir das Atmen immer schwerer

gefallen, bis ich das Gefühl hatte, jeden Moment ersticken zu müssen. Kaum dass ich die Türschwelle des *Golden Lions* passiert hatte, hielt ich kurz inne, um durchzuatmen. Währenddessen blickte ich mich immer wieder gehetzt nach hinten um, um sicherzustellen, dass Jasper mir nicht doch noch gefolgt war.

Mit einer Mischung aus Erleichterung und Enttäuschung machte ich mich auf den Nachhauseweg, eilte dort geradewegs zu meinem Kühlfach, um mir meine XXL-Packung Toffee-Eis zu holen, und verkrümelte mich sodann mit einem Esslöffel auf meine Couch.

Zu meinem Leidwesen musste ich nach dem fünften Löffel jedoch feststellen, dass das Eis mir kein bisschen dabei half, mich besser zu fühlen. Ganz im Gegenteil!

Es klingelte an der Tür. Wie erstarrt blieb ich auf meinem Platz sitzen. Wer konnte das nur sein? Lin war sicher nicht mit ihrem verletzten Fuß zu mir nach *Rose Hill* gekommen. Aber wer war es dann?

Ich hatte so meine Vermutung und wagte es dabei nicht, zu atmen, aus Angst, entdeckt zu werden. Was vollkommen lächerlich war. Das Haus war hell erleuchtet. Es stand außer Frage, dass ich da war. Wer auch immer dort vor der Tür stand, war sich sicher im Klaren darüber.

Außerdem war er ziemlich ungeduldig. Denn es läutete innerhalb nur weniger Sekunden bereits zum dritten Mal. Untermalt wurde das Ganze noch mit einem einsetzenden Klopfen. Schließlich hörte ich Jasper rufen: »Komm schon, Valerie! Mach auf!«

Zunächst wollte ich mir die Decke über den Kopf ziehen

und darauf warten, dass er wieder von dannen zog. Aber als er auch nach mehreren Minuten nicht aufgab, eilte ich doch zur Tür. Sicher würde der Lärm meine Nachbarn schon bald auf den Plan rufen. Und das wollte ich unter allen Umständen vermeiden.

Mit einem vorwurfsvollen »Was?« öffnete ich die Tür und sandte funkelnde Gewitterblitze in Jaspers Richtung.

Den schien mein aufgebrachtes Wesen zu meiner grenzenlosen Verwunderung besonders zu erheitern. Grinsend sah er mich an und zeigte dabei auf die Tür.

»Darf ich?«, fragte er. »Oder sollen wir das Missverständnis zwischen uns gleich hier auf der Schwelle klären, damit es auch wirklich jeder mitbekommt?«

Aufgebracht sah ich mich zu allen Seiten hin um. Mr Leeds brachte gerade seinen Müll nach draußen. Was äußerst ungewöhnlich für ihn war. Sonst kümmerte sich darum nämlich seine Frau. Um nicht noch mehr Aufmerksamkeit auf uns zu ziehen, zog ich Jasper letztlich mit mir ins Haus.

»Wusste ich es doch, dass du es gar nicht erwarten konntest, mich zu sehen.«

Keine Ahnung, woher dieser Typ die Zuversicht nahm. Aber während ich am liebsten aus der Haut gefahren wäre und ihn gefragt hätte, was das alles sollte, blieb er ganz ruhig und stand mit den Händen in den Hosentaschen äußerst lässig vor mir. So lässig, dass mich sein Verhalten von Sekunde zu Sekunde nur noch wütender machte.

Dabei wusste ich bis vor wenigen Minuten nicht einmal, dass ich wütend auf ihn war. Doch mit jeder Sekunde, die er sich mir derart selbstgefällig präsentierte, wuchs mein innerer

Groll auf ihn ins Unermessliche an.

»Sag, was du zu sagen hast«, befahl ich mit gebieterischer Stimme, während ich die Tür in meinem Rücken schloss und mich anschließend gegen sie lehnte, um daran Halt zu finden.

»Ich mag diesen herrischen Ton an dir. Er macht dich irgendwie sexy«, erwiderte Jasper mit einem spitzbübischen Grinsen auf den Lippen.

Ihm schien die ganze Situation mächtig zu gefallen.

»Warum bist du gekommen?«

Noch ehe ich wusste, wie mir geschah, war Jaspers Gesicht nur wenige Zentimeter von meinem entfernt. Seine Hand lehnte dicht neben meinem Kopf an der Tür, während sein Atem meine Wange streifte und ich nicht wagte, mich zu regen, geschweige denn, etwas zu sagen.

»Ist das denn nicht offensichtlich?«, fragte er voller Verlangen in der Stimme.

Mir stockte der Atem, als er mir viel zu vertraut eine Haarsträhne aus der Stirn wischte, nur um sie mir dann in Zeitlupe und viel zu gefühlvoll hinters Ohr zu legen. Seine Berührungen waren wie kleine Nadelstiche auf meiner Haut. Sie schmerzten höllisch und gleichzeitig fühlten sie sich wie die Erfüllung meiner geheimsten Sehnsüchte an. Nur mit viel Mühe widerstand ich dem Bedürfnis, meine Augen zu schließen und diesen innigen Moment in vollen Zügen zu genießen. So leicht wollte ich es ihm nicht machen.

»Jasper, ich …«, begehrte ich ein letztes Mal auf, doch mein Gegenüber unterbrach mich, indem er mir seinen Zeigefinger auf die Lippen legte und mich vom Weiterreden abhielt.

»Es tut mir leid, dass mein Großvater dich so ausgequetscht

hat. Auch wenn er es nur gut gemeint hat. Er ist wirklich einer von den Netten. Allerdings bin ich mir nicht sicher, ob das bei unserem Treffen auch so rüberkam.«

»Ich …«, versuchte ich zu erwidern, doch wieder hielt Jasper mich davon ab. Diesmal, indem er seine Lippen ganz zart auf meine legte und mich vorsichtig küsste. Er war dabei sehr behutsam. Für meine Verhältnisse vielleicht schon zu vorsichtig. Denn je länger ich in seiner Nähe war, desto mehr wollte ich ihn.

Als er wieder von mir abließ, machte sich Enttäuschung in mir breit. Sie musste mir sogar von den Augen abzulesen sein. Denn Jaspers zufriedener Ausdruck war mir nicht entgangen.

»Außerdem möchte ich mich bei dir dafür entschuldigen, dass es überhaupt ein solches Treffen gegeben hat. Es ist noch viel zu früh, um dich mit meiner Familie bekannt zu machen.«

»Ach so! Ist es das?« Ich verschränkte demonstrativ die Arme vor der Brust und versuchte dabei etwas Raum zwischen Jasper und mich zu bringen.

Das erste Mal, seit er gekommen war, schien Jasper verunsichert.

»Ich denke schon. Ja.«

»Wolltest du damit nicht vielmehr sagen, dass du mich deiner Familie am liebsten nie vorgestellt hättest? Dass das hier zwischen uns nichts weiter als eine kleine Episode darstellt, von der du in der Vergangenheit unzählige hattest?«

Mein Atem ging schwer. Ich wollte Jasper von mir stoßen, nur um ihn im nächsten Moment an mich zu ziehen und von seinen Lippen zu kosten.

Wieder verzog er seinen Mund zu diesem typischen Jasper-

Grinsen, das mich jeden Augenblick zur Weißglut brachte.

»Kann es sein, dass ich da eine gewisse Eifersucht zwischen den Zeilen heraushören kann? Denn wenn ich recht darüber nachdenke, dann ist bisher noch rein gar nichts zwischen uns gelaufen.«

Bevor ich begriff, was er vorhatte, küsste er auch schon eine Spur von meinem Ohr bis zu meinem Schlüsselbein hinunter. Jede dieser Berührungen ließ mich innerlich verglühen. Ich wollte ihn so sehr, dass ich kaum noch an mich halten konnte.

»Was ich zutiefst bereue«, ergänzte er schließlich.

»Ich bin keine Frau für eine Nacht«, begehrte der letzte Funken Verstand in mir auf. Es war falsch von mir, mich ihm dermaßen an den Hals zu werfen.

»Das weiß ich«, hauchte er gegen meine Lippen, vergrub seine Hände in meinem Haar und legte seine Stirn an die meine. »Das weiß ich doch. Warum, glaubst du, wollte ich gestern nicht mit dir schlafen? Weil ich dich nicht attraktiv genug fand?«

Fest sah er mir bei seinen Worten in die Augen. Als ich wegsah, begriff er.

»Wie konntest du das nur denken? Du bist so heiß, dass ich nicht weiß, wie ich meine Finger nur noch eine Sekunde länger von dir lassen soll. Ich will dich, Valerie. So sehr, dass es beinahe schon wehtut.« Zärtlich fuhr er mir mit dem Handrücken über die Wange. »Was machst du nur mit mir?«

In seiner Stimme schwang ein Hauch Verzweiflung mit. Ich war gewillt, ihm zu glauben. Doch noch war ich nicht gänzlich überzeugt.

»Warum bist du nach Port Isaac gekommen?« Meine

Stimme war so leise, dass ich Angst hatte, sie würde mir gänzlich brechen.

Einerseits wollte ich endlich eine Antwort auf die Frage. Andererseits sehnte ich mich danach, mit Jasper all die Dinge zu tun, von denen ich nachts bereits träumte.

»Wegen dir«, erklärte er schonungslos ehrlich. »Und ich bin auch nur wegen dir geblieben.«

Es war nicht ganz die Antwort, auf die ich gehofft hatte. Viel zu viel blieb noch immer im Dunkeln. Aber ich gab mich für den Moment damit zufrieden. Weil ich mich damit zufriedengeben wollte. Die mäkelnde Stimme der Vernunft in meinem Kopf hatte schon viel zu viel Raum eingenommen. Ich wollte ihr nicht länger diese Macht über mich geben und mich gänzlich dem Moment hingeben.

Nur Jasper und ich. Der Rest der Welt verlor immer weiter an Bedeutung. Wir beide, das war so bekannt und dennoch besonders. Ich wollte das bisschen Glück, das sich mir da bot, nicht wie Sand durch die Finger rinnen lassen. Nicht, nachdem ich mich so kurz vor meinem Ziel befand.

Unsicher biss ich mir auf die Unterlippe, ehe ich einen Entschluss fasste und meine Hände wie eine Ertrinkende in Jaspers Nacken legte. Der folgende Kuss war die logische Konsequenz aus der Anziehung, die zwischen uns vorherrschte, und dem Gefühl, sterben zu müssen, wenn ich es nicht tat.

Zunächst wirkte Jasper überrumpelt. Mein Kuss traf seine Lippen, die erst nicht wussten, wie ihnen geschah. Doch das änderte sich sogleich, als er mich auf seine Hüften hob und unsere Küsse immer leidenschaftlicher wurden.

Taumelnd flogen wir durch den Raum. Im nächsten Augenblick zog ich mir das Shirt über den Kopf und öffnete Jaspers Hemd voller Ungeduld.

Jasper quittierte mein Handeln mit dem Blick eines ausgehungerten Wolfes. Er begehrte mich. Mindestens so sehr wie ich ihn. Ich konnte kaum noch klar denken. Alles drehte sich in meinem Kopf. Endlich war der Stoff von seinem Oberkörper entfernt. Mit meinen Händen ging ich auf Wanderschaft auf seinem Körper. Die Muskeln unter meinen Fingern waren hart und gleichzeitig war die Haut darüber ganz weich.

Noch ehe ich verstand, was Jasper vorhatte, fanden wir uns in meinem Schlafzimmer wieder. Mein Blick fiel auf die fehlende Matratze. Dabei setzten sich Erinnerungen in meinem Kopf in Gang, die ich am liebsten schnellstmöglich wieder vergessen wollte.

»Nicht hier«, sagte ich deshalb und drängte ihn nach draußen.

Jasper sah mich fragend an, hakte allerdings nicht nach, wofür ich ihm sehr dankbar war.

»Dort«, hauchte ich und deutete auf die Couch im Wohnzimmer.

Jasper ließ sich nicht zweimal bitten. Der fragende Ausdruck war verschwunden, und die unbändige Vorfreude auf das, was nun unweigerlich folgen würde, breitete sich auf seinem Gesicht aus, als hätte man soeben einen Schalter umgelegt.

Vorsichtig legte er mich auf das Sofa und beugte sich über mich. Seine himmelblauen Augen strahlten, während er mich ansah. Keiner von uns beiden wagte es, etwas zu sagen. Unsere Blicke verfingen sich ineinander, knüpften ein Band, das mit bloßem Auge nicht zu sehen war.

Als der Moment schier unendlich wurde, streckte ich meine Hand nach Jasper aus und berührte seine Wange. Die winzigen Bartstoppeln auf seiner Haut kitzelten meine Fingerspitzen. Doch ehe ich michs versah, legte Jasper seine Hand auf meine und hinderte mich so daran, weiter über seine Wange zu streichen. Dabei sah er mich noch immer durchdringend an. Er wirkte so vertieft, dass ich das Gefühl hatte, er könnte mir bis auf die Seele blicken.

»Weißt du eigentlich, wie wunderschön du bist, Valerie?«

Irgendwas an dem, wie er es sagte, ließ mich glauben, es handelte sich bei seinen Worten nicht nur um meine vermeintliche äußere Schönheit. Die Nähe zwischen uns wurde inniger. Ich spürte ein Vertrauen zu ihm, das ich zuletzt Ron entgegengebracht und nur wenig später bitter bereut hatte.

Ganz ohne mein Zutun sah ich vor meinem geistigen Auge Bilder aufsteigen, die ich längst in einer der staubigen Kisten in meiner Erinnerung verstaut hatte. Wie in Zeitlupe öffnete sich der Deckel, und ich erkannte Ron, wie er mir bei unserem ersten Date Rosen mitgebracht hatte. In der nächsten Sequenz sah ich mich in meinem Brautkleid vor dem Traualtar, und keine Sekunde später lag ich allein auf der einzelnen Matratze in meinem Schlafzimmer und heulte mir die Seele aus dem Leib.

Noch ehe ich verstand, was ich da tat, entriss ich Jasper meine Hand. Verwundert beobachtete er mich, ehe er sich auf der Couch aufsetzte. Ich tat es ihm gleich und ließ dabei möglichst viel Abstand zwischen uns.

»Hab ich etwas Falsches gesagt oder getan?«

Ich konnte die Sorge in seiner Stimme hören. Sie war wie ein Weckruf, der die unliebsamen Erinnerungen in meinem Kopf zurück in die Kiste verfrachtete. Der Deckel schloss sich. Ron war Geschichte.

Nun stand ich vor der Entscheidung: Wollte ich mich aufs Neue auf einen Mann einlassen, der mir möglicherweise das Herz brechen konnte? Oder wollte ich auf Nummer sicher gehen und bis an mein Lebensende im Zölibat leben?

»Ich bin schuld. Entschuldige bitte! Es ist nur … Ich war bis vor Kurzem noch verheiratet, und …«

»… ich erinnere dich an ihn?«, fragte Jasper behutsam.

Dabei blieb er an seinem Platz sitzen, versuchte nicht, sich mir zu nähern. Ich rechnete es ihm hoch an, dass er mich nicht bedrängte, sondern mir den Raum gab, mich ihm zu öffnen. Denn genau das war es, was ich wollte. Ich wollte mich ihm öffnen, um endlich wieder frei zu sein. Je länger ich den Dämonen meiner Vergangenheit diese Macht über mich gab, desto wahrscheinlicher würden sie mich ein Leben lang verfolgen.

Und wozu brauchte man schon ein Herz, wenn man es versteckte? Ja, es konnte gebrochen werden. Und ja, es konnte sich dabei anfühlen, als würde man jeden Moment sterben. Aber wenn man es nicht einmal versuchte, dann konnte man auch nicht dieses Gefühl darin verspüren, das einen mit so viel Wärme erfüllte, dass man auf Wolke sieben zu schweben meinte. Wollte ich aus Angst, verletzt zu werden, wirklich die

Hoffnung auf ein Happy End begraben?

»Nein!«, beeilte ich mich, Jasper die Sorgen zu nehmen. »Ihr seid euch überhaupt nicht ähnlich. Das ist es nicht. Es ist mehr die Angst, ich könnte wieder … verletzt werden.«

Das erste Mal seit sehr langer Zeit gelang es mir, gegenüber einem anderen Menschen schonungslos ehrlich über meine Gefühle zu sprechen. Ich wusste nicht, ob Jasper verstand, was ich ihm da für einen Vertrauensvorschuss gewährte. Aber das musste er auch gar nicht. Wichtig war nur, dass ich mich entschloss, Jasper eine Chance zu geben.

Noch immer sah Jasper mir fest in die Augen. Sein Blick zeugte dabei von einer Zuversicht, die ich nicht erwartet hätte. Ganz im Gegenteil. Ich hätte verstanden, wenn er bei meinen Worten seine Sachen gepackt hätte und verschwunden wäre. Unterschwellig hatte ich ihm ja gerade den Vorwurf gemacht, er wäre womöglich nicht besser als Ron.

Niemand wollte mit dem Ex-Partner verglichen werden. Und das schon gar nicht dann, wenn man kurz davorgestanden hatte, miteinander zu schlafen. Plötzlich schämte ich mich dafür, dass ich diese wunderschöne Zweisamkeit zwischen uns zerstört hatte. Warum nur hatte ich gerade jetzt an Ron denken müssen? Warum mischte er sich auch nach unserer Trennung noch beharrlich in mein Leben ein?

Ohne dass ich es wollte, füllten sich meine Augen mit Tränen. Händeringend bemühte ich mich darum, sie im Zaum zu halten. Doch schon im nächsten Augenblick flossen sie wie dünne Rinnsale über meine Wangen. Eilig versuchte ich meine Wangen zu trocknen. Erst jetzt löste Jasper sich von seinem Platz und nahm mich in seine Arme.

Meine Wange lehnte dabei an seiner nackten Brust. Die Wärme seiner Haut, die Arme, mit denen er mich ganz festhielt, umfingen mich wie ein Schutzschild, der mich vor allem Schlechten und Bösen auf dieser Welt bewahren würde. Da war ich mir ganz sicher.

Der Duft von herben Kräutern und bittersüßer Schokolade umfing mich. Ich sog den Geruch ganz fest durch meine Nase ein. Meine Lider schlossen sich dabei ganz von allein, und tief in mir drinnen stellte sich eine Ruhe ein, die ich schon lange nicht mehr verspürt hatte.

Das Gefühl, in der Beziehung mit Ron einen Fehler gemacht zu haben, ließ langsam von mir ab. Ich stellte mir nicht länger die Frage, was gewesen wäre, wenn ich den *Candyheaven* aus Liebe zu meinem Ex aufgegeben hätte. Meine Entscheidung war längst gefallen. Und es war die richtige. Egal, was Ron dazu sagte. Egal, wie sehr die Zweifel auch nach all den Monaten in der Dunkelheit der Nacht an mir nagten. Manchmal war es schwerer, das Richtige zu akzeptieren, als sich in eine Lüge zu fügen.

Nach und nach beruhigte ich mich wieder. Die Schatten meiner Vergangenheit sollten nicht länger die Macht haben, mein Leben in Finsternis zu tauchen. Wie von allein berührten meine Hände Jaspers Sixpack. Zuerst ganz zaghaft und verhalten. Doch dann fuhr ich mit meinen Fingerspitzen an den ausgeprägten Muskelpartien entlang. Immer tiefer. Bis zum Bund seiner Hose. Als meine Finger darunter glitten, löste sich Jasper von mir und sah mir tief in die Augen.

Er brauchte gar nichts zu sagen. Ich verstand auch ganz ohne ein Wort seine Frage: »Bist du dir sicher? Willst du das wirklich?«

Zur Antwort küsste ich ihn. Es brauchte einen Moment, bis er meinen Kuss erwiderte. Doch als er es tat, legte er so viel Gefühl hinein, dass ich mich unweigerlich fragen musste, wie ich nur so lange hatte zögern können.

Jeder von Jaspers Küssen war formvollendet. Wie ein Maler setzte er jeden Pinselstrich zielgenau und zauberte Kunstwerke, deren Schönheit niemandem verborgen blieb. Unsere Berührungen und Küsse wurden immer fordernder. Leises Stöhnen mischte sich in die begierige Vorfreude.

Die letzten Kleidungsstücke, die unsere Körper noch bedeckten, flogen in Windeseile durch den Raum. Mein schier unbändiges Verlangen, Jasper zu berühren, ihn zu fühlen, ihn zu schmecken und ihm nahe zu sein, nahm meinen kompletten Geist ein. Wie eine Süchtige auf Entzug sehnte ich mich nach mehr von ihm. Ganz so, als wären wir meilenweit voneinander getrennt und nicht so dicht beieinander, dass kaum mehr ein Blatt Papier zwischen uns gepasst hätte.

Gerade noch küssten wir uns im Sitzen, dann lag Jasper auch schon über mir. Sein Atem ging schneller, seine Muskeln spannten sich an. Tiefgründig und voller Leidenschaft sah er mich an. Wieder stellte er stumm die Frage, ob er weitergehen dürfe, ob ich das hier wirklich wollte. Nackt und erwartungsvoll lag ich vor ihm. Zur Antwort legte ich meine Hände in seinen Nacken und zog ihn zu mir herunter. Seine Lippen trafen die meinen. Ein Feuerwerk der Gefühle rauschte durch meinen Körper.

Seit sehr langer Zeit hatte ich mich nicht mehr so lebendig gefühlt. Ich spürte jede Faser meines Körpers, das Prickeln auf meiner Haut. Jasper war wie eine Droge, die mich zu neuem Leben erweckte.

Begierig streckte ich ihm mein Becken entgegen. Jaspers Lippen verzogen sich daraufhin zu einem wissenden Lächeln. Doch erhören wollte er mein Verlangen nicht. Noch nicht. Vielmehr zog er zuerst eine beinahe endlos erscheinende Spur aus Küssen über meinen Körper. Jeder davon war zärtlich und voller Hingabe. Und jeder davon steigerte meine Lust ins Unermessliche.

Als er seine Lippen auf meine empfindsamste Stelle legte, entwich meiner Kehle ein erregtes Stöhnen. Eine Welle der Lust überrollte mich, und gleichzeitig breitete sich eine Gänsehaut über meinem ganzen Körper aus. Keinen Moment länger würde ich das aushalten. Ich wollte Jasper spüren. In mir. Eins mit ihm werden.

Währenddessen schien Jasper alles dafür zu tun, um diesen Augenblick immer weiter hinauszuzögern. Er genoss es sichtlich, mich leiden zu sehen. Das Funkeln seiner Augen zeugte von seiner Zufriedenheit, von dem Wissen, mich genau da zu haben, wo er mich haben wollte.

Das Bedürfnis, ihm noch näher zu sein, wuchs hingegen stetig an. Wie ein Becher voller Wasser, das mit jedem weiteren Tropfen drohte überzusprudeln, gab ich mich schließlich seinen Liebkosungen hin.

Das Gefühl, ihm völlig ausgeliefert zu sein, verdrängte ich. Es hatte keine Bedeutung für mich. Denn ich wollte es genau so. Ich genoss hemmungslos seufzend seine Küsse auf meiner empfindsamsten Stelle, und noch viel mehr genoss ich es, als er endlich ein Einsehen mit mir hatte und wir miteinander verschmolzen.

Sanft und quälend langsam drang er in mich ein. Ruhelos streckte ich ihm mein Becken entgegen, um ihn in Gänze spüren zu können. Während er sich bedachtsam in mir bewegte, liebkoste er meine Brustwarze mit seiner Zunge. Mein Herz schlug so laut, dass ich es in meinen Ohren rauschen hören konnte.

Immer weiter näherten wir uns dem Augenblick vollkommener Glückseligkeit. Und schließlich lagen wir uns schwer atmend in den Armen. Erschöpft und zufrieden. Ein Moment, der für die Unendlichkeit bestimmt war und von dem ich hoffte, ihn noch unzählige Male mit Jasper erleben zu dürfen.

Kapitel 22

Jasper

Am Morgen wachte ich mit höllischen Schmerzen auf. Mein Rücken tat weh, und auf meinem Arm lag etwas Schweres, das die Durchblutung unterbrach. Taub und kalt fühlten sich meine Finger an. Doch das alles war wie weggeblasen, als ich erkannte, wer für meine Leiden verantwortlich war.

Es war kein Traum gewesen. Diesmal nicht. Es war alles genau so passiert, wie ich es mir sehnlichst erhofft hatte. Nein, es war sogar noch viel besser gewesen.

Valeries Berührungen, ihre leidenschaftlichen Küsse und das Feuer in ihr hatten alles zwischen uns vollkommen gemacht. Es war nicht das erste Mal gewesen. So hatte es sich zumindest nicht angefühlt. Vom ersten Augenblick an hatte ich diese Verbindung zu ihr gespürt. Dann war alles ganz leicht gewesen. Als hätte alles in meinem Leben genau auf diesen Moment hingearbeitet.

Mit einem »Guten Morgen« begrüßte ich die Frau in meinen Armen und küsste sie zärtlich auf die Stirn.

Valerie blinzelte schlaftrunken, als sie ihre Lider aufschlug. Ebenso schien sie kurz zu überlegen, wer ich war und was ich verdammt noch mal auf ihrer Couch machte. Doch die Erkenntnis kam schnell zurück, und ein zufriedenes Lächeln breitete sich auf ihren Lippen aus. Das Schönste, was ich je an einem Morgen danach gesehen hatte.

»Du bist ja noch da«, sagte sie mit belegter Stimme.

»Wo hätte ich denn sonst sein sollen?«, erwiderte ich schlagfertig.

Doch tief in mir drin sah es anders aus. Der Gedanke, Valerie könnte wirklich meinen, ich wäre nach dieser Wahnsinnsnacht mit ihr einfach so gegangen, verletzte mich zutiefst. Natürlich war ich an dem Bild, das sie von mir hatte, nicht ganz unschuldig. In den Medien galt ich als Womanizer, der nichts anbrennen ließ und nur dann zufrieden war, wenn er im Bett auf seine Kosten kam. Am besten gleich mehrfach und mit wechselnder weiblicher Besetzung.

Wie sollte ich ihr je klarmachen, dass es nicht so war? Nicht mehr. Dass ich nach langer Suche endlich dort angekommen war, wo ich hinwollte. Bei ihr. Egal, ob das nun bedeutete, dass wir hier gemeinsam in Port Isaac leben würden oder zusammen nach London gingen. Mein Leben in London, das Familienunternehmen der Clarks – das alles spielte von nun an keine Rolle mehr für mich. Ich wusste jetzt, wo ich hingehörte.

In dieser Nacht mit Valerie war eine schwere Last von mir abgefallen. Die Bürde des Schokoladenprinzen hatte sich in Luft aufgelöst. Mittlerweile fand ich den Gedanken, Dad könnte die Firma an die Asiaten verkauft haben, sogar äußerst tröstlich und befreiend.

Endlich konnte ich aus meinem Leben das machen, was ich schon immer wollte. Und mit Valerie an meiner Seite konnte diese Zukunft nur wunderbar werden. Da war ich mir ganz sicher.

Vergessen waren die Streitigkeiten mit meinem Dad. Vergessen war der Wunsch, ihm zu beweisen, dass ich mehr war, als er gewillt war, in mir zu sehen. Es hatte keine Bedeutung mehr für mich. Tief in meinem Herzen wusste ich, dass er mich so liebte, wie ich war. Denn genau dasselbe tat ich auch. Ohne es ihm je gesagt zu haben.

Valerie rekelte sich wie eine Katze, ehe sie sich erneut an mich schmiegte und die Augen schloss.

»Wie spät ist es?«, fragte sie gähnend.

Ich kramte mein Handy aus der Hosentasche, entsperrte das Display und erblickte sogleich ein überaus offenherziges Bild der lieben Pam. Sie hatte mir auch gestern wieder ein Bild geschickt. Sobald ich Zeit fand, musste ich ihr sagen, dass sie von nun an keine Nacktfotos von sich mehr schicken durfte. Nicht auszudenken, was es zwischen Valerie und mir zerstören könnte, wenn sie auch nur eines davon sah.

Als Valerie ihren Kopf leicht anhob, wischte ich das Bild schnell beiseite.

»Es ist kurz nach halb neun«, erklärte ich, während ich inständig hoffte, das Bild wäre Valerie entgangen.

»Was?«, schrie sie dermaßen laut in mein Ohr, dass ich sogleich ein Pfeifen darin vernahm. »Ich muss sofort los.« Schon sprang sie wie eine Gazelle über mich hinweg, suchte ihre Klamotten auf dem Boden zusammen und hastete in Richtung Bad, wie ich vermutete. »Mein Lieferant kommt in exakt dreißig Minuten. Wenn ich nicht da bin, fährt er wieder. Dabei brauche ich die bestellte Ware unbedingt.«

Dann hörte ich das Plätschern von Wasser, eine Klospülung und das Geräusch einer elektrischen Zahnbürste. Okay, ich gab es ja gerne zu: Ich hatte schon bessere Morgen danach erlebt. Besonders hoch im Kurs standen dabei die, an denen man nahtlos am Vorabend anknüpfte. Daran sollte ich jetzt allerdings am besten nicht denken. Nicht, wenn ich in absehbarer Zeit in meine Jeans schlüpfen wollte.

»Bist du so weit?«, fragte Valerie keine zwei Minuten später.

Lachend zog ich mir das Hemd über, nahm sie in den Arm, küsste sie und sagte dann: »Gib mir noch zwei Minuten.«

Kurz darauf waren wir aus dem Haus und gingen schnellen Schrittes den Berg hinab.

»Das schaffen wir locker. Mach dir keine Sorgen!«, versuchte ich sie zu beruhigen. Offenbar lag ihr wirklich viel an der Lieferung. »Hast du denn keine Telefonnummer von dem Spediteur? Sonst könntest du ihn kurz anrufen und ihm sagen, dass du schon auf dem Weg bist.«

»Leider nein. Bisher war das auch nicht nötig. Ich stelle mir normalerweise abends einen Wecker. Zumindest dann, wenn ich in meinem Bett übernachte.«

Eine leichte Röte überspannte ihre Wangen. Sie sah verdammt süß aus, wenn sie ein wenig verlegen war. Außerdem verspürte ich sogleich das Bedürfnis, sie zu beschützen. Valerie war mein Mädchen.

»Ach, und wie oft kam es in der Vergangenheit vor, dass du auf der Couch geschlafen hast?«, fragte ich interessiert.

Valerie lief unbeirrt weiter.

»Bisher noch nie. Sie ist nicht besonders bequem, wie ich finde. Für gewöhnlich wache ich auch immer auf, wenn ich vor dem Fernseher einschlafe.« Dann blickte sie wieder zu mir herüber. »Das war die erste Nacht, in der ich seit Langem mal wieder richtig gut geschlafen habe. Ich danke dir dafür.«

»Das musst du nicht. Ich hab es auch genossen. Nicht unbedingt die Nacht auf der Couch. Denn das Erste, was ich heute Morgen verspürt habe, waren schreckliche Schmerzen im Rücken.«

Valerie lachte. »Das tut mir leid.«

Die gewundenen Gassen schlängelten sich durch das bilderbuchhafte Port Isaac, und wir folgten ihrem Weg. Die Sonne schien heute von einem tadellos blauen Himmel auf uns herab. Trotz der frühen Stunden war es schon sehr warm. Wärmer als in den vergangenen Tagen.

Der Sommer zog allmählich in dem kleinen Fischerdörfchen ein. Ebenso wie er gestern Abend in mein Herz gezogen war. Sommer war nicht nur eine Jahreszeit. Es war viel mehr als ein bloßes Gefühl. Mehr eine Lebenseinstellung.

Wenn man glücklich mit der Frau an seiner Seite war, dann schob man jede noch so schwarze Wolke einfach mit einem Lächeln beiseite. Der Sommer war in uns. Egal, wie düster es draußen wirklich war. Wir mussten ihn nur hereinlassen.

»Da bist du ja.«

Ach du Schreck! Wie aus dem Nichts war Pam plötzlich unmittelbar vor uns aufgetaucht. Ohne Vorwarnung kam sie auf mich zu und küsste mich vor Valeries Augen auf den Mund. Dabei steckte sie mir ihre Zunge so tief in den Rachen, dass ich befürchten musste, sie würde damit gleich an meinen Mandeln hängen bleiben.

Als sie nach einer gefühlten Ewigkeit wieder von mir abließ, blickte ich sogleich zu Valerie hinüber, der die bittere Enttäuschung ins Gesicht geschrieben stand.

»Das ist alles ganz anders, als du denkst«, versuchte ich ihr zu erklären, während Pam sich an mich schmiegte und mit ihren künstlichen langen Fingernägeln an meinem Kinn herumspielte.

»Ich brauche gar nichts zu denken, Jasper. Ich habe Augen im Kopf.«

»Schätzchen, was ist denn los? Ich sagte doch, dass ich kommen würde. In dem kleinen niedlichen B&B, in dem du untergekommen bist, wussten die Besitzer leider auch nicht, wo du bist, und so habe ich mich selbst auf die Suche nach dir gemacht.« Wieder küsste sie mich vor Valeries Augen auf die Wange. »Aber zum Glück ist dir ja nichts passiert.«

»Ich muss zum Laden«, sagte Valerie mit geballten Fäusten. Sie sah so wütend aus.

Keine Sekunde später stapfte sie los, ohne sich noch einmal zu mir umzudrehen.

Pam hatte das schlechteste Timing ever. Und warum zur Hölle hatte ich ihr nicht gesagt, dass sie sich bloß von Port Isaac fernhalten sollte? Warum hatte ich sie nicht schon viel früher darum gebeten, mir keine Bilder mehr zu schicken? Und dann drängte sich mir noch eine andere Frage auf.

»Woher, zur Hölle, wusstest du, wo ich mir ein Zimmer genommen habe?« Und dann kam mir ein weiterer Gedanke, der die fehlenden Puzzleteile in meinem Kopf zu einem kompletten Bild zusammenfügte: »Bist du etwa diejenige gewesen, die der Presse das Bild aus meiner Wohnung zugespielt hat?«

Pam ging ein wenig auf Distanz zu mir. Valerie war längst zwischen den Häusern mit ihren ausladenden bunten Blumenkästen davor verschwunden. Ihr jetzt zu folgen, ergab keinen Sinn. Ich würde später zu ihr gehen und ihr alles erklären. Nun galt es, die Sache mit Pam und mir ein für alle Mal zu beenden.

»Also ich weiß jetzt gar nicht, warum du dich so aufregst. Das Foto war doch harmlos. Außerdem hätte vielmehr ich ein Recht darauf, mich über dich zu ärgern. Oder willst du mir etwa erzählen, du hättest heute Nacht nicht mit dieser Frau da eben geschlafen?«

Abwehrend hob ich meine Hände in die Höhe. »Pam, das zwischen uns war nie etwas Festes. Ich habe dir keine Versprechungen gemacht. Du konntest tun und lassen, was du wolltest. Ich bin dir nicht zur Rechenschaft verpflichtet. Schon gar nicht, nachdem ich nun erfahren habe, dass du der Maulwurf bist. Das hätte ich wirklich nie von dir gedacht, Pam.«

Ihre perfekt manikürten Finger bahnten sich abermals einen Weg zu mir. Doch diesmal ließ ich sie ins Leere laufen. Ich wollte ihre Berührungen nicht mehr.

»Lass das mit den Fotos, Pam! Ich will sie nicht mehr.« Ich war schon im Begriff, sie einfach stehen zu lassen, als mir noch etwas einfiel: »Ach, und sag den Leuten von der Presse, dass ich ab sofort ein anständiges Leben führen werde und sie sich einen anderen Deppen suchen müssen, den sie auf ihrer Titelseite präsentieren können.«

Pam sah mich mit offen stehendem Mund an. »Das kannst du nicht machen, Jasper. Wir lieben uns doch.«

»Nein, Pam, du liebst die Vorstellung von einem reichen und erfüllten Leben. Wobei ich ziemlich überzeugt davon bin, dass wir ein erfülltes Leben grundverschieden definieren würden. Aber solltest du auf den Gedanken kommen, in der Öffentlichkeit schmutzige Wäsche waschen zu wollen, dann lass dir gesagt sein, dass sich deine Fotos noch auf meinem Smartphone befinden.«

Wie zum Beweis zog ich das Gerät aus der Hosentasche und schwenkte es vor ihrer Nase.

»Das würdest du nicht tun!«, keifte Pam.

»Glaub mir, wenn du auch nur noch einen Versuch starten solltest, die Sache zwischen Valerie und mir kaputt machen zu wollen, dann schicke ich umgehend Nacktfotos von dir an den *Daily Mirror* und die *Sun*.«

»Du …«

Pams Augen hatten sich zu schmalen Schlitzen zusammengezogen. Ihr sonst so makelloses Gesicht wirkte wie eine hässliche Fratze, völlig entstellt. Oder war das, was ich da sah, am Ende womöglich sogar ihr wahres Ich?

»Ich wünsche dir ein schönes Leben, liebe Pam. Und für die Zukunft möchte ich dir noch eins mitgeben.«

Pams Augenbrauen hoben sich so weit an, dass sie beinahe ihren Haaransatz berührten.

»Und das wäre?«

»Halte dich von mir fern!«

Pam schnaubte verächtlich. »Nimm dich mal nicht so wichtig, Jasper Clark. Es gibt wesentlich bessere Partien als dich.« Sie schnippte mit den Fingern. »Du warst nur einer von vielen. Meine Liste ist lang. Morgen schon kann ich den nächsten dicken Fisch an der Angel haben.«

Demonstrativ übertrieben verneigte ich mich vor Pam, die offenbar nach wie vor der Meinung war, Geld würde die Welt regieren. Dabei war es doch ganz eindeutig die Liebe. Wieso konnte sie das denn nicht sehen? Ich behielt meinen Wissensvorsprung jedoch ganz eigennützig für mich. Pam war ohnehin noch nicht so weit. Sie würde überhaupt nicht verstehen, welche Offenbarung ich ihr da machte.

»Ich wünsche dir viel Erfolg dabei, Pam. Und auch wenn du es mir jetzt vielleicht nicht glaubst: Ich wünsche dir ein glückliches und erfülltes Leben.«

Eine gewisse Verwirrung spiegelte sich in ihrem Gesicht wider. Ihre Stirn zuckte leicht. Offenbar schien sich Pam zu fragen, was da in mich gefahren war. Schließlich hatte ich mich in der Kürze der Zeit hier in Cornwall mächtig verändert.

»Was ist los mit dir, Jasper?« Dann sah sie in die Richtung, in die Valerie vor wenigen Minuten gegangen war. »Ist es wegen ihr?«

Pam klang überheblich. Ganz so, als wäre ich nicht bei klarem Verstand, als wäre es undenkbar, dass ich eine Sexbombe wie sie gegen ein – in ihren Augen – einfaches Mädchen vom Land eintauschte. Aber genau so war es. Auch wenn ich Valerie nie im Leben als einfaches Mädchen vom Land einstufen würde. Sie war vielmehr wie ein ungeschliffener Diamant, der seine Leuchtkraft im Inneren bewahrte.

»Mach's gut, Pam«, sagte ich und ging ebenfalls hinunter an den Hafen.

Für mich war die Angelegenheit hinreichend geklärt. Und wenn Pam auf den Gedanken kam, Valerie und mir noch einmal in die Quere zu kommen, dann würde ich nicht zögern und das Ass im Ärmel ausspielen. So ungern ich es auch tun würde. Aber das mit Valerie wollte ich mir von nichts und niemandem auf der Welt zerstören lassen. Nicht einmal von mir selbst.

Kapitel 23

Valerie

»Hey, Lin«, begrüßte ich meine Freundin.

Die Kunden hatten hier in ihrem Laden die Möglichkeit, Möbelstücke oder Dekogegenstände zu erwerben, die Lin zuvor mit Muscheln, Schwemmgut oder Steinen verschönert hatte, die sie hier bei uns an der Küste sammelte. Ab und an fand sie auch Edelsteine unter Steineinschlüssen, die aus der letzten Eiszeit herrührten. Diese Funde waren etwas ganz Besonderes, und Lin hatte mittlerweile eine Fortbildung gemacht, um aus ihnen Schmuck zu fertigen.

»Hey, Val, ich bin gleich bei dir.«

Lin war gerade damit beschäftigt, ihr Schaufenster neu zu dekorieren, als ich in den Laden gekommen war. Noch blieb mir die Zeit, einen Vorwand zu erfinden und wieder zu gehen. Zu schmerzvoll war die Erfahrung, die ich vor wenigen Minuten gemacht hatte.

Am liebsten würde ich mich in meinem Bett verkriechen, alle Rollläden herunterlassen und so lange dort liegen bleiben, bis ein ganz bestimmter Mann Port Isaac verlassen hatte. Nur unter Aufbietung all meiner Kräfte war es mir gelungen, die Schokoladenlieferung entgegenzunehmen. Im Grunde hätte mir der Fahrer auch Bier oder Cider liefern können. Ich hätte es vermutlich nicht einmal bemerkt. So vertieft war ich in meine Gedanken.

Tief in mir drinnen tobte ein so wilder Sturm, dass ich befürchten musste, er würde mich jeden Augenblick wegtragen. Wut, Enttäuschung, Hoffnungslosigkeit und das Gefühl, jeden Moment zerspringen zu müssen, rumorten in mir wie das nahende Donnergrollen bei einem Sommergewitter. Es fehlte nicht mehr viel, und der erste Blitz würde sich am Himmel entladen.

»Hier bin ich. Entschuldige bitte, dass es etwas gedauert hat. Ich habe heute Morgen am Strand ein paar … Wie siehst du denn aus?« Der leichte Singsang in Lins Stimme endete abrupt, als sie mir in die Augen sah und den Schmerz darin erkennen konnte.

»Was ist passiert?«, bohrte sie nach, als ich noch immer schweigend vor ihr stand, unfähig, in Worte zu fassen, was mir in der vergangenen Nacht geschenkt und schon am heutigen Morgen wieder genommen worden war.

Wie konnte das Schicksal nur so herzlos sein? Wie konnte es mich dem Himmel so nahe fühlen lassen, nur um mich wenige Stunden später mit voller Wucht auf dem Boden der Tatsachen zerschellen zu lassen? Mittlerweile hatte ich nicht nur das Gefühl, mein Karmapunktekonto hinge mächtig im Minus. Nein, nun hatte ich sogar bittere Gewissheit.

»Jasper war gestern Abend bei mir, und wir haben die Nacht miteinander verbracht«, offenbarte ich mit gebrochener Stimme.

Lin packte mich vorsichtig an den Oberarmen und zwang mich, ihr in die Augen zu sehen.

»Aber das ist doch gut«, sprach sie mir Mut zu. »Du brauchst kein schlechtes Gewissen wegen Ron zu haben. Eure Beziehung ist beendet. *Er* hat sie beendet. Du bist ihm keine Rechenschaft mehr schuldig und kannst tun und lassen, was du möchtest.«

Lin kämpfte wie eine Löwin für eine bessere Zukunft für mich. Eine, in der ich mich endlich von Ron lossagte und mein Leben wieder lebenswert empfand. Wenn sie nur wüsste, wie sehr sich dieser Wunsch heute Nacht erfüllt hatte. Wie sehr ich davon ausgegangen war, dass nun alles besser werden würde.

Dort auf der Couch in meinem Wohnzimmer hatte ich die halbe Nacht in Jaspers Armen gelegen und mich so geborgen gefühlt wie schon lange nicht mehr. Unsere Herzen hatten im gleichen Takt geschlagen, nur um wenig später aus dem Rhythmus zu geraten.

Wie hatte ich so naiv sein können? Jasper war es wie immer nur auf seinen Spaß angekommen. Er war ein Jäger, der seine Freude daran hatte, wenn es ihm die Beute besonders schwer machte. Sobald er bekommen hatte, was er wollte, verlor er das Interesse.

Diese Storys hatte man doch schon tausendmal erlebt, auf den Kinoleinwänden dieser Welt mit eigenen Augen sehen können oder in herrlich schnulzigen Liebesromanen Schwarz auf Weiß zum Beweis präsentiert bekommen. Und dennoch: Immer wieder fielen Frauen auf die gleiche Masche herein. Immer wieder war der Wunsch, endlich geliebt zu werden und einen Partner fürs Leben zu finden, so übermächtig, dass alle Alarmglocken voreilig ausgeschaltet wurden.

»Es ist nicht wegen Ron«, erklärte ich, während ich mich

inständig darum bemühte, meine Stimme unter Kontrolle zu behalten. Es würde nicht mehr lange dauern, bis mir die ersten Tränen über die Wangen kullerten, bis ich zusammenbrechen und am liebsten nie wieder aufstehen würde.

Lin sah verwundert drein. »Aber was ist dann los? Hat er dich bedrängt? Wolltest du gar nicht mit ihm …? Hat er dich verletzt?«

Die Sorge in ihrer Stimme wuchs von Silbe zu Silbe an. Gleichzeitig bildete sich ein Kloß in meinem Hals, der mich nur mehr schwerfällig sprechen ließ.

Ich schüttelte den Kopf. »Jasper hat mich nicht bedrängt. Die Nacht war wunderschön«, erklärte ich und spürte dabei, wie die ersten Tränen in dünnen Rinnsalen über meine Wangen liefen. Eilig wischte ich sie weg.

Lin ging zu ihrer Ladentür, schloss sie ab und drehte das Geöffnet-Schild auf Geschlossen. Dann nahm sie mich in ihre Arme und zog mich mit sich in ihre Werkstatt.

»Komm, Liebes! Dort werden wir in Ruhe sprechen können. Ich mache uns einen Tee. March hat heute Morgen ihre Heidelbeermuffins vorbeigebracht. Fast so, als hätte sie schon geahnt, dass wir sie heute dringend brauchen würden.«

Als Lin mir den dampfenden Becher entgegenstreckte, zuckte ich leicht zusammen. Mir entglitt die Gegenwart immer mehr. Ich fühlte mich entrückt, einfach fehl am Platz. An jedwedem.

»Was ist mit deinem Laden? Kannst du den einfach so schließen?«

Das schlechte Gewissen nagte an mir. Warum war ich nicht erst nach Feierabend gekommen?

»Mach dir deshalb bitte keinen Kopf! Du bist mir viel wichtiger.« Lin lächelte mir liebevoll zu. »So, und nun erzähl mal in aller Ruhe und Schritt für Schritt.«

Ich sah bei ihren Worten auf die Uhr, die über der Tür der Werkstatt hing.

»Zeit spielt dabei überhaupt keine Rolle. Hörst du? Ich nehme sie mir gerne für meine beste Freundin.«

Wieder kullerten mir ein paar einzelne Tränen über die Wangen. Diesmal vor Rührung über die lieben Worte meiner Freundin.

»Jaspers Grandpa hat uns gestern zum Abendessen im *Golden Lion* eingeladen.«

»Wenn ich einmal wegen meines doofen Knöchels auf der Couch festsitze und mich nicht rühren kann! Aber entschuldige. Ich wollte dich nicht unterbrechen.«

»Das Essen verlief irgendwie … merkwürdig. Ein wenig wie ein Vorstellungsgespräch oder dergleichen. Ich habe mich unwohl gefühlt und bin schnell gegangen. Dabei bin ich mir ganz sicher, dass Jaspers Grandpa ein wirklich netter Mensch ist. Nun ja, es hat sich einfach merkwürdig angefühlt, also bin ich gegangen. Als ich dann zu Hause war, klingelte es wenig später an der Tür, und Jasper stand davor. Den Rest kannst du dir denken.«

Ein zurückhaltendes Lächeln erschien auf Lins Lippen. Dann nickte sie, um mich darin zu bekräftigen, weiterzureden.

»Wir verbrachten eine wunderschöne Nacht miteinander. Ich glaubte wirklich, das war es jetzt, ich bin endlich angekommen, das ist der Mann, mit dem ich alt werden möchte.«

Lin seufzte und legte sich die Hand auf die Brust.

»Was ist dann passiert?«

Bevor ich etwas sagen konnte, atmete ich einmal tief durch. Denn das, was nun unweigerlich folgen musste, würde mir alles abverlangen.

»Heute Morgen dann hatten wir prompt verschlafen. Ich musste mich beeilen, weil ich doch eine Schokoladenlieferung erwartete und der Spediteur die Ware wieder mitnimmt, wenn keiner da ist. Wir sind also den *Rose Hill* hinuntergestürzt und dabei ist Jasper beinahe in eine Frau hineingelaufen, die ihn kannte. Mehr noch.« Ich schluckte bei der Erinnerung an die Szene. Ein zentnerschwerer Brocken legte sich dabei auf meinen Brustkorb und hinderte mich beinahe am Atmen.

»Sie küsste ihn.«

»Was?«, fragte Lin schockiert, die offenbar auch nicht länger an sich halten konnte.

Meine Hände zitterten dermaßen, dass ich die Tasse in meiner Hand auf den Tisch stellte, an dem Lin für gewöhnlich arbeitete. Eine kleine Kommode war zur Hälfte mit Muscheln, alten Tauen und einem Stück Fischernetz verschönert worden. Der abgeschliffene alte dunkle Kasten machte auf diese Weise gleich viel mehr her.

Sicher hatte Lin ihn auf einem Flohmarkt gefunden, sich in ihn verliebt und ihn mit nach Hause genommen.

»Auf den Mund«, erklärte ich weiter. »Wie einen Berner Sennenhund kraulte sie ihn daraufhin am Kinn und schmachtete ihn hollywoodreif an. Du kannst dir gar nicht vorstellen, wie schrecklich ich mich in diesem Moment gefühlt habe.«

Lin stellte ihre Tasse nun ebenfalls ab und nahm mich in ihre Arme. Es tat so gut, bei ihr zu sein.

»Und Jasper? Was hat er getan?«

»Wie meinst du das?«, fragte ich, während ich mich aus Lins Umarmung löste und mich aufrecht hinsetzte.

»Na, hat er sie auch geküsst? Oder hat er sie womöglich sogar von sich gestoßen? Hat er versucht zu erklären, wer sie ist?«

Rasend schnell flackerten die Bilder vor meinem inneren Auge auf. Viel zu schnell. Es gelang mir kaum, sie zu fassen zu bekommen. Und immer wieder dieser Kuss. Der schmachtende Ausdruck im Gesicht der jungen Frau. Dann dieses zufriedene Lächeln in meine Richtung, als sie meine Schockstarre bemerkte. Sie hatte sich mir überlegen gefühlt.

»Das ging alles so schnell«, erklärte ich. »Ich weiß nicht, ob er ihren Kuss erwidert hat. Vielleicht. Womöglich auch nicht. Weggestoßen hat er sie allerdings auf keinen Fall. Das hätte ich bemerkt. Außerdem bin ich mir sicher, dass sie sich Jasper gegenüber dann um einiges kratzbürstiger gegeben hätte.«

Lin überlegte angestrengt. »Nun, dass diese Frau Jasper einfach so auf den Mund geküsst hat, heißt noch lange nicht, dass sie eine Beziehung miteinander hatten. Vielleicht ist es eine Verflossene, die ihm auf Schritt und Tritt folgt. Es gibt viel mehr weibliche Stalkerinnen, als wir vielleicht glauben möchten«, sprang meine Freundin für Jasper in die Bresche. »Außerdem könnte er ebenso überrumpelt gewesen sein wie du. Höchstwahrscheinlich hat er nicht einmal damit gerechnet, sie hier zu sehen.«

Hin- und hergerissen von dem, was ich glauben sollte, und von dem, was ich glauben wollte, nahm ich einen Schluck des warmen Tees.

»Er hat tatsächlich versucht, mir zu erklären, wer die Frau war. Aber ich gab ihm keine Gelegenheit dazu. Für mich stand beim Anblick der beiden alles fest.«

Lin umschoss meine Hände mit den ihren.

»Wie meinst du das?«

»Na ja …« Ich senkte den Kopf, um Lin nicht in die Augen sehen zu müssen. »Die Frau war wunderschön. Langes blondes Haar, blaue Augen, gemachte Fingernägel und ein Make-up, das kein Visagist besser hinbekommen hätte. Ich brauchte nur einmal hinzusehen und wusste schon, dass ich ihr nie das Wasser reichen könnte.«

Lin schob mir ihren Zeigefinger unters Kinn und zwang mich so, ihr in die Augen zu sehen.

»Du bist wunderschön, Valerie. Und ich möchte nicht noch einmal hören, dass du dich so klein machst. Verstanden?«

Wieder sammelten sich Tränen in meinen Augen. Lin war mir so eine gute Freundin. Wenn es nötig war, würde sie sogar behaupten, ich könnte einem Vergleich mit Angelina Jolie problemlos standhalten.

»Was ist denn hier los?«, fragte Brady gehetzt.

Lin und ich erschraken beim Klang seiner Stimme und wandten uns ruckartig zu ihm um. Er wirkte besorgt, sah zwischen uns beiden hin und her. Sein Brustkorb hob und senkte sich viel zu schnell. Brady war ganz außer Atem.

»Was soll los sein, mein Schatz?«, fragte Lin mit gerunzelter Stirn.

Brady, der bis eben im Türrahmen gelehnt hatte, löste sich von diesem und kam zu uns. Lin schob ihm einen Hocker zu, auf dem er sogleich Platz nahm.

»Na, ich bin gerade auf dem Weg zu einem Hausbesuch, und da habe ich bemerkt, dass du den Laden geschlossen hast.« Er blickte zu ihrem Knöchel. »Tut dir der Fuß womöglich doch mehr weh, als du mich hast glauben lassen? Vielleicht wäre es besser, du würdest die nächste Zeit etwas kürzertreten und dich schonen.«

Es war rührend, wie besorgt Brady um seine Frau war. Beim Anblick der beiden Turteltauben empfand ich mein eigenes Schicksal noch viel schwieriger zu ertragen. Es waren ja keine Reichtümer oder Schätze, die ich mir vom Leben erhoffte. Ich brauchte kein prallgefülltes Bankkonto und auch keine Luxusjacht im Hafen von Marseille. Alles, was ich wollte, war ein Mann, mit dem ich alt werden, mit dem ich Kinder bekommen konnte. War das denn wirklich zu viel verlangt?

»Es ist alles bestens. Zumindest, was meinen Fuß anbelangt«, verdeutlichte Lin ihrem Mann.

»Aber warum hast du dann den Laden geschlossen?« Noch während er das sagte, blickte er zu mir.

Bisher waren ihm meine geröteten Augen und das bleiche Gesicht sicher entgangen. Doch nun, da er kaum einen Meter von mir entfernt saß, bemerkte er, dass etwas nicht mit mir stimmte.

»Jasper.« Lin sagte nur dieses eine Wort. Mehr bedurfte es auch gar nicht.

»Was hat er getan?«, fragte Brady mit aufgebrachter Miene.

»Nichts weiter. Eine Verflossene ist hier in Port Isaac aufgetaucht«, erklärte ich gefestigter, als ich mich im Moment selbst wahrnahm.

Dabei wusste ich nicht einmal, ob es wirklich eine Exfreundin von ihm war. Was, wenn die beiden ein Paar waren? Was, wenn ich nur zu Jaspers Zeitvertreib in Port Isaac gedient hatte?

»Vollbusig? Lange Beine? Blondes langes Haar?«, gab Brady eine ziemlich genaue Beschreibung von Pam ab.

»Ja«, meinte ich verwundert. »Kennst du sie etwa? Hast du die beiden womöglich schon einmal zusammen gesehen?«

Mein Herz setzte bei diesem Gedanken einen Schlag aus. Was hatte ich mir nur dabei gedacht, einem solchen Schwerenöter mein Herz zu schenken? Sehenden Auges war ich in mein Verderben gestürzt. Und warum das alles? Weil ich mich einsam gefühlt hatte. Weil ich glaubte, Jasper könnte ein anderer sein.

Äußerst naiv hatte ich mich geweigert, die Pressemeldungen, die ich online in den einschlägigen Boulevardzeitungen über ihn hatte lesen können, zu glauben. In der Hoffnung, mich vom Gegenteil überzeugen zu können, hatte ich immer tiefer gegraben, seine Liebe zur Schokolade entdeckt und mir davon selbst ein Bild in meinem Laden machen können. Ich wollte so sehr daran glauben, eine andere Seite an Jasper Clark entdeckt zu haben, dass ich nur allzu bereitwillig die Augen vor dem Offensichtlichen verschlossen hatte.

Im Grunde war ich selbst an meinem gebrochenen Herzen schuld. Es war mehr als blauäugig gewesen, mir einzureden, Jasper wäre ganz anders, als es schien. Bei einem Teenager hätte ich es unter Umständen ja noch verstehen können. Aber ich war bereits über dreißig und hatte meine Erfahrungen gemacht.

»Woher weißt du so genau, wie diese Frau aussieht?«, fragte Lin, während sie Brady nicht aus den Augen ließ.

Dieser wirkte plötzlich etwas verunsichert. Er schien zu überlegen, was er darauf antworten sollte, welche Erklärung ihm am wenigsten Probleme verursachen würde. Ich kannte diesen Ausdruck in seinem Gesicht. Ron hatte ihn allzu oft aufgesetzt, wenn er mir das Blaue vom Himmel log und gleichzeitig Pläne für unsere gemeinsame Zukunft in London schmiedete.

Viel früher hätte ich mich der Tatsache stellen müssen, dass Ron nie vorgehabt hatte, gemeinsam mit mir bis an sein Lebensende in Port Isaac zu bleiben. Auch hier hatte ich mich nur allzu bereitwillig einer Illusion hingegeben. Sie war so viel leichter zu ertragen gewesen als die Angst vor einer Zukunft im Ungewissen.

Was wäre denn passiert, wenn Pam nicht aufgetaucht wäre? Ich brauchte mir nichts mehr vorzumachen. Über kurz oder lang wäre auch Jasper wieder nach London zurückgekehrt. Natürlich wäre es so gekommen. Schließlich war er der Schokoladenprinz, seine Untergebenen warteten auf ihn. Sein Reich musste schließlich geführt werden. Von Port Isaac aus wäre das wohl kaum möglich.

»Jasper hat mir ein Foto von ihr gezeigt«, brach Brady schließlich sein Schweigen.

Lin starrte erst ihn, dann mich mit offen stehendem Mund an.

»Wann?«

»Vorgestern, als du bei Valerie warst. Da war ich im Pub. Mit Jasper.«

Lin zog die Augenbrauen so weit nach oben, dass ich Sorge hatte, ihr könnten die Augen jeden Moment ausfallen.

»Und warum weiß ich davon nichts?«

Lin sah bitterböse drein. Solange ich die beiden kannte, herrschte zwischen ihnen stets ein sehr gutes Vertrauensverhältnis. Sie offenbarten sich alles. Besonders, nachdem sie in ihrer Jugend schon einmal schlechte Erfahrungen mit Ungesagtem gemacht hatten, das zwischen ihnen stand.

»March hat mich darum gebeten, mich Jasper anzunehmen. Wir waren nur im *Cornish Arms*. Nicht in irgendeinem Striplokal oder dergleichen«, setzte sich Brady zur Wehr, der sich mittlerweile ziemlich in die Enge gedrängt fühlen musste.

»Und warum hast du dieses Treffen im Pub mir gegenüber mit keinem Wort erwähnt, wenn es doch so unbedeutend war?«, wollte Lin nun wissen.

Mit jeder Sekunde, in der ich dem Streitgespräch meiner Freunde beiwohnen musste, fühlte ich mich immer unwohler in meiner Haut.

»Das tut jetzt wirklich nichts zur Sache«, ging Brady in die Offensive. »Was ich eigentlich damit sagen wollte, ist, dass diese Pam wohl schon seit Längerem ein Auge auf Brady geworfen hat. Wenn ich ihn richtig verstanden habe, dann läuft zwar nichts mehr zwischen den beiden, aber sie schickt ihm dennoch jeden Abend mehr als eindeutige Fotos von sich. Wenn ihr versteht, was ich meine.«

Brady machte keinen Hehl daraus, dass er nur sehr ungern weiter ins Detail gehen mochte. Aber das brauchte er auch gar nicht. Ich hatte ohnehin schon mehr gehört, als mir lieb war.

»Wenn es zwischen den beiden wirklich aus war, dann hätte

er sie doch irgendwann darum gebeten, das zu unterlassen. Oder?«, warf ich ein.

Lin schien am Ende ihres Lateins. Bisher hatte sie noch immer einen Versuch gestartet, Jasper reinzuwaschen. Aber die neuesten Erkenntnisse machten es ihr schier unmöglich, weiter für ihn Partei zu ergreifen.

»Vielleicht hat er das ja getan, und sie hat es dennoch gemacht? Oder er hatte nichts dagegen, als er noch Single war. Aber jetzt, wo er dich kennengelernt hat, wird er sie sicher in ihre Schranken verwiesen haben.«

»Brady, ich wusste gar nicht, dass ihr beide euch so nahesteht. Was hat Jasper dir versprochen, wenn du ihm hilfst, gut vor mir dazustehen?«

Ich wusste, dass es nicht fair war, so von einem meiner besten Freunde zu denken, geschweige denn, offen meine Einschätzung zu äußern. Und dennoch konnte ich einfach nicht ertragen, wie diese rosarote Blase, die sich mit jeder Lüge immer weiter aufbauschte, die Welt sein sollte, in der ich leben wollte.

Ja, ich hatte mir etwas vorgemacht. Und ja, ich wollte, dass das zwischen Jasper und mir etwas wird. Aber ich würde mit Sicherheit nicht die zweite Geige spielen. Egal, in welchem Stück. So etwas wie einen Rest von Ehre und Stolz gab es schließlich trotz allem, was in den letzten Monaten vorgefallen war, auch noch in mir.

»Val, ich habe Jasper am Anfang für einen Frauenaufreißer gehalten, der irgendetwas im Schilde führte, um bei dir zu landen. Zunächst kannte ich den Grund nicht. Als ich erfuhr, wer er war, dachte ich, er wollte dich und den *Candyheaven* womöglich ausspionieren.«

»Ach, und diese Gedanken konntest du nicht mit deiner dich über alles liebenden Ehefrau teilen?«, bemerkte Lin aufgebracht.

»Schatz, du weißt, wie sehr ich dich liebe. Ich wollte mir erst ein eigenes Bild von dem Mann machen, bevor ich ihn schlecht mache.«

Für den Moment gab sich Lin mit dieser Erklärung zufrieden.

»Warum bist du jetzt anderer Meinung?«, wollte ich wissen.

Brady atmete tief durch, bevor er zu sprechen begann.

»Als wir gemeinsam im Pub waren, spürte ich, dass er es ernst mit dir meint. Ich kann das jetzt nicht an einem Wort oder gar einem ganzen Satz festmachen. Es ist mehr so ein Gefühl.«

»Hört, hört! Der Doktor hat gesprochen«, keifte Lin.

Während die beiden sich stritten, beschlich mich ein merkwürdiges Gefühl. Was hatte Brady gerade noch gesagt? Er hatte gedacht, Jasper wollte mich ausspionieren? So war es doch. Oder?

Fieberhaft überlegte ich, ob es dafür einen Beweis gab, ob Jasper womöglich wirklich nur meine Nähe gesucht hatte, um an meine Rezepte heranzukommen. Schließlich hatte er ja keinen Hehl daraus gemacht, dass er nach Port Isaac gekommen war, weil er im Netz von meinen Kreationen gehört hatte. Aber würde er wirklich so weit gehen und …

»Mein blaues Notizbuch … Es ist weg«, schrie ich.

Wie von der Tarantel gestochen sprang ich von meinem

Stuhl auf. Der Inhalt der Tasse schwappte dabei auf mein cremefarbenes, mit blauen Schmetterlingen verziertes Sommerkleid. Das schönste Kleid, das ich besaß. Ich hatte es vor sehr langer Zeit gekauft, um einem Mann zu imponieren. Warum nur hatte ich geglaubt, dass mich genau dieses Kleid bei Jasper ans Ziel führen würde?

Brady sah mich fragend an, während Lin sofort begriff.

»Bist du dir ganz sicher, dass es weg ist? Könnte es nicht sein, dass du es unter Umständen zu Hause vergessen hast? Oder im Laden?«

Ich stellte den Becher beiseite und zog wie zum Beweis den Saum der Taschen, die seitlich in das Kleid gearbeitet waren, nach außen. Anschließend öffnete ich meine Handtasche. Doch auch dort war es nicht.

»Es war definitiv hier drin, als ich gemeinsam mit Jasper runter an den Hafen geeilt bin.«

»Und bevor ihr auf Pam gestoßen seid«, resümierte Lin. »Findest du es nicht auch merkwürdig, dass er nicht einmal den Versuch unternommen hat, dich davon zu überzeugen, dass zwischen ihm und dieser Pam nichts mehr läuft? Ich meine, hätte er dir nicht nachgehen müssen, als du auf und davon bist? «

Brady schien sich bei den Worten seiner Frau nicht mehr so sicher zu sein, ob das Vertrauen, das er Jasper gegenüber aufgebracht hatte, nicht doch womöglich ein Fehler gewesen war.

»Lasst uns gleich losgehen und ihn suchen! Weit kann er noch nicht gekommen sein«, behauptete dieser, während ich in Gedanken die Zeit überschlug, die seit dem Zwischenfall auf halber Strecke ins Dorf mein Leben aus den Fugen gerissen hatte.

Letztlich kam ich zu dem Schluss, dass es rein gar nichts daran ändern würde, wenn ich den Zeitpunkt genau benennen könnte. Das Rezeptbuch wäre dennoch verschwunden. Und sein unberechtigter Besitzer obendrein.

»Lasst uns bei March vorbeigehen!«, schlug Lin vor.

Ohne Lins Vorschlag zu hinterfragen, eilten wir aus dem Laden auf die Straße. Lin schloss die Tür wieder ab und folgte Brady und mir, die wir bereits auf halbem Weg zu dem kleinen Kiosk am Hafen waren.

Völlig außer Atem kamen wir wenige Minuten später dort an.

Entgeistert sah March uns entgegen.

»Na, so gut ist mein Kaffee doch auch wieder nicht, dass ihr wie vom Teufel verfolgt zu mir stürmen müsst. Außerdem ist noch genug davon da.«

»Das ist es nicht«, sagte Lin ganz außer Atem, während sie ihre Hände in die Seiten legte.

»Hast du Jasper gesehen?«, fragte ich ohne Umschweife.

Die Vorstellung, dass der Mistkerl sich nicht nur mit meinem gebrochenen Herzen aus dem Staub gemacht hatte, sondern mit meinen Rezepten *Clark's Sweetness* zu neuen Kreationen verhelfen könnte, trieb mich schier in den Wahnsinn. Damit war er noch ein viel größeres Arschloch, als Ron es gewesen war.

March sah uns dreien nacheinander in die Augen.

»Was ist passiert?«, fragte sie schließlich mit gerunzelter Stirn.

»Hast du ihn gesehen?«, fragte nun auch Brady.

»Er war vor einigen Minuten hier«, gab sie nach einer gefühlten Unendlichkeit schließlich preis.

»Mit einer langbeinigen Blondine?«, fragte ich.

March schüttelte den Kopf. Erleichterung machte sich in mir breit, was mich schlagartig verwunderte. Wie konnte ich nur froh darüber sein, dass er nicht Arm in Arm mit Pam durch Port Isaac spazierte? Der Kerl hatte mir meinen wichtigsten Schatz geraubt. Ich sollte ihn hassen, wie ich noch nie einen Menschen zuvor gehasst hatte.

»Er war mit seinem Großvater hier.« March klang bedrückt. Offenbar hatte sie der Besuch der beiden Männer aufgewühlt. »Aber was ist denn überhaupt vorgefallen?«, beeilte sie sich zu fragen, um von sich abzulenken.

»Mein Notizbuch ist weg. Das mit meinen Rezepten«, ergänzte ich, als ich die Fragezeichen in ihrem Gesicht erkennen konnte.

»Und jetzt glaubst du …«, schlussfolgerte March.

»Ich bin mir sogar ziemlich sicher. Also. Weißt du, wo sie hingegangen sind?«

March sah sich zu allen Seiten hin um.

»Weit können sie noch nicht sein. Ich bin mir nicht ganz sicher.« Kurzerhand kam sie aus ihrer Bretterbude, schloss die Tür hinter sich und stand sogleich vor uns. »Wir sollten uns aufteilen. Vielleicht haben wir dann mehr Chancen.«

Lin griff sich derweil schmerzerfüllt an ihren Knöchel.

»Du, mein Schatz, gehst nirgendwohin«, ermahnte Brady seine Frau.

»Aber ich …«

»Brady hat recht, Lin. Du musst deinen Fuß schonen. Am besten setzt du dich hier auf die Bank. Und wenn die beiden noch einmal vorbeikommen sollten, kannst du uns Bescheid geben.«

Lin nickte zähneknirschend. Ihr stand offen ins Gesicht geschrieben, dass sie uns lieber auf der Verfolgungsjagd begleitet hätte. Aber das hier war kein Spaß. Und die Gesundheit ging immer vor. Schlimm genug, dass ich für ihren Zustand verantwortlich war. Ich würde es mir nie verzeihen, wenn sie sich nun meinetwegen noch weiter verletzte oder gar länger nicht richtig laufen könnte.

Lin liebte ihre Arbeit, und sie liebte es, sich ihre Materialien selbst zusammenzusuchen. Ich wollte mir gar nicht ausmalen, was es für sie bedeuten würde, wenn sie für einige Zeit darauf verzichten müsste. Wegen mir.

»Ich kann auch bei Granny anrufen und fragen, ob Jasper sein Zimmer schon geräumt hat. Vielleicht hält er sich auch gerade bei ihr auf. Einen Versuch ist es wert, denke ich.«

»Das ist eine sehr gute Idee«, bekräftigte ich sie in ihrem Vorhaben.

»Und wir schauen uns hier drüben mal um. Vielleicht sind sie ein wenig spazieren gegangen«, meinte Brady.

March und ich setzten uns schon in Bewegung.

»Melde dich, falls du etwas in Erfahrung bringst«, rief ich Lin noch zu.

Wir ließen die Häuser von Port Isaac hinter uns und wanderten parallel zum Meer oberhalb an den Klippen vorbei. Weit und breit waren nur Kühe und vereinzelt ein paar Schafe und Ziegen zu sehen, die selig in der Mittagssonne grasten.

Ein Schäfer saß unter einem Baum im Schatten. Er hob die Hand zum Gruß, und Brady fragte ihn, ob er in der letzten Zeit jemanden gesehen hatte. Als er ihm erklärte, dass er eingeschlafen sein musste, verpuffte unsere Hoffnung, Auskunft über den Verbleib von Jasper zu erhalten.

Da hörten wir plötzlich eine Stimme von Weitem rufen.

»Valerie! Valerie!«

Es war Henry.

»Nicht jetzt, Henry. Wir haben etwas Wichtiges zu erledigen«, erklärte ich ihm kurz angebunden und viel zu schroff. Der Junge wollte sicher nur Hallo sagen oder fragen, wann er das nächste Mal gemeinsam mit mir in der Küche Bonbons machen durfte.

Es war nicht sonderlich nett von mir, ihn derart vor den Kopf zu stoßen. Aber ich befand mich in einer Ausnahmesituation. Mein ganzes Leben stand dort in diesem kleinen Buch niedergeschrieben. Alles, was mich ausmachte, wofür ich so hart gekämpft hatte, war dort festgehalten. Ich konnte einfach nicht zulassen, dass Jasper es mir wegnahm und es in London ausschlachtete.

Außerdem möchtest du ihn unbedingt noch einmal sehen, um ihn zu fragen, was ihm eure gemeinsame Nacht bedeutet, behauptete meine innere Stimme. Doch ich hörte gar nicht auf sie. Ebenso wenig wie auf Henry, der uns wild mit den Armen rudernd entgegengerannt kam. Der Junge war wirklich ein Bonbonfan, wie er im Buche stand. Anders konnte ich mir nicht erklären, warum er so hartnäckig blieb, obwohl ich mich so unwirsch ihm gegenüber verhalten hatte.

Kapitel 24

Jasper

»Du hast nicht zufällig Valerie gesehen?«, fragte ich Lin, die vor Marchs Kiosk in der Sonne saß und den Hafen genauestens im Auge behielt. Ganz so, als könnte dort gleich eine wilde Schar von Piraten auftauchen und Port Isaac überfallen.

Sie zuckte erschrocken zusammen, als sie den Laut meiner Stimme vernahm.

»Du?«, fragte sie mich wie einen Geist, der sie heimsuchte.

»Ist alles okay mit dir?« Besorgt sah ich an ihr hinab und erkannte, dass ihr Knöchel bandagiert war.

»Ach, das. Nein, das ist nichts. Valerie ist auf der Suche nach dir. Mit Brady und March«, offenbarte sie mir schließlich.

Ich verstand nicht ganz. »Wieso denn das?«

»Weil du Schuft ihr nicht nur das Herz gebrochen hast, sondern ihr auch noch ihr Notizbuch gestohlen hast. Du solltest dich was schämen, Jasper Clark. Das hat die Ärmste wirklich nicht verdient. Und dabei habe ich sogar versucht, dich in Schutz zu nehmen, als das mit dieser blonden Tussi passierte.«

Lin sah so erbost drein, dass ich es nicht wagte, mich neben sie hinzusetzen.

»Ich verstehe nicht ganz. Das mit Pam kann ich zwar nachvollziehen. Aber ich schwöre dir, dass ich nichts dafürkonnte. Pam ist gänzlich gegen meinen Willen hier in Port Isaac aufgetaucht. Ich habe sie nicht darum gebeten. Ganz im Gegenteil! Seit Monaten läuft sie mir hinterher. Aber vermutlich hätte ich ihr viel früher klarmachen sollen, dass es zwischen uns aus ist. Valerie hat … mich verändert.«

Lin musterte mich. Mir entging ihr argwöhnischer Blick nicht.

»Ich spreche nicht von deiner Ex. Ich spreche von dem Notizbuch, das du Val geklaut hast.«

Mit jedem ihrer Worte wurde Lin zusehends wütender.

»Notizbuch?«, bat ich sie, mir auf die Sprünge zu helfen.

»Klein, rechteckig, blau. Na, klingelt da etwas? Val hat dort all ihre Rezepte niedergeschrieben. Wirklich alle! Sie hütet das Buch für gewöhnlich wie ihren Augapfel.«

Ich schüttelte den Kopf.

»Ich habe das Buch zwar mal im *Candyheaven* gesehen, aber ich habe es nie auch nur berührt. Das schwöre ich dir.«

Der Ausdruck in Lins Gesicht veränderte sich.

»Dann willst du also behaupten, dass du es ihr nicht abgenommen hast?«, vergewisserte sie sich nun in einem ruhigeren Tonfall von meiner Aussage.

»Warum sollte ich? Ich liebe Valerie. Ich würde ihr so etwas nie antun.«

Lins Miene klarte allmählich auf. Sie grinste. »Nun verstehe ich meinen Mann.«

»Was?«, hakte ich nach. Ich verstand nur Bahnhof.

»Das tut jetzt nichts zur Sache. Wir sollten zusehen, dass wir Val und die anderen erreichen, bevor sie sich vollkommen verausgabt haben.«

Dabei zückte sie ihr Smartphone, tippte etwas darauf herum und hielt es sich dann ans Ohr.

Nach einigen Sekunden zog sie es wieder weg und sah auf

das Display.

»Komisch. Ich kann Brady nicht erreichen. Offenbar ist er im Funkloch unterwegs. Ich versuche es gleich bei Val.«

Fehlanzeige! Auch bei Val kam Lin nicht durch.

»In welche Richtung sind sie denn gegangen?«, versuchte ich eine Lösung für das Problem zu finden.

Lin legte ihre Handfläche schützend vor ihre Augen. Die Mittagssonne schien ihr direkt ins Gesicht.

»Dort lang.«

Lin wies mir mit ihrer anderen Hand die Richtung.

»Geht es dort nicht nach Port Quin?«, fragte ich.

Lin nickte. »Ja, das stimmt. Warum fragst du?«

»Verdammt!«, entfuhr es mir. »Mein Grandpa ist auf dem Weg dorthin.«

»Und?«, hakte Lin nach.

»March und er sind gerade nicht allzu gut aufeinander zu sprechen. Er hat sich ziemlich aufgeregt. Ich habe Angst um ihn. Er hatte vor Jahren schon einmal einen Herzinfarkt.« In Gedanken überschlug ich die Zeit, die er nun schon unterwegs war. »Ich hätte ihn nicht alleine spazieren gehen lassen sollen.« Ich raufte mir das Haar. »Aber er wollte es unbedingt. Und ich wollte ihm den Freiraum geben, ihm nicht das Gefühl vermitteln, er benötigte meine Hilfe. Außerdem wollte ich unbedingt zuerst mit Valerie sprechen.«

»Dann solltest du ihnen schnell nachgehen. Ich versuche es derweil bei Brady oder Val auf dem Handy. Vielleicht kann ich die beiden ja doch erreichen und sie vorwarnen.«

Was war das nur für ein ereignisreicher Tag? Heute Morgen noch glaubte ich, die gemeinsame Nacht mit Valerie wäre der einzige Gedanke, der mich heute für sich einnehmen würde. Und schon am frühen Morgen begegneten wir Pam, und Valerie verlor ihr Allerheiligstes, ihr Notizbuch.

Da konnte man ja fast meinen, unsere Verbindung stünde nicht unbedingt unter einem guten Stern. Aber ich schwor mir in diesem Moment, dass ich Valerie vom Gegenteil überzeugen würde. Sie und mich. Das war so unabwendbar wie die kommende Fußball-Europameisterschaft. Und dabei war ich nicht einmal ein großer Fan des Spiels.

Dafür war ich ein glühender Verehrer von Valerie. Und ich liebte sie. Das war mir inzwischen bewusst geworden. Ein Gefühl, das ich so noch für keine Frau empfunden hatte. Außer für meine Mum vielleicht.

Die Zeit wurde knapp. Ich spürte beinahe, wie sie mir durch die Finger rann. Ich musste dringend zu Valerie. Bevor es am Ende zu spät sein würde.

Kapitel 25

Valerie

»Ist das da vorne nicht Jaspers Grandpa?«

Es war nicht mehr als eine Silhouette, die ich auf die Entfernung hin ausmachen konnte. Aber es war alles, was ich in diesem Moment hatte.

Ohne auf Henry zu warten, der noch immer nicht müde wurde, in einer Tour meinen Namen zu rufen, rannte ich in die entsprechende Richtung in der Hoffnung, bald Antworten auf die vielen Fragen in meinem Kopf zu erhalten.

War ich wirklich einem Betrüger aufgesessen? Hatte Jasper sich heimlich, still und leise in mein Herz geschlichen, um mir am Ende alles zu nehmen, was mir noch geblieben war?

Ein Teil von mir war bereit, genau das zu glauben. Doch ein anderer, immer kleiner werdender Teil von mir kämpfte um eine andere Wahrheit. Eine schmerzfreiere Wahrheit, die all die Sorgen und zermürbenden Gedanken in Wohlgefallen auflösen würde.

Nur ein einziges Mal in meinem Leben wünschte ich mir so etwas wie ein Wunder.

»Arthur?«, rief ich in Hörweite des alten Mannes, als ich nahe genug bei ihm war und mich darüber vergewissert hatte, dass er es auch wirklich war.

Ich rief seinen Namen mehrere Male, doch er wollte oder konnte mich nicht hören. Also ging ich weiter, bis ich zu ihm aufgeschlossen hatte. Erst in dem Moment, als ich ihn von der

Seite am Arm antippte, bemerkte er überhaupt, dass er nicht mehr allein war. So vertieft schien er in seine Gedanken zu sein.

»Oh, Valerie! Wie schön, dich zu sehen. Wie geht es dir? Ich hoffe, du nimmst mir das gestrige Abendessen nicht übel. Es war nur … Du musst wissen, Jasper ist mein einziger Enkel. Wie jeder Großvater wünsche ich mir ein glückliches und erfülltes Leben für ihn. Wenn ich dabei übers Ziel hinausgeschossen bin, dann tut es mir von Herzen leid.«

Er lächelte milde und stützte sich dabei auf seinem Stock ab. Eine schwarz-weiß gescheckte Kuh stand nicht weit von uns entfernt und musterte uns interessiert, während sie ihr Maul weiterhin behäbig kreisen ließ, um das Gras darin zu zermahlen.

»Ist Jasper in der Nähe?«, wagte ich es schließlich, zu fragen. Ich bemühte mich um Ruhe in meiner Stimme, auch wenn mir gerade vielmehr zum Schreien zumute war.

»Gib sofort die Rezepte zurück!«, hörte ich in diesem Moment March in meinem Rücken sagen. Noch vor Brady hatte sie zu uns aufgeschlossen. Ich wusste gar nicht, dass die alte Frau so fit war.

Arthur sah sie verstört an.

»Ich verstehe nicht«, erwiderte er schließlich.

March spuckte wenig damenhaft vor ihm ins Gras und stützte dabei ihre Hände in die Hüften.

»Das ist so typisch für dich, Arthur. Schon damals hast du behauptet, den wahren Grund für deine überstürzte Rückreise nach London nicht zu kennen, hast behauptet, du würdest *bald* wiederkommen. Was genau verstehst du eigentlich unter bald,

Arthur? Du wirst jeden Menschen auf diesem Planeten fragen können, aber bald sind mit Sicherheit keine sechzig Jahre.«

Arthur sah betrübt drein. Sein Gesicht erfasste von jetzt auf gleich eine beklemmende Traurigkeit. Ich hatte Mitleid mit ihm. So herzlos hatte ich March noch nie mit einem ihrer Mitmenschen reden sehen. Es war schier nicht mitanzusehen, wie sehr sie darauf brannte, ihn mit ihren Worten zu verletzen.

»Wenn du mir doch nur die Gelegenheit dazu bieten würdest, dir alles in Ruhe zu erklären«, wagte er einen Vorstoß.

»Was gibt es da denn noch zu erklären? Da du einen Enkelsohn hast, wirst du auch einen Sohn, vielleicht auch eine Tochter haben. Und da das alles nicht vom Himmel fällt, wirst du irgendwann in diesen sechzig Jahren das Versprechen, das du mir gegeben hast, gebrochen und eine andere geheiratet haben. So einfach ist das.«

Marchs Stimme donnerte über die Klippen wie einer der stürmischen Winde im Herbst, der eine neue Jahreszeit einläutete und den Sommer von der Bildfläche verdrängte. Doch es war noch nicht so weit. Der Sommer hatte gerade erst begonnen.

»March, vielleicht solltest du Arthur zumindest mal die Chance geben, dir seine Sicht der Dinge zu schildern«, mischte ich mich ein und erntete sogleich einen mehr als eindeutigen Blick von ihr.

»Halt du dich da raus! Und überhaupt: Wie kannst du dich auf seine Seite schlagen, während sein Enkel dir deine Rezepte geklaut hat?«, fragte March mit einem abschätzigen Lächeln auf den Lippen.

»Er hat was?«, fragte Arthur, der sich in der Zwischenzeit so sehr auf seinem Stock abstützte, dass er weit darüber gebeugt dastand. Seine freie Hand lag auf seiner Brust.

»Valerie!«, rief Henry in diesem Augenblick, ehe er völlig außer Atem und mit hochrotem Kopf vor uns zum Stehen kam. Die Hände stützte der kleine Junge sogleich schwer auf seine Oberschenkel auf. Seine wirren Locken hingen ihm dabei klatschnass ins Gesicht.

»Henry, das ist jetzt wirklich nicht der passende Zeitpunkt. Wir müssen ganz dringend etwas besprechen.«

Als ich mich schon von ihm abwenden wollte, zog er etwas aus seiner Hosentasche. Es war blau, rechteckig und hatte verdammt viel Ähnlichkeit mit meinem Rezeptbuch.

»Wo hast du das her?«, fuhr ich ihn viel zu harsch an, während March zwischen Arthur und Henry hin und her sah.

Es dauerte noch ein paar Atemzüge, bis Henry wieder so weit fit war, dass er sprechen konnte. Die Anstrengung der vergangenen Minuten stand dem kleinen Jungen förmlich ins Gesicht geschrieben. Rote Pusteln überzogen seine Stirn, ebenso wie seine Wangen. Schweiß rann ihm an den Schläfen hinab.

»Ich hab dieses Buch am *Rose Hill* gefunden«, meinte er schließlich. »Dein Name steht drin. Außerdem habe ich unser Pfefferminzbonbonrezept darin entdeckt. Ich dachte, es wäre bestimmt sehr wertvoll für dich. Also habe ich mich gleich auf die Suche nach dir gemacht.«

Mit Tränen der Rührung sank ich vor ihm auf meine Knie. Das weiche Gras war noch etwas klamm. Doch das machte mir nichts aus.

»Henry, du hast mir damit einen riesigen Gefallen getan.

Entschuldige bitte, dass ich nicht früher angehalten habe. Ich war so verbissen darauf gewesen, Jasper zu finden, dass ich auch nicht nur einen Moment daran dachte, dass ich das Buch einfach in der Eile verloren haben könnte«, gestand ich mir und ihm ein.

Nicht ein einziges Mal hatte ich einen Gedanken daran verschwendet, dass ein Missgeschick meinerseits dazu geführt hatte, dass mir das Buch abhandengekommen war. Es war ja um so vieles leichter gewesen, Jasper zum Sündenblock zu erklären und ihn mit einem wilden Mob durch Port Isaac zu verfolgen. Plötzlich schämte ich mich schrecklich dafür, was ich getan hatte.

»Aber dann hat Jasper ja gar nichts getan«, bemerkte nun auch March folgerichtig, ehe ihr Blick zurück zu Arthur schweifte.

»Arthur!«, rief sie sogleich und spurtete zu ihm.

Auch er war mittlerweile in die Knie gegangen. Sein Gesichtsausdruck wirkte schmerzverzerrt. Seine Hand umklammerte noch immer die Brust.

»Sorry«, sagte Brady in diesem Moment. »Der alte Penprase wollte mich partout nicht gehen lassen.«

»Brady, komm bitte mal hier rüber zu Arthur. Ich habe die Befürchtung, dass er einen Herzinfarkt hat.«

Sogleich verschwand das Lächeln aus Bradys Gesicht.

»Was ist passiert? Hat er sich überanstrengt oder aufgeregt?«, fragte er fachmännisch, während er seinen Puls ertastete.

»Letzteres«, gab March offen zu. »Wir haben Jasper unbegründet beschuldigt. Henry hat das Buch gefunden. Valerie muss es auf dem Weg ins Dorf verloren haben«, fasste sie die neuen Erkenntnisse noch einmal zusammen.

»Ruft einen Rettungswagen!«, vermeldete Brady. »Hat jemand von euch Empfang?«

Ich kramte in der kleinen blauen Tasche, in der gerade mal mein Handy und mein Geldbeutel Platz fanden. Als ich auf dem Display erkannte, dass ich kein Netz hatte, hob ich das Smartphone in der Hand in die Höhe und lief suchend durch die Gegend.

Die Kuh in unmittelbarer Nähe, die unserem Treiben noch immer überaus interessiert beiwohnte, ließ sich von meinem Herumgezappel nicht aus der Fassung bringen. Ihre Mahlbewegungen waren nach wie vor gleichmäßig geblieben. Da kam mir ein Gedanke.

»Liebe Kuh! Brave Kuh!«, redete ich auf sie ein.

Es dauerte einen Moment, bis ich mir selbst Mut zugesprochen hatte, meine Idee auch in die Tat umzusetzen.

»Valerie, was ist los?«, fragte Brady, der sich um den mittlerweile aschfahlen Arthur kümmerte.

Sein Körper wirkte schlaff. Die Farbe des lebendigen grünen Grases biss sich mit dem Anblick des Todes.

Mit zittriger Stimme redete ich weiter auf die Kuh vor mir ein. Es schien sie überhaupt nicht zu stören, dass ich dabei immer weiter auf sie zulief. Nach allen Seiten blickte ich mich Hilfe suchend nach einer Anhöhe oder einem Baum um. Aber da war nichts. Bis zu Penprase war der Weg eindeutig zu lang. Ich musste es wagen, um damit ein bisschen von dem wiedergutzumachen, was ich Jasper angetan hatte.

Noch ehe das Tier vor mir so recht begriff, was ich vorhatte, schwang ich mich auf ihren Rücken. Zumindest unternahm ich den Versuch. Beim ersten Mal fiel ich sogleich wieder ins Gras zurück, und beim zweiten Mal wäre ich beinahe über sie drübergefallen, da ich zu viel Anlauf genommen hatte. Aber nach einigem Hin und Her saß ich tatsächlich auf der geruhsamen Kuh und streckte die Hand abermals auf der Suche nach Empfang in die Höhe. Und tatsächlich: Ich hatte Netz. Jetzt hieß es schnell sein.

Kapitel 26

Jasper

Ein ungutes Gefühl beschlich mich, als ich das Martinshorn in der Ferne vernahm und nur wenige Sekunden später ein Rettungswagen mit Blaulicht an mir vorbeifuhr. Der Fahrer hielt geradewegs auf den mit Schotter versehenen Wanderweg nach Port Quin zu, auf dem sich mein Grandpa gerade befand.

Eine innere Unruhe ergriff mich. Was war bloß geschehen? Meine Schritte wurden schneller, und noch ehe ich es selbst realisierte, rannte ich auch schon dem Wagen hinterher.

Eine Gruppe Wanderer stand am Wegrand mit ihren Stöcken und hustete wegen des Staubs, den der Krankenwagen aufgewirbelt hatte. Einige von ihnen rieben sich die Augen und schimpften über die erhöhte Geschwindigkeit des Wagens.

Unbeirrt dessen lief ich weiter. Immer in der Hoffnung, meine Sorge wäre unbegründet und mein Großvater läge nicht dort irgendwo auf dem Feld im Sterben. In meine Sorgen mischten sich Gewissensbisse und Vorwürfe.

Nie im Leben hätte ich zulassen dürfen, dass er sich allein auf den Weg nach Port Quin machte. Ich hätte bei ihm bleiben müssen, auch wenn er mich noch so sehr darum bat, allein zu sein.

Szenen aus meiner Kindheit mischten sich in meine Gedanken. Grandpa, wie er mir abends vor dem Schlafengehen Märchen vorgelesen hatte, während mein Vater im Büro gewesen war. Grandpa, wie er mit mir in den Zoo gegangen war und mir alles über die wilden Tiere erzählt hatte. Ich war nicht müde geworden, ihn immer weiter auszufragen, und Grandpa hatte die Ruhe besessen, mir geduldig auf alles eine Antwort zu geben.

Nein, er durfte auf gar keinen Fall sterben. Grandpa war alles, was mir von meiner Familie noch geblieben war. Auf Dad konnte ich nicht zählen. Der verkaufte sogar die Firma an die Asiaten, weil er nicht genügend Vertrauen in mich hatte.

In der Ferne sah ich eine Gruppe von Menschen. Der Krankenwagen kam vor ihr zum Stehen und eine Frau und ein Mann stiegen aus. Die Frau trug einen Koffer und der Mann einen Rucksack. Sie sprachen mit den umstehenden Leuten und blickten dann gen Boden.

So schnell mich meine Beine trugen, rannte ich zu ihnen. Jedes Mal, wenn mein Fuß den Boden berührte, flehte ich den Herrn an, er möge Grandpa noch nicht zu sich holen. Nicht jetzt. Am besten niemals.

Mein Herz wurde mit jedem Meter schwerer, und die Last meines schlechten Gewissens war kaum mehr zu ertragen.

Völlig außer Atem erblickte ich Valerie unter der Ansammlung von Menschen. Unsere Blicke verfingen sich ineinander. Wie in Zeitlupe nahm ich jede ihrer Regungen genauestens wahr. Eine bittere Traurigkeit war von ihren Augen abzulesen. Als sie ihren Blick senkte, hatte ich Gewissheit darüber, dass etwas Schlimmes passiert sein musste.

»Grandpa? Grandpa?«, rief ich immer wieder, während ich

die letzten Meter Distanz zurücklegte. »Grandpa?«

March, Valerie und Henry sahen mich besorgt an, während Brady mit den beiden Sanitätern am Boden neben einem leblos erscheinenden Körper kniete. Aschfahl war sein Gesicht und der Mund stand leicht offen. Grandpa wirkte ein wenig so, als wäre er mal wieder in seinem bequemen Sessel im Salon vor dem Kamin eingeschlafen, so friedlich lag er da.

»Was ist mit ihm?«, fragte ich nervös, während mein Herz so heftig gegen meinen Brustkorb schlug, dass ich Sorge hatte, es könnte jeden Moment zwischen meinen Rippen herausfallen.

»Wir nehmen ihn mit ins *Community Hospital* in Bodmin«, sagte die Sanitäterin. »Womöglich ein Schwächeanfall. Aber wir können auch einen Herzinfarkt nicht ausschließen. Ist jemand von Ihnen mit diesem Mann verwandt oder kennt ihn näher?«, fragte sie in die Runde, während ihr Kollege eine Trage holte.

»Ich bin sein Enkel«, erklärte ich ihr wie in Trance. »Wird er … wird er wieder gesund?«

Die Sanitäterin sah mich mitleidig an.

»Wir tun alles, was in unserer Macht steht. Zuerst einmal nehmen wir ihn mit in die Klinik und untersuchen ihn eingehend. Es wäre gut, wenn Sie nachkommen könnten. Er würde sich sicher über ein vertrautes Gesicht freuen, wenn er aufwacht. Außerdem gibt es einige Formalitäten zu klären.«

Die Frau mit dem langen, geflochtenen, roten Zopf war sehr nett. Und dennoch war sie so routiniert in dem, was sie da tat, dass ich mich fühlte, als wäre ich geradewegs in eine Amtsstube gelaufen, um meinen Personalausweis zu verlängern.

Die Absurdität des Augenblicks ließ meine Mundwinkel zucken. Es war verrückt. Ich wollte lachen und weinen und das alles zur gleichen Zeit. Dies war mit Abstand der Tiefpunkt meines Lebens. Jeden Moment würde man mir den Boden unter den Füßen wegziehen, und ich würde dem Abgrund entgegenblicken.

Die beiden Sanitäter legten Grandpa auf die Liege und trugen ihn zum Wagen, verluden ihn und fuhren daraufhin los. Wie perplex blickte ich ihnen nach, ehe eine zarte Berührung am Arm mich aus meiner Schockstarre erweckte.

»Es wird alles gut werden«, behauptete Valerie mit zerknirschter Miene.

»Woher willst du das wissen?«, fuhr ich sie harscher an als beabsichtigt. »Was ist überhaupt passiert? Was macht ihr alle hier?«

March sah verlegen zu Boden, und Henry versteckte sich hinter Valerie. Brady kniete neben dem plattgedrückten Gras, auf dem mein Grandpa gerade noch gelegen hatte.

»Es war mein Fehler«, erklärte plötzlich March, die für ihre Verhältnisse ziemlich bleich wirkte. »Ich habe ihm Vorwürfe gemacht. Wegen damals.«

Gedankenversunken sah March hinaus aufs Meer, während sie die Arme vor ihrem Körper verschränkte. Sie wirkte abwesend, ganz so, als wäre sie meilenweit von uns entfernt in einer anderen Zeit.

»Nein, es ist allein meine Schuld«, meinte daraufhin Valerie mit schmerzerfülltem Gesichtsausdruck und geballten Fäusten. »Mein Rezeptbuch war weg«, begann sie zu erklären.

»Ja, Lin hat mir davon erzählt. Sie hat auch gesagt, ihr wärt auf der Suche nach mir, weil ihr mich im Verdacht hättet, ich könnte dir das Buch gestohlen haben. Ich hoffe, das Ganze hat sich inzwischen aufgeklärt. Denn ich habe es dir nicht weggenommen. Warum sollte ich das auch tun?«

Valerie sah betrübt drein. Ich konnte ihr ansehen, wie sehr sie unter der ganzen Situation litt, wie sehr sie mit den Ereignissen der vergangenen Minuten zu kämpfen hatte. Am liebsten hätte ich sie in den Arm genommen, sie fest an mich gedrückt und ihr gesagt, dass alles wieder gut werden würde.

Aber würde es das denn wirklich? Würde Grandpa wieder gesund werden? Würde ich Valerie davon überzeugen können, dass ich meine Vergangenheit ein für alle Mal hinter mir lassen wollte? Würde Sie mir je glauben, dass ich zwar gekommen war, um hinter ihr Geheimnis zu kommen, nun aber nicht wieder gehen wollte, da ich es gefunden hatte?

»Ich muss jetzt zurück zu meiner Mum laufen. Sie macht sich bestimmt schon Sorgen, wo ich geblieben bin«, erklärte Henry, während er sich mit einer Hand durchs Haar fuhr und dabei bemüht lächelte. Er fühlte sich mächtig fehl am Platz. Der arme Junge. Welche Rolle er in dem Spiel gespielt hatte, wusste ich zwar nicht. Aber es war nicht nötig, dass er länger anwesend war.

Valerie ging vor dem kleinen Jungen in die Hocke, nahm seine Hände in die ihren und sah ihn dankbar an.

»Henry, ich danke dir von Herzen, dass du mir mein Buch zurückgebracht hast. Wenn du möchtest, darfst du dir später so viele Süßigkeiten aus meinem Laden aussuchen, wie du möchtest.«

Der Junge bekam bei Valeries Worten ganz große Augen.

»Wirklich?«, fragte er ungläubig.

Valerie nickte und drückte ihm einen Kuss auf die Wange.

»Das erzähl ich gleich Peppa. Die wird vielleicht Augen machen.« Dann überlegte er kurz. »Muss ich denn auch mit ihr teilen?«

Valerie lächelte ihn an.

»Das überlasse ich ganz dir selbst.«

Henry überlegte kurz.

»Wenn ich mir wirklich alles aussuchen kann, was ich möchte, dann will ich mal nicht so sein und mit ihr teilen. Eigentlich ist sie nämlich eine ganz tolle große Schwester, musst du wissen. Aber bitte sag es ihr nicht.«

»Versprochen«, erklärte Valerie, und schon war Henry auf und davon.

Brady kümmerte sich derweil um March, der es gesundheitlich offenbar auch nicht wirklich gut ging. Was war nur vorgefallen, was sie dermaßen mitgenommen hatte?

»Es war alles so … verwirrend für mich, Jasper«, begann Valerie zögerlich zu erzählen. »Gestern Abend noch war ich so glücklich gewesen. Wenn mir jemand vor wenigen Tagen gesagt hätte, dass ich mich je wieder so fühlen würde, hätte ich ihn ausgelacht.« Sie lächelte verlegen und strich sich dabei eine Strähne aus dem Gesicht.

»Und dann sind wir Pam begegnet, und du hast dich an die Schlagzeilen der Zeitungen erinnert«, schlussfolgerte ich.

Valerie nickte.

»Sie war so unglaublich schön mit ihren gemachten Fingernägeln, der guten Figur und den langen blonden Haaren. Und als sie dich dann vor meinen Augen geküsst hat, war ich mir ganz sicher, dass ich keine Chance gegen sie haben würde.«

Jede Faser meines Körpers begehrte gegen Valeries Worte auf. Sogar das Meer schien sich mit mir zu verbünden, so laut war sein Rauschen.

»Wie kommst du darauf, dass du keine Chance gegen sie hättest? Ich war doch mit dir zusammen. Und wenn du mir die Möglichkeit gegeben hättest, dann hätte ich dir gleich noch an Ort und Stelle erklärt, wie wir beide zueinanderstehen. Aber du bist ja lieber fortgelaufen und hast den Stimmen in der Klatschpresse mehr Glauben geschenkt als mir.« Ich spürte, wie eine innere Wut von mir Besitz ergriff. Ständig musste ich mich verteidigen, die ewigen Erklärungen und Unschuldsbeteuerungen waren mir allesamt zu viel. »Ich sollte jetzt zu meinem Grandpa ins Krankenhaus fahren«, sagte ich mit unterkühlter Stimme.

Ja, ich liebte Valerie, und ja, ich wollte mein Leben mit ihr teilen. Aber dafür brauchte es noch immer zwei. Und solange Valerie mich im Verdacht hatte, ich könnte bei nächster Gelegenheit ihr Rezeptbuch klauen und mich im Anschluss daran mit Pam nach London absetzen, war unsere Beziehung nicht mehr wert als eine einzelne winzige Praline.

Es war alles gesagt. Zumindest für den Moment. Ich wandte mich von Valerie ab, um mir im Ort ein Taxi zu nehmen und zu Grandpa in die Klinik zu fahren. Doch jemand hielt mich davon ab. Valerie legte ihre Finger um mein Handgelenk.

»Warte!«

Als ich mich zu ihr umdrehte, ergänzte sie mit flehendem Blick: »Bitte!«

»Was gibt es denn noch?«

Wenn ich glaubte, Valerie würde sich durch meine rauen Worte davon abhalten lassen, mir zu sagen, was ihr auf der Seele lag, dann hatte ich mich in ihr getäuscht.

»Ich möchte mich dafür entschuldigen, dass ich dich in Verdacht hatte, mir meine Rezeptsammlung gestohlen zu haben. Es tut mir wirklich leid! Besonders leid tut mir auch, dass es deinem Großvater wegen mir so schlecht geht. Wenn wir ihm nicht nachgehetzt und ihn bedrängt hätten, uns zu sagen, wo wir dich finden können, wäre er sicher nicht auf dem Weg ins Krankenhaus. Aber was die Sache mit Pam anbelangt«, fing sie an.

»Ja?«, forderte ich sie auf weiterzusprechen, als sie ins Stocken geriet.

»Da kann ich nicht so einfach über meinen Schatten springen. Ich weiß nicht, was ich glauben soll. Im Grunde sind wir total verschieden. Außerdem lebst du in London, während ich hier auf dem Land glücklich bin. Es wäre nicht gut für uns beide. Glaub mir.«

Ich schüttelte den Kopf.

»Ich will dir nicht glauben, Valerie. Weil ich es besser weiß. Ich weiß, dass wir füreinander bestimmt sind. Ich weiß, wie sehr wir für die gleiche Sache brennen. Wir beiden wären ein unschlagbares Team. Und damit meine ich nicht nur im Bett, sondern auch in der Backstube. Die Confiserien und Patisserien dieser Welt würden vor uns niederknien. Wir beide, Valerie. Nur wir beide. Alles andere ist egal.«

Noch keimte Hoffnung in mir, als ich Valerie schonungslos ehrlich meine Gefühle offenbarte. Sie sollte wissen, wie sehr ich für sie brannte, wie wenig ich mir ein Leben ohne sie mehr vorstellen konnte.

Doch Valerie unterbrach den Blickkontakt. Ein sicheres Zeichen für ein *Ich bin noch nicht so weit.* Sosehr mich ihre Zurückweisung auch kränkte, musste ich dennoch nach vorn blicken. Grandpa brauchte mich jetzt. Für alles andere würde hoffentlich später noch Zeit bleiben.

Kapitel 27

Valerie

»Was hast du denn jetzt vor?«, fragte mich March, als ich neben Lin auf der Bank vor ihrem Kiosk Platz genommen hatte.

»Es ist wohl an der Zeit, dass ich den *Candyheaven* endlich aufschließe. Meine Kunden werden sich schon wundern, wo ich geblieben bin.«

Lin legte ihre Hand auf meine. March und ich hatten ihr alles erzählt. Sie war noch immer ganz schockiert über den Fortgang der Geschehnisse. Da ging es ihr nicht anders als mir.

Doch zu den Gewissensbissen, die mich wegen der Sache mit Arthur plagten, mischte sich die letzte Unterhaltung mit Jasper und mein Unvermögen, ihm einen Vertrauensvorschuss zu geben.

Warum nur hatte ich nicht einfach über meinen Schatten springen und ihm sagen können, dass ich es mit ihm versuchen wollte, dass er der Mann war, mit dem ich abends einschlafen und am Morgen wieder aufwachen wollte? Warum nur maß ich ihn ständig an Ron und seinem Verhalten? Die beiden hatten schließlich rein gar nichts miteinander gemein.

Und dennoch war da diese unbändige Angst in mir, erneut verlassen zu werden, plötzlich allein dazustehen und abermals bei null beginnen zu müssen.

»Papperlapapp! Du wirst natürlich mit mir ins Krankenhaus fahren«, vermeldete March.

Alles in mir sträubte sich gegen den Gedanken, Jasper schon

bald wieder gegenübertreten zu müssen. Wenn ich meine Augen schloss, konnte ich noch immer den enttäuschten Blick sehen, mit dem er mich zuletzt bedacht hatte. Mein Herz zersprang bei diesem Anblick in tausend Einzelteile.

Nein, ich war noch nicht bereit dazu. Im Moment konnte ich nicht mal mit Gewissheit sagen, dass ich je dafür bereit sein würde.

»Ich kann das nicht, March. Es wäre nicht richtig, sich Jasper aufzudrängen. Schließlich gehören wir nicht zur Familie.«

March lachte sarkastisch auf.

»Und wenn du so weitermachst, dann wirst du mit ziemlicher Sicherheit nie ein Mitglied davon werden.« March klang ernst und gefasst. Ich spürte förmlich, wie wichtig es ihr war, mich vor mir selbst zu beschützen. »Mach nicht dieselben Fehler wie ich, Valerie«, sagte sie mit einer solchen Zerbrechlichkeit in der Stimme, dass ich gewillt war, ihr zuzuhören. Mehr noch. Ich war bereit, ihre Worte ernst zu nehmen. Auch wenn das bedeutete, dass ich meinen gefassten Entschluss revidieren musste.

Ein verunsichertes »Okay« kam mir über die Lippen. Es war nicht so wirkungsvoll wie Marchs dramatische Worte zuvor, aber es war ein Anfang. Was daraus werden würde, das wusste nur die Zeit.

»Brady kann euch fahren«, schlug Lin vor und deutete auf ihr Bein. »Ich bin euch leider zu nichts nutze. Aber ich werde gleich oben ein Schild hinhängen, damit deine Kunden Bescheid wissen.«

»Das ist sehr lieb von dir.«

Ich drückte meine Freundin zum Abschied ganz fest an

mich.

Im *Community Hospital* in Bodmin angekommen, fragte uns eine schätzungsweise fünfzigjährige Frau mit einem Bobhaarschnitt und einem üppigen Damenbart, was wir von ihr wollten.

Sie klang nicht sonderlich freundlich. Doch wäre ich allein gewesen, hätte ich geflissentlich darüber hinweggesehen, um an mein Ziel zu gelangen. Nicht so March. Die drehte nicht stundenlang Worte in ihrem Mund hin und her, bis sie dem Gegenüber auch gefallen konnten. Sie war direkt und redete immer frei Schnauze. Viele liebten sie genau dafür: für ihre offene und ehrliche Art.

Ganz im Gegensatz zu dem Krankenschwesterdrachen vor uns an der Annahme. Die machte keinen Hehl daraus, dass ihr March gewaltig gegen den Strich ging.

»Hören Sie mal zu! Das hier ist mein Krankenhaus«, ließ der Drachen gerade verlautbaren.

Ihre Stimme dröhnte dabei wie ein Donnergrollen durch den Raum. Bei jedem weiteren Wort schrumpfte ich immer weiter in mich zusammen. Sicher lag schon die gesamte Aufmerksamkeit von Patienten, Besuchern und dem Personal auf uns. Ich fühlte mich schrecklich in meiner Haut und wäre am liebsten nach draußen zum Auto geeilt.

Nur dummerweise war Brady, kaum dass wir in Bodmin angekommen waren, von einem seiner Patienten angerufen worden, der dringend seine Hilfe benötigte. Brady hatte uns daraufhin entschuldigend am Krankenhaus abgesetzt, hatte uns jedoch versichert, dass er uns später wieder abholen würde, und war zurück nach Port Isaac geeilt.

Wie gerne ich jetzt ebenfalls bei ihm im Auto gesessen hätte. Mittlerweile war ich mir nämlich nicht mehr ganz so sicher, ob es wirklich eine gute Idee gewesen war, auf March zu hören.

»Ach, das ist also Ihr Krankenhaus?«, erwiderte March schnippisch. »Warum heißt es denn dann *Community Hospital* und nicht *Haus des Drachen*?«

Ich schluckte bei Marchs Worten und wünschte mir sehnlichst ein Mauseloch herbei, in dem ich schleunigst verschwinden konnte.

Das konnte doch alles nicht wahr sein. Und wie kam March überhaupt auf den Drachen? Hatte sie etwa meine Gedanken gehört? Zuzutrauen wäre es ihr. March wusste schließlich über alles und jeden in Port Isaac Bescheid. Vermutlich beherrschte sie Telepathie und verbrachte den ganzen lieben Tag damit, in fremder Köpfe herumzuspazieren. Ein überaus Angst einflößender Gedanke, wenn ich so darüber nachdachte.

»Also erlauben Sie doch mal!«, setzte sich der Drachen zur Wehr.

Ihr Organ schwoll dabei dermaßen an, dass es sogar in meinen Ohren zu klingeln begann. Besorgt sah ich zu den Fensterscheiben hinüber, von denen ich überzeugt war, dass sie jeden Moment zersplittern würden.

»Was ist denn hier los?«, fragte nicht etwa ein Arzt oder eine Krankenschwester, die sich über den Lärm wunderte. Nein, es war Jasper.

In diesem Augenblick wäre ich am liebsten auf die Größe einer Ameise zusammengeschrumpft. Viel peinlicher hätte unser Wiedersehen nicht werden können. Ich wandte mich von March ab und sah zur anderen Seite. Doch es half nichts, Jasper erkannte mich natürlich.

»Valerie?«, fragte er mit einer Mischung aus Verwunderung und blankem Entsetzen. Das konnte ich auch hören, ohne ihm dabei ins Gesicht zu sehen.

Was sollte ich nun tun? Mich umdrehen, ein Lächeln aufsetzen und so tun, als wäre nichts passiert?

»Da bist du ja, mein Junge«, kam March mir dankenswerterweise zuvor. »Dieser Drachen hier wollte uns keine Auskunft darüber geben, wo wir Arthur und dich finden können.«

Ich wartete schon darauf, dass sich der Krankenschwesterdrachen mit dem Bobschnitt zu Wort meldete. Doch ihre Antwort blieb aus. Verwundert darüber drehte ich mich zu den dreien um. Die Neugierde hatte gesiegt.

Ich sah gerade noch, wie Jasper dem Drachen mit einer Engelsgeduld versicherte, dass sie nichts falsch gemacht hatte und dass es ausschließlich seine Schuld gewesen war, da er es aufgrund der Sorgen um seinen Grandpa versäumt hatte, uns als Besucher anzumelden. Er entschuldigte sich überschwänglich bei der Frau.

Diese wirkte danach lammfromm und warf Jasper Blicke zu, die nicht ganz jungendfrei waren. Als ihr Blick jedoch auf March und mich fiel, änderte sich der verträumte Ausdruck in ihren Augen schnell wieder. Hastig gingen wir Jasper nach, als er uns bedeutete, ihm zu folgen.

»Was macht ihr hier?«, fragte Jasper erbost, als wir etwas Raum zwischen den Drachen und uns gebracht hatten.

Der Korridor war düster und wirkte steril. Der in die Jahre

gekommene ockerfarbene Linoleumboden, die weißen Wände, die an Tristesse kaum mehr zu überbieten waren – all das wurde durch diesen typischen Krankenhausmief überdeckt. Neben den Desinfektionsmitteln und dem herben Duft von Essigreiniger mischte sich auch noch der Geruch von Essen. Eine wahrhaft unschöne Kombination. Doch ich verbot mir, länger darüber nachzudenken. Schließlich war ich nicht gekommen, um mich hier in aller Seelenruhe umzusehen. Ich hatte mir etwas vorgenommen.

»Wie geht es Arthur?«, fragte March besorgt. Wieder kam sie mir zuvor.

Doch ich nahm es ihr nicht übel. Schließlich sah ich ihr deutlich an, wie sehr sie die ganze Situation mitnahm.

Sie musste sich schrecklich fühlen. Da traf sie nach Jahrzehnten den Mann ihres Lebens wieder, wies ihn zurück und verdächtigte seinen Enkel als Dieb, was wiederum dazu führte, dass Arthur einen Zusammenbruch erlitt.

»Besser als gedacht. Es war nur ein Schwächeanfall. Kein Herzinfarkt«, offenbarte Jasper zähneknirschend.

Auch ohne die Fähigkeit zu besitzen, in anderer Menschen Köpfen herumzuspazieren, konnte ich an Jaspers Gesichtsausdruck gut erkennen, wie wenig ihn unser Besuch erfreute. Mehr noch.

Wenn sein Blick mich traf, dann war er eisig, distanziert, unnahbar. Aber was hatte ich denn erwartet? Dass er mir freudestrahlend um den Hals fallen und mir versichern würde, er könnte mich verstehen? Wie sollte er das auch, wenn ich mich ja selbst kaum verstehen konnte?

March neben mir atmete erleichtert auf.

»Kann ich zu ihm?«, fragte sie mit flehender Stimme. »Ich verspreche auch, ihn nicht aufzuwühlen. Ich möchte mich nur bei ihm entschuldigen.«

Noch nie zuvor hatte ich erlebt, dass March sich so bittend gab. Das war das reinste Kontrastprogramm, wenn man bedachte, dass sie noch vor wenigen Minuten gegenüber der Krankenschwester ihre Krallen ausgefahren hatte.

Jasper neben mir zögerte.

»Okay. Aber nur kurz«, sagte er dann und deutete auf eine Tür, hinter der sich Arthur offenbar befand.

Bevor March in die gewiesene Richtung lief, drückte sie Jasper einen Kuss auf die Wange. Dabei konnte ich beobachten, wie sich eine Träne aus ihrem Auge löste. Sie war ihm dankbar dafür, dass er ihr diese Chance gab. Denn wir beide wussten nur allzu gut, dass er keinen Grund dazu hatte. Ganz im Gegenteil.

Als March durch die weiße Tür verschwunden war, blieben Jasper und ich zurück auf dem trostlosen Flur. Das sonst so rege Treiben spielte sich offenbar nur in Krankenhausserien ab. Die Morgenvisite war längst durch, und so herrschte auf dem Gang eine beängstigende Stille.

»Und warum bist du gekommen?«

Ich erschrak ein wenig, als ich Jaspers Stimme vernahm. Denn ich hatte nicht damit gerechnet, dass er das Wort an mich richten würde. Vielmehr hatte ich erwartet, dass er mich wie Luft behandeln würde nach allem, was vorgefallen war.

»Ich möchte mich bei dir entschuldigen.«

Er nickte.

»Sonst noch etwas?«

Jaspers Stirn war in tiefe Falten gelegt. Seine Augen waren gerötet, und sein Gesicht wirkte wie um Jahre gealtert. Am liebsten hätte ich ihn in den Arm genommen und ihm versichert, dass wir das gemeinsam durchstehen würden. Aber das stand mir nicht zu. Nicht, nachdem ich ihn so vor den Kopf gestoßen hatte, als er meine Hilfe so bitter nötig gehabt hatte.

»Wir sollten reden. Nicht heute. Nicht morgen. Aber irgendwann, wenn du dich dazu bereit fühlst.«

Wieder nickte er.

Es waren nur wenige Zentimeter, die uns räumlich voneinander trennten. Doch in diesem Moment kamen sie der Unendlichkeit verdammt nahe.

Kapitel 28

Jasper

Merkwürdig vertraut wirkten March und Arthur dort am Krankenbett. March hatte ihre Hände um seine gelegt. Sie sahen sich fest in die Augen und versprachen sich stumm die Ewigkeit.

Kaum dass ich das Zimmer betreten hatte, wollte ich auch schon wieder gehen. Doch vor der Tür wartete Valerie auf March. Das war also keine Option.

Valerie und ich. Wie hatte mich meine Vergangenheit nur ausgerechnet in dem Moment heimsuchen können, als ich gerade dabei war, mein komplettes Leben auf den Kopf zu stellen? Und das für eine Frau, die mir nicht das nötige Vertrauen entgegenbringen konnte. Sosehr sie es auch versuchte, es würde immer etwas zwischen uns stehen. Und ich würde nichts dagegen tun können.

Ich schüttelte leicht den Kopf, um mich der unliebsamen Gedanken darin zu entledigen. Anstatt mich weiter mit den Fragen rund um Valerie und mich zu beschäftigen, sollte ich zusehen, dass ich für meinen Großvater da war, nun, da er mich brauchte.

Der behandelnde Arzt hatte ihm zwar ein sehr gutes Herz diagnostiziert, ihn aber dennoch ermahnt, in Zukunft etwas kürzerzutreten. Es war pures Glück gewesen, dass so viele Menschen bei ihm gewesen waren, als es ihm nicht gut ging. Beim nächsten Mal war er vielleicht ganz allein irgendwo auf dem Weg zwischen Port Isaac und Port Quin. Oder er spazierte in London durch den Hyde Park und brach dort auf einem der entlegeneren Wege zusammen.

Grandpa hatte sich wider Erwarten sehr verständnisvoll gezeigt. Nahezu reumütig. Dabei war ihm überhaupt kein Vorwurf zu machen. Wenn Valerie ihm mit dem wilden Mob nicht aufgelauert hätte, dann wäre er sicher unbeschadet an seinem Ziel angekommen.

Wieder sah ich hinüber zu meinem Großvater und March. Die beiden schwiegen sich noch immer an, während sie Händchen hielten. Der Blickkontakt zwischen den beiden riss nicht ab. Sie hatten offenbar nicht mal bemerkt, dass sie nicht mehr allein waren.

Wie ich mir die beiden so ansah, beneidete ich sie um das, was Valerie und ich nicht hatten. Grandpa und March wirkten wie eine Einheit, die auch nach Jahrzehnten der Trennung problemlos wieder zueinanderfand. Ganz so, als wäre der eine das fehlende Puzzlestück, das den anderen vervollständigte.

»Jasper, mein Junge! Da bist du ja.«

Die Freude, mich zu sehen, erstrahlte über seinem ganzen Gesicht. Dabei war ich nicht mehr als fünf, vielleicht zehn Minuten aus dem Zimmer gewesen, als ich draußen einen furchtbaren Aufruhr mitbekam und mir unter diesen Bedingungen Sorgen um die Genesung meines Großvaters gemacht hatte.

»Komm zu uns!«, bat er mich. »Nimm dir einen der Stühle vorne am Tisch mit.«

Ich tat ihm den Gefallen, auch wenn ich das Gefühl hatte, zu stören.

»Darf ich dir diese charmante Frau vorstellen?« Er küsste

ihre Hand, dann erklärte mir Grandpa schließlich, wer die Frau mir gegenüber war. »Das ist March.«

Mit gerunzelter Stirn sah ich ihn an. Er wusste, dass ich die Kioskbesitzerin kannte. Warum stellte er sie mir dann vor? War er womöglich doch unglücklich gefallen und hatte sich dabei den Kopf angeschlagen? Vielleicht sollte ich Dr. Burmingham rufen, damit er Grandpa noch einmal gründlich untersuchen konnte.

Anstatt gleich in Panik auszubrechen, versuchte ich es mit einer Prise Humor. Ich lachte, auch wenn ich angespannt war.

»Grandpa, ich kenne March doch schon. Aus Port Isaac. Du erinnerst dich?«

Nun war es an meinem Grandpa, zu lächeln.

»Aber natürlich. Ich hatte vielleicht einen Schwächeanfall, aber hier oben«, dabei deutete er mit seinem Zeigefinger an die Stirn, »ist noch alles intakt.«

Die Aussage beruhigte mich. Zumindest für den Moment.

»March und ich haben uns vor sehr langer Zeit kennengelernt. Ich war in Port Isaac, um eine Krankheit auszukurieren, und March war eines dieser wilden kleinen Räubermädchen, die so herrlich unangepasst waren.«

Bei Grandpas Worten zauberte sich ein Bild der jungen March vor mein Auge, wie sie mit selbst geflochtenem Blumenkranz im Haar und einem weißen Kleid am Strand herumtollte, die Möwen jagte und auch vor den Fischern kein Blatt vor den Mund nahm.

»Aber, Arthur«, sagte March in diesem Moment. Ihre Wangen hatten sich ein wenig gerötet. Die sonst so toughe und direkte March war doch nicht etwa verlegen?

Grandpa schenkte ihr ein inniges Lächeln und strich mit seinen Fingern über ihre Hand.

»Schon damals war *Clark's Sweetness* in aller Munde.« Er lachte über die Zweideutigkeit seiner Worte. »Jedes kleine Kind kannte den Trinkkakao und die Schokolade aus unserem Haus. Als ich zu meiner Reise nach Cornwall aufbrach, ermahnten meine Eltern mich, nicht zu verraten, wer ich war. Sie hatten Angst vor Entführungen und Lösegeldansprüchen. Doch als ich in das kleine beschauliche Fischerdörfchen am Meer kam, wusste ich, dass ihre Ängste unbegründet waren.«

Ein Lächeln zauberte sich auf seine Lippen. Er wirkte zufrieden und schien sich in den sonnigen Erinnerungen seiner Jugend pudelwohl zu fühlen. Wie gerne ich doch auch einen Blick darauf geworfen hätte.

»Dein Großvater war unverkennbar ein Städter«, erklärte March sodann. »Er hatte keine Ahnung vom Angeln, lief auf Zehenspitzen über den Sand und sprach furchtbar geschraubt.«

»Und dennoch konnte sich dein Herz für mich erwärmen«, schlussfolgerte Grandpa offenbar richtig. Denn March behauptete nichts Gegenteiliges.

»Als meine Eltern mich baten, nach London zurückzukommen, ahnte ich nicht, dass sie mich mit deiner Grandma verloben wollten. Wie du weißt, gehörte ihrer Familie eine beachtliche Handelsflotte. Und meine Eltern waren der Ansicht, es würde uns unabhängiger machen, wenn wir unseren Kakao aus Südamerika selbst importieren würden.«

Allmählich bekam ich ein Gefühl dafür, in welche Richtung

die Geschichte sich entwickelte. Es war eine traurige Geschichte von zwei Liebenden, die nicht zusammen sein durften. Von einer Zeit, in der die Familie für seinen Sohn entschied, was das Richtige für ihn war.

Unweigerlich musste ich an meinen Dad und seine Entscheidungen, mich und mein Leben betreffend, denken. Hatte er am Ende nur so gehandelt, wie es schon Generationen unserer Familie vor ihm getan hatten? Zum Wohle der Firma?

»Arthur versprach mir bei seiner Abreise nach London, mir zu schreiben und so bald wie nur möglich wiederzukommen.« Marchs Miene wurde trauriger. Sie senkte ihren Blick. Das Leuchten, das sie beide bis gerade eben noch umfangen hatte, war erloschen. »Aber er kam nicht. Ich wartete und hoffte. Aber mein Arthur kam nicht wieder.« Dann sah sie ihm in die Augen, suchte den Blickkontakt zu ihm. »Als er vor einigen Tagen nach so langer Zeit plötzlich vor mir stand, da hätte ich ihn am liebsten zum Teufel gejagt.«

Grandpa lachte auf.

»Ich korrigiere dich nur sehr ungern, mein Herz. Aber du hast mich zum Teufel gejagt.«

Nun mussten wir alle drei lachen.

»Okay, okay, ich habe dich zum Teufel gejagt. Und es tut mir sehr leid, dass ich das getan habe. Ehrlich!«

Ganz vorsichtig löste March ihre Hand von Grandpas und strich ihm einfühlsam über die Wange.

»Ich werde euch beide jetzt am besten allein lassen«, sagte ich schließlich, als ich glaubte, nur mehr zu stören.

»Nein, nein, Jasper. Warte noch kurz.«

Grandpas Worte klangen so eindringlich, dass ich mich seiner Bitte nicht widersetzen wollte. Also blieb ich.

»Valerie und du …«, begann er, und ich ahnte, worauf diese Unterhaltung abzielen würde.

»Es hat einfach nicht gepasst. Der klassische Fall: zur falschen Zeit am falschen Ort. Valerie ist noch nicht über ihren Exmann hinweg«, erklärte ich gefasster, als ich mich in Wirklichkeit bei diesem Thema fühlte.

Und ich log gleichzeitig. Denn ich wusste ganz genau, dass es sich bei dem, was zwischen uns stand, nur zu einem Bruchteil um ihren Noch-Ehemann handelte. Sosehr Valerie auch unter der Trennung gelitten haben mochte, war ich doch der Auffassung, dass sie langsam, aber sicher nach vorn sah, ohne ihren Blick ständig über ihre Schulter zu werfen und an die Zeit mit ihm zu denken.

Valerie war eine starke Frau, die wusste, was sie wollte, und ihren Weg ging. Mit oder ohne mich. Da brauchte ich mir nichts vorzumachen.

»Wir wissen doch alle, dass es nicht nur an Ron liegt«, mischte sich nun auch March ein. »Was war denn mit dieser Frau, die dich heute Morgen hier in Port Isaac besucht hat?«

March, wie sie leibte und lebte, in ihrer Paraderolle der Schnüfflerin. Würde mich wirklich nicht wundern, wenn sie der hiesigen Polizei dann und wann unter die Arme griff.

»Ich gebe ja gerne zu, dass ich nicht unbedingt der Vorzeigeschwiegersohn bin und in der Vergangenheit kein Kind von Traurigkeit war.« Ich hob meine Hände entwaffnend in die Höhe, um zu verdeutlichen, dass ich nichts zu verbergen hatte. »Aber bei Valerie hätte ich nur allzu gerne alles versucht, um sie von einem anderen Jasper zu überzeugen.«

Damit gestand ich den beiden schonungslos ehrlich ein, was Valerie für mich bedeutete.

»Was hält dich davon ab?«, fragte Grandpa auf seine gewohnt ruhige und besonnene Art.

Ich zuckte mit den Schultern.

»Valerie hat mir klipp und klar gesagt, dass sie mir nicht vertrauen könne. Wie soll ich dagegen angehen? Vertrauen ist die Basis für alles. Wenn sie mir das nicht entgegenbringen kann, dann hilft doch alles Kämpfen und Werben um sie nichts.«

Mein Großvater sah mich lange an.

»Auch wenn du es sicher nur ungern hören möchtest, aber du erinnerst mich gerade sehr an deinen Vater.«

»Bitte was?«, unterbrach ich ihn.

»Dein Vater ist ein Analytiker, wie er im Buche steht. Er macht sich über jeden seiner Schritte genauestens Gedanken, er wägt Vor- und Nachteil ab und kommt schließlich zu einem möglichst gewinnbringenden Ergebnis.«

»Aber, Grandpa, du willst mich doch nicht allen Ernstes mit Dad vergleichen.«

Er lächelte.

»Ihr beiden seid Vater und Sohn. Natürlich habt ihr Gemeinsamkeiten. Auch wenn ihr Sturköpfe das nur ungern zugeben würdet. Aber was ich dir eigentlich sagen wollte, ist, dass es nicht nur schwarz oder weiß gibt. Vielleicht fällt es Valerie im Moment tatsächlich noch schwer, dir zu vertrauen. Vielleicht ringt sie innerlich mit sich, möchte es so gerne und scheitert an sich selbst. Hast du dir mal Gedanken darüber gemacht, wie es ihr mit dieser Situation geht?«

Ich schüttelte den Kopf.

»Es ist gut möglich, dass euch die Grundlage für eine gemeinsame Zukunft gerade noch fehlt. Aber die macht nicht nur Vertrauen aus, mein Junge. Liebe, das Gefühl der Verbundenheit, der Wunsch, den anderen nie wieder loszulassen – das sind ebenso wichtige Bestandteile für ein glückliches Leben. Das soll jetzt natürlich nicht heißen, dass Vertrauen nicht wichtig wäre. Auf gar keinen Fall! Sie ist für eine Beziehung so wichtig wie die Luft zum Atmen. Allerdings sind wir alle nur Menschen. Dinge können wachsen, wenn wir uns bemühen. Manchmal dauert es ein wenig. Zeitweise glaubt man, nie am Ziel anzugelangen. Und dann wacht man eines Morgens auf und kennt die Antwort. Denn sie ist ganz tief in dir drinnen.«

Grandpas Worte waren wie eine Liebeserklärung an die Liebe. Er wusste um ihre Macht. Dazu brauchte ich mir nur March und ihn anzusehen. Wie viele Jahre waren achtlos ins Land gezogen, in denen sie nicht beieinander sein konnten? Warum war er nicht zu ihr gegangen, als Grandma gestorben war? Hatte er am Ende womöglich dieselben Sorgen und Gedanken wie ich? Und stellten er und March mit diesem Liebescomeback nach all der Zeit nicht das perfekte Beispiel für die Macht der wahren Liebe dar?

Gedankenversunken fuhr ich mir mit der Hand übers Kinn. Wenn ich jetzt zurück nach London ging und da weitermachte, wo ich vor meiner Abreise aufgehört hatte, dann würde ich mir über kurz oder lang im Spiegel nicht mehr in die Augen sehen können. So weit durfte es nicht kommen. Denn tief in meinem Herzen wusste ich, dass ich nie wieder dieser unverbindliche Jasper sein wollte.

Ich brauchte etwas Festes in meinem Leben. Beständigkeit. Liebe. Meine Gedanken kreisten. Immer wieder fiel dabei ein Name: Valerie.

»Entschuldigt mich bitte«, sagte ich nun zum zweiten Mal.

»Sehr gerne«, erwiderte Grandpa darauf.

Im Gegensatz zu meinem ersten Versuch, den Raum zu verlassen, um ihm und March etwas Zweisamkeit zu ermöglichen, hielt er mich jetzt nicht mehr davon ab. Ganz im Gegenteil.

Ohne recht zu wissen, was ich ihr sagen sollte, stürmte ich auf den Flur und rief Valeries Namen. Als sie mir nicht antwortete, sah ich mich zu allen Seiten hin um. Doch der Gang war menschenleer.

Ich hetzte nach vorn an die Anmeldung, an der noch immer die Krankenschwester stand, mit der sich March angelegte hatte. Doch auch dort war Valerie nicht. Anschließend ging ich hinaus auf die Straße. Nirgends war sie zu sehen. Wo war sie nur hin? Womöglich hatte ich zu lange gezögert, und Valerie hatte sich dagegen entschieden, länger auf March zu warten, und war zurück nach Port Isaac gefahren.

Plötzlich war ich so wütend auf mich selbst, dass ich am liebsten aus der Haut gefahren wäre. Schließlich war ich ein erwachsener Mann. Anstatt meine Probleme wie ein solcher zu lösen, hatte ich lieber den Schwanz eingezogen und mich der Herausforderung verweigert.

Wenn Grandpa nicht gewesen wäre, dann säße ich vermutlich schon im nächsten Flieger nach London.

»Valerie?«, rief ich abermals in der Hoffnung, sie würde mir von irgendwoher ein Zeichen geben.

»Ja?«, hörte ich nach mehrmaligem Rufen tatsächlich eine Stimme antworten. Sie kam von der Rückseite des Hauses.

Als ich sie vernahm, rannte ich wie ein Wahnsinniger los und entdeckte neben dem Gebäude ein Tor, das zu einem angrenzenden Garten führte. Offenbar stand er den Patienten als Rückzugsort zur Verfügung.

Und da entdeckte ich sie endlich. Valerie saß in ihrem cremefarbenen Kleid mit den blauen Schmetterlingen darauf mitten auf der Wiese, umringt von bunten Wildblumen. Ihre Augen waren gerötet. Sie bemühte sich um ein Lächeln, auch wenn ihr ganz und gar nicht danach war. Und wer war schuld daran?

»Ich war ein solcher Idiot«, beeilte ich mich zu sagen, während ich zu ihr eilte, um mich vor ihr ins Gras zu knien.

»Du *warst*?«, fragte sie mit einem zaghaften Lächeln auf den Lippen. Unterdessen wischte sie sich die Wangen mit ihren Handrücken trocken.

»Ich *bin*«, bestätigte ich ihr schließlich. »Aber ich bin bereit dazu, etwas daran zu verändern. Mit deiner Hilfe könnte ich vielleicht ein ganz anderer Jasper werden«, offenbarte ich ihr meine Sehnsucht, mein Leben mit ihr zu teilen, und den Wunsch, an ihrer Seite jeden neuen Morgen aufs Neue freudig zu erwachen.

Zu meiner Verwunderung schüttelte Valerie den Kopf.

»Ich will gar keinen anderen Jasper. Du bist richtig und gut so, wie du bist.«

»Bin ich denn auch so, wie ich bin, richtig und gut für dich?«

Kaum dass ich meine Frage gestellt hatte, hörte mein Herz

auf zu schlagen. Wie gebannt starrte ich Valerie an und wartete auf ihre Antwort.

Als das Schweigen beinahe unerträglich wurde, bereute ich meinen unüberlegten Vorstoß auch schon wieder. Anstatt gleich mit der Tür ins Haus zu fallen, hätte ich es langsamer angehen sollen. Warum nur hatte ich ihr nicht die Zeit geben können, die sie benötigte? Es war ein Fehler gewesen.

»Es tut mir leid, wenn ich dir zu nahegetreten bin.«

Im nächsten Moment verspürte ich bereits das Bedürfnis, aufzustehen und von hier zu verschwinden.

Doch noch ehe ich aufstehen konnte, legte Valerie ihre Hände zärtlich auf meine Wangen. Dabei sah sie mir tief in die Augen und küsste mich daraufhin behutsam auf den Mund. Nahezu keusch war diese erste Berührung. Und dennoch entlud sich ein ganzes Feuerwerk in meinem Inneren. Mit einer Mischung aus Sehnsucht und dem Gefühl, endlich angekommen zu sein, schloss ich sie fest in meine Arme und küsste sie, als gäbe es kein Morgen.

Epilog

Jasper

Einige Wochen später

»Und du machst da in Cornwall also jetzt den lieben langen Tag Schokolade. Ist das richtig?«

Ich merkte, wie Valerie sich bei Dads Worten neben mir auf der Couch im Salon versteifte. Beruhigend legte ich meine Hand auf die ihre. Sie sollte spüren, dass ich für sie da war, wissen, dass ich den Weg, den ich gewählt hatte, keinen Moment bereut hatte.

Mit vor stolz geschwellter Brust und einem Gefühl, Bäume ausreißen zu können, setzte ich mich aufrechter hin.

»Valerie und ich kreieren unsere eigenen Pralinen und Schokoladensorten. Außerdem versuche ich mich in der Herstellung von Bonbons. Da wird es aber wohl noch einige Zeit brauchen, bis ich mich nicht mehr wie ein Idiot anstelle.«

Ich zwinkerte Valerie verschwörerisch zu, und sie lächelte mich liebevoll an.

»Das klingt so, als wärst du zufrieden mit dem Fortgang der Dinge.«

Mittlerweile hatte ich mich daran gewöhnt, dass Dad mit mir sprach, als wäre ich der Abgesandte von Botswana, mit dem er über irgendwelche Kakaoplantagen verhandeln musste.

»Sehr sogar«, erwiderte ich mit einem breiten Grinsen in Valeries Richtung.

»Und Sie sind also die Besitzerin des *Candyheaven*?«, wollte mein Vater von Valerie wissen, während er sie mit einem prüfenden Blick bedachte. Viel zu ernst. Vielleicht sogar eine Spur zu streng. Aber so war er nun mal.

»Genau, die bin ich«, sagte sie mit leiser Stimme.

Dabei gab es überhaupt keinen Grund, sich vor meinem Vater so klein zu machen. Valerie war mindestens eine ebenso erfolgreiche Unternehmerin wie er. Auch wenn sich das in den Zahlen noch nicht widerspiegelte, war ich der absoluten Überzeugung, dass sie es noch sehr weit bringen konnte. Vor allem, da ich sie nun entlasten konnte, indem ich ihr den Rücken freihielt.

Das sollte jetzt nicht eitel klingen. Aber Valerie und ich waren einfach ein Dreamteam. Was auch immer wir uns vornahmen, setzten wir auch in die Tat um. Es war berauschend, mit ihr auf neuen Pfaden zu wandeln und sich in Diskussionen über Zutatenlisten zu verlieren. Endlich fühlte ich mich verstanden und so geliebt, wie ich war. Und auch wenn wir nie wieder über die Sache mit dem Vertrauen gesprochen hatten, war ich mir ganz sicher, dass ich mir jeden Tag aufs Neue, ohne mich zu verbiegen oder ihr etwas vorzuspielen, ein wenig mehr davon erarbeitete.

»Beachtliche Leistung. Das muss ich sagen.«

Dabei blickte er zu mir, und ich war mir nicht sicher, ob er ihren Süßwarenladen lobte oder das, was sie aus mir gemacht hatte. Aber das war auch unerheblich.

Ich hatte mich endlich freigeschwommen, machte nun das, was ich schon immer machen wollte. Und es fühlte sich richtig gut an.

Zunächst hatte ich zwar mit Gewissensbissen meinen Verpflichtungen als alleiniger Erbe gegenüber gehadert. Doch letztlich hatte Dad mir diese genommen, indem er das Unternehmen wirklich verkauft hatte. Es gab also kein Familienimperium mehr, um dessen Führung ich mich zu kümmern hatte. Zumindest keines mit dem Namen Clark.

»Jasper, ich würde gerne noch kurz unter vier Augen mit dir reden, ehe Anne zum Tee bittet.«

Valerie wollte sich bereits von ihrem Platz erheben, doch ich drückte meine Hand sachte auf ihre und bat sie damit, zu bleiben.

»Es gibt nichts, was Valerie nicht erfahren dürfte.«

Der Widerwille über meine Worte stand Dad offen ins Gesicht geschrieben. Dennoch ließ er uns gewähren und überging die Situation einfach.

»Jasper, wie du ja weißt, habe ich die Firma gewinnbringend verkauft.«

Innerlich seufzte ich auf. Das würde doch wohl hoffentlich nicht wieder einer dieser stinklangweiligen Monologe werden, in denen er sich nicht weit genug in den Himmel loben konnte.

»Habe ich etwas verpasst?«, platzte Grandpa unvermittelt herein. »March hat gerade angerufen. Sie lässt schön grüßen.«

Als er es sich auf dem Sessel vor dem Kamin bequem gemacht hatte, sahen wir alle drei erwartungsvoll zu Dad hinüber.

»Ich habe den beiden gerade vom Verkauf der Firma erzählt«, berichtete er.

»Oh«, erwiderte Grandpa mit Blick zur Tür.

Ihm war deutlich anzusehen, dass er schon des Öfteren in den Genuss dieser Geschichte gekommen war und sich nun fragte, warum er das Gespräch mit March nicht noch ein wenig in die Länge gezogen hatte.

»Nun, da ich also ein beachtliches Vermögen und viel Zeit habe, überlege ich, was ich mit dem Geld anstellen könnte.«

Grandpa lehnte sich zurück und machte es sich gemütlich, indem er seine Beine auf einen Hocker vor sich legte. Er ahnte wohl schon, dass das hier noch einige Zeit in Anspruch nehmen würde.

Als niemand von uns etwas darauf sagte, fragte mein Vater schließlich: »Ihr kennt nicht zufällig ein kleines Familienunternehmen, das ein wenig Kapital benötigen könnte?«

Valerie und ich sahen uns verwundert an. Im ersten Moment wusste ich nicht, was ich darauf erwidern sollte. Uns ging es nicht ums Geld. Klar, man konnte immer neue Anschaffungen tätigen, der *Candyheaven* an sich bedurfte in nächster Zeit mal wieder einen neuen Anstrich, und auch anderweitig konnte man den Laden sicher noch weiter verschönern. Sei es, um eine kleine Caféecke zu integrieren, in der die Kunden etwas länger verweilen konnten, oder um eine Möglichkeit zu finden, die Geschichte der Schokolade zu erzählen und ihre Vielfältigkeit aufzuzeigen.

Dann erst wurde ich mir der Bedeutung von Dads Worten bewusst. Er hatte uns angeboten, uns zu unterstützen. Das war mehr, als ich je von ihm erwartet hätte. Trotz seiner geschwollenen Reden wusste ich nun, dass er auf meiner Seite stand, dass er guthieß, was ich mit meinem Leben anstellte.

»Das ist ein sehr großzügiges Angebot«, beeilte ich mich

schließlich zu sagen. Denn so empfand ich es wirklich.

Außerdem wollte ich nicht länger diese Spannungen zwischen uns ertragen müssen. Die Menschen in diesem Raum bedeuteten mir die Welt. Sie waren meine Familie. Das war alles, was zählte.

»Jasper, ich habe es dir vermutlich viel zu selten gesagt, aber ich … bin sehr stolz auf dich.«

Mein sonst so gefasst wirkender Vater wirkte das erste Mal seit sehr langer Zeit entrückt. Allerdings im positiven Sinne.

»Ich möchte dir sagen, dass ich die Firma nur verkauft habe, um dich von der Last zu befreien, die ich dir als Erbe hinterlassen hätte. Und dabei wusste ich doch immer, dass du zu viel Höherem bestimmt bist, als das operative Geschäft zu führen.«

Ich riss die Augen auf. Hatte er das gerade wirklich gesagt? Er seufzte und strich sich über die Wange. Hatte er etwa eine Träne vergossen?

»Schon als du noch ganz klein warst, konntest du die Kakaobohnen aus den verschiedenen Anbaugebieten auseinanderhalten. Als Grandpa dich zu einem ersten Rundgang durch die Firma nahm, saßt du in der Folge den halben Tag auf dem Schoß der damaligen Entwicklungsleiterin, der du mindestens ein Ohr abgekaut und tausend Löcher in den Bauch gefragt hast.«

»Du übertreibst, Dad. Es waren sicher nicht mehr als dreihundert.«

Grandpa und auch Valerie lachten. Die eisige Stimmung bei unserer Ankunft lockerte sich allmählich auf.

»Ich wusste immer um dein Talent, Jasper. Und es tut mir

furchtbar leid, dass ich es schlechtgemacht habe, anstatt dich darin zu fördern, deine Anstrengungen in den Confiserien und Patisserien dieser Welt zu würdigen und dich zu ermutigen, genau diesen Weg weiterzugehen. Aber nur weil wir Eltern vermeintlich älter sind, heißt das noch lange nicht, dass wir die Weisheit mit Löffeln gefressen haben.«

Das war das erste Mal, dass ich meinen Vater dabei erlebte, wie er einen Fehler zugab. Eine Gänsehaut überzog meinen Körper in diesem Moment. Nicht wegen des Fehlers, aber wegen des Lobes, das er mir mit jedem seiner Worte aussprach.

Ein wohliges Gefühl der Geborgenheit strömte durch meinen Körper und nahm jede Faser davon ein. Wenn mir jemand vor diesem Treffen mit Dad erzählt hätte, er würde mir sagen, wie stolz er auf mich war, hätte ich ihn einen Lügner genannt. So abwegig war diese Situation. Und gleichzeitig wunderschön.

»Kannst du mir verzeihen, dass ich viel zu lange geschwiegen habe?«

»Ach, Dad.«

»Und wenn ihr Expansionspläne hinsichtlich eures *Candyheaven* habt, dann zögert nicht, mich ins Boot zu holen. Ich stehe euch sehr gerne mit Rat und Tat zur Seite. Mit meiner Erfahrung könnten wir den kleinen Laden an der kornischen Küste …«

»William!«, unterbrach ihn mein Grandpa gegen seine Gewohnheit viel zu laut. »Der *Candyheaven* ist Jaspers und Valeries Baby. Hab Vertrauen in die beiden! Dann wird es dir doppelt gedankt.«

Grandpa sah zu Valerie hinüber. Sie lächelte ihn dankbar an.

In diesem Moment war ich mir ganz sicher, dass sie ihm die Sache mit dem verkorksten ersten Abendessen im *Golden Lion* längst verziehen hatte. Im Gegenteil. Ich hatte sogar das Gefühl, dass die beiden sich seit seinen regelmäßigen Aufenthalten bei uns in Port Isaac immer besser verstanden. Was mich sehr freute.

»Der Tee ist serviert«, vermeldete Anne.

Ich hatte gar nicht bemerkt, wie sie hereingekommen war.

»Dann lasst uns Tee trinken und ein wenig über das Wetter plaudern. Es soll in nächster Zeit unerträglich heiß werden. Wie ist das Wetter eigentlich in Port Isaac?«, fragte mein Dad beiläufig. Aber Grandpa und ich wussten ganz genau, worauf diese Frage abzielen sollte. Und wir freuten uns darüber.

Valerie

Anfang Oktober

»Ein Kaffee für dich und zwei Heidelbeermuffins für uns beide.«

Seit Lin schwanger war, konnte sie den Duft von Kaffee kaum noch ertragen, geschweige denn daran denken, auch nur einen Schluck davon zu probieren. Von jetzt auf gleich hatte ihr Geruchssinn verrücktgespielt. Zu Beginn ihrer Schwangerschaft hatte Lin nicht einmal zu uns in den *Candyheaven* kommen können. Ein plötzlicher Würgereiz überfiel sie, sobald sie die Ladentür nur geöffnet hatte und ein Hauch von Lakritze in der Luft lag.

Das hatte sich zum Glück inzwischen wieder gelegt. Aber

das mit dem Kaffee würde wohl noch bis zum Ende ihrer Schwangerschaft anhalten. Die Ärmste! Nicht auszudenken, wie ich mich fühlen würde, wenn ich auf meine tägliche Koffeinladung verzichten müsste.

Das Glöckchen über der Tür läutete, und Jasper kam herein.

»Hey, Lin, wie schön, dich zu sehen. Wie geht's dir? Ist Brady wieder einigermaßen hergestellt?«

Eine Sorgenfalte zeichnete sich auf Jaspers Stirn ab. Doch mir entgingen die leicht angehobenen Mundwinkel nicht. So bekümmert, wie er sich gab, war er nämlich gar nicht. Schließlich genoss er die gemeinsamen Abende mit Brady im Pub oder beim Dartspielen sehr. Nur leider war Brady nicht ganz so trinkfest wie Jasper. Aber viel schlimmer war, dass er es einfach nicht einsehen wollte.

Jasper konnte ihm gegenüber noch so oft andeuten, dass er glaubte, er hätte jetzt genug. Das stachelte Brady in der Folge immer mehr dazu an, mit Jasper gleichzuziehen. Wie die Kinder! Aber letztlich waren sie sehr gute Freunde geworden. Und das in der Kürze der Zeit.

Lin machte eine wegwerfende Handbewegung.

»Frag besser nicht. Er hatte heute Morgen den Kater seines Lebens. Zumindest hat er das behauptet. Und beinahe hätte er sich über der Kommode erbrochen, die ich ihm zum Geburtstag geschenkt habe.«

»O nein.«

Ich wusste, wie viel Zeit und wie viel Herzblut Lin in Bradys Geburtstagsgeschenk gesteckt hatte.

Tränen spiegelten sich in den Augen meiner Freundin.

»Stell dir das mal vor!«

Ein weiterer Nebeneffekt ihrer Schwangerschaft war Lins große Gefühlspalette. In einem Moment war sie noch total euphorisch und gut gelaunt, im nächsten Augenblick ging schon die Sonne für immer unter, und es herrschte tiefste Traurigkeit. Bis jemand das Licht von Neuem anknipste und das Spiel von vorn begann.

»Zum Glück ist ja noch mal alles gut gegangen«, sagte Jasper und verstaute dabei in der neuen Caféecke die Köstlichkeiten, die March täglich für uns backte.

Als sie erfahren hatte, dass wir den *Candyheaven* auf diese Weise erweitern wollten, bot sie uns an, uns mit ihren Backwaren zu unterstützen. Keine Ahnung, woher die Frau die viele Energie nahm. Dankbar hatten wir ihr Angebot angenommen, und Jasper hatte sich bereit erklärt, sie bei ihr abzuholen. Gerade in den Zeiten, in denen Arthur in London war, konnte es schon gut und gerne etwas dauern, bis ich meinen Freund wiedersah. Aber das war vollkommen in Ordnung für mich. Ich freute mich über die Art und Weise, wie ihn die Einwohner meines Heimatortes willkommen hießen.

Nach der Sache mit Ron hatte ich die Sorge, sie könnten Jasper gegenüber, der auch nicht aus der Gegend stammte, reservierter auftreten, ihn nicht in die Gemeinschaft aufnehmen wollen. Aber genau das Gegenteil war der Fall. Meine Freunde und Bekannten hatten gleich gemerkt, wie gut mir Jasper tat, und hatten ihn in ihr Herz geschlossen. Ebenso wie sie war ich inzwischen der vollen Überzeugung, dass er einer von uns war und nie wieder gehen würde.

»Wie geht es March?«, fragte ich Jasper, während ich den ersten Schluck meines Kaffees nahm.

Nur sehr widerwillig rann das Gebräu meine Kehle hinunter. Hatte March die Sorte gewechselt? Irgendwie schmeckte der Kaffee heute anders.

»Es geht ihr gut«, vermeldete dieser knapp, während er die Vitrine mit den Süßwaren bestückte.

Heißhungrig stürzte ich mich auf den Muffin, den Lin mitgebracht hatte. Irgendwie musste ich den doofen Geschmack nach abgelaufener, mit Schlamm überzogener Schuhsohle in meinem Mund wieder wegbekommen.

»Ja, sie hat auf mich auch einen sehr glücklichen Eindruck gemacht«, meinte Lin neben mir strahlend. Offenbar war die Sache mit Brady und der Kommode schon wieder vergessen.

»Die Saison ist fast vorbei«, bemerkte Lin. »Was macht ihr denn mit dem ganzen Kuchen?«

»Mr Schumacher kommt uns regelmäßig besuchen und bringt einen seiner Freunde mit. Die beiden spielen hier sehr gerne eine Runde Schach. Und auch viele andere ältere Menschen aus dem Dorf schauen bei uns vorbei, weil es hier ein wenig ruhiger ist als in den großen Cafés. Außerdem haben wir immer ein offenes Ohr für sie. Das kommt besonders gut an.«

Jasper freute sich sehr darüber. Schließlich hatte er sich in den Kopf gesetzt, an die alte Tradition seiner Urgroßeltern anzuknüpfen und in Port Isaac einen Ort zu schaffen, an dem man sein Herz ausschütten konnte und anschließend mi einem Lächeln auf den Lippen den Laden verließ. Mit einem ebenso seligen, wie er es jeden Morgen auf den Lippen hatte, wenn er neben mir aufwachte. Und das sogar am Montag.

Jasper war wie ausgewechselt. So sehr, dass sogar die Boulevardpresse ganz schnell ihr Interesse an ihm verloren hatte. Nachdem sie erfahren hatte, dass er von nun an in Port Isaac lebte und einen kleinen Laden mit mir betrieb, war es gänzlich erloschen. Sogar die Tatsache, dass er nun nicht mehr als der Schokoladenprinz des Clark-Imperiums galt, war nicht mehr als eine winzige Bemerkung in einer Randspalte wert gewesen.

Aber wir beide waren froh darum. Einen größeren Gefallen hätte uns die Presse kaum tun können. Schließlich konnten wir auf diese Weise ganz langsam zueinanderfinden. Und das taten wir. Jeden Tag aufs Neue.

»Ach, übrigens. Henry hat angerufen«, erzählte Jasper.

»Das ist ja schön. Was hat er gesagt?«

Der kleine Junge war zwar schon seit einigen Monaten wieder mit seiner Familie nach Hause gefahren, aber der Kontakt zwischen uns war nicht abgebrochen. Ganz im Gegenteil! Wir telefonierten mindestens einmal die Woche, und Henry erzählte mir dann von seinen Abenteuern und der Sehnsucht nach dem Meer. Schade, dass ich ihn verpasst hatte.

»Er wollte sich heute Nachmittag oder morgen noch mal melden. Eine Mrs Graymore macht ihm wohl gerade das Leben zur Hölle.«

Jasper sah mich fragend an, während Lin genüsslich neben mir die letzten Krümel ihres Muffins aufpickte.

»Das ist seine Englischlehrerin. Die alte Giftspritze hat den armen Kerl auf dem Kieker.«

Jasper verzog seinen Mund zu einem verständnisvollen »Oh«.

Als er mit der Vitrine fertig war, drückte er mir einen Kuss auf den Mund und verabschiedete sich nach hinten in sein Labor. Anders konnte ich meine ehemals so gemütliche Genusswerkstatt nicht nennen. Denn seit Jasper dort Einzug gehalten hatte und sich in Experimenten verausgabte, hatte sie ein wenig von ihrem Charme verloren.

Aber es machte ihm Spaß. Und das war die Hauptsache. Außerdem musste man in einer Beziehung immer bereit sein, Kompromisse einzugehen. Wenn das in unserer Beziehung bedeutete, dass wir die gleiche Leidenschaft auf unterschiedliche Weise auslebten, dann konnte ich mich nur glücklich schätzen. Oder?

»Was ist mit deinem Kaffee? Du siehst ihn so angewidert an«, bemerkte Lin vollkommen richtig.

»Er schmeckt ein wenig nach altem Spüllappen.«

»Und nach dem Zeug, das unsere Mütter uns früher bei Erkältungen auf die Brust geschmiert haben?«

Ich überlegte kurz.

»D-das trifft es merkwürdigerweise ziemlich genau.«

»Fühlt sich deine Zunge dabei leicht pelzig an?«, bohrte Lin weiter nach.

Ich spürte in mich hinein und überlegte, ob ich dieses Gefühl verspürte. Und tatsächlich. Auch das war der Fall.

»Woher weißt du das?«, wollte ich von ihr wissen.

»Hier noch eine abschließende Frage, mit der wir wirklich jeden noch so winzigen Zweifel ausräumen.«

Bei Lins Worten wurde mir ganz anders.

»Was hab ich denn? Worauf willst du hinaus? Du machst mir wirklich Angst.«

Lin lachte und fragte dann: »Wann genau hattest du das

letzte Mal deine Periode?«

Händeringend versuchte ich mir das Datum in Gedanken zu rufen. Es war tatsächlich schon etwas länger her.

»Das müsste Anfang August …«

Als ich begriff, was ich da gerade feststellte, schlug ich mir die Hand vor den Mund.

»Nein! Oder? Kann das denn wirklich wahr sein?« Freudentränen rannen mir über die Wangen.

»Es sieht ganz danach aus«, jubilierte Lin und fiel mir in die Arme.

Das wiederum rief Jasper auf den Plan. Der sah uns fragend an.

»Was ist denn hier los?«

»Nichts weiter! Valerie hat nur ihre tägliche Kaffeelieferung von March abbestellt.«

»Das war ja ohnehin längst überfällig, seit wir unseren eigenen haben«, meinte Jasper und verstand rein gar nichts. Auch das überdeutliche Zwinkern, mit dem Lin ihre Aussage bekräftigte, schien er nicht einmal zu bemerken.

Erst als ich auf meinen Bauch zeigte, sah er aufmerksam zwischen Lin und mir hin und her. Es dauerte noch einen weiteren Moment, doch dann war der Groschen gefallen.

Ohne Vorwarnung hob er mich in die Höhe, wir drehten uns um unsere eigene Achse und er hauchte mir ganz zärtlich »Ich liebe dich!« ins Ohr. Als er mich wieder auf dem Boden abgesetzt hatte, legte er seine Hände auf meine Wangen und küsste mich, als wären wir eine geraume Zeit voneinander getrennt gewesen.

Auf die tägliche Koffeindosis würde ich von nun an für bestimmte Zeit verzichten müssen. Aber während der Gedanke noch vor wenigen Minuten schier unerträglich für mich war, konnte ich mir jetzt nichts Schöneres vorstellen.

ENDE

Danksagung

Liebe Leserinnen und Leser,
vielen lieben DANK für das Interesse an meinen Büchern.
Es hat mir außerordentlich viel Spaß gemacht, die Story über Valerie & Jasper zu Papier zu bringen und erneut nach Cornwall zu reisen. Zumindest gedanklich ;-) Wenn ich es ebenso geschafft habe, euch mit meiner Geschichte zu erreichen, dann bin ich sehr glücklich darüber.
Bedanken möchte ich mich an dieser Stelle ganz herzlich bei meinen engagierten und wunderbaren Testleserinnen. DANKE für eure ehrlichen Worte, eure Begeisterung und euer Mitfiebern. Ohne euch wäre das Ganze nur halb so schön. Vielen lieben DANK, dass ihr den Weg mit mir gegangen seid! Ich freue mich bereits heute über euer Feedback zum nächsten Buch.
Liebe Doro, ein ganz besonderer Motivationsschub in diesem Buch war die Freude, die dir die Geschichte bereitet hat. DANKE hierfür.
Vielen DANK, liebe Sybille, dass du mein Manuskript mit so viel Sorgfalt korrigiert hast.
Vielen DANK an meine Leser und Leserinnen, dass ihr mit mir in die Geschichte von Valerie & Jasper abgetaucht seid

Eure Mila

Außerdem freue ich mich sehr auf regen Austausch mit euch:

Newsletter https://mila-summers.de/
E-Mail: **mila.summers@outlook.de**
Facebook: **Mila Summers**
Instagram: **books_by_mila_summers**
Twitter: **BooksbyMila**

PS: Wenn euch meine Geschichte gefallen hat, würdet ihr mir unglaublich helfen, indem ihr eine Rezension auf dem Buchportal eurer Wahl schreibt. Dann bekommen vielleicht noch weitere Leser und Leserinnen die Möglichkeit, meine Geschichten kennenzulernen. Vielen DANK hierfür!

Printed in Poland
by Amazon Fulfillment
Poland Sp. z o.o., Wrocław

74661569R00193